邊荒傳說

黃易◎著

〈卷八〉

新人間151

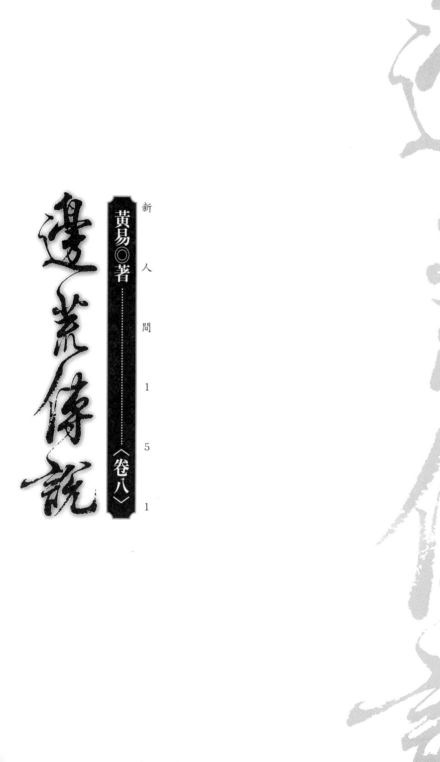

邊荒傳說

【卷八◆目錄】

〈卷八〉

第一章◆賭卿一吻

第一章 賭卿一吻

慕容垂和紀千千並騎馳上高崗，遙望西邊落日的壯麗美景，原野綠白斑駁交雜，正是大地春回開始雪融的奇景。在七、八里的遠處，出現一座城池。對紀千千來說，隨著慕容垂的大軍到臨，戰爭與死亡的陰霾，已覆蓋了這個區域。城池後一重一重的山影，在斜陽下枕著初春融剩的冰雪，仍是一片的安詳寧和，渾然不覺人世的變化。紀千千暗鬆一口氣，到此刻她才可以肯定，慕容垂的軍事目標不是燕飛的朋友拓跋珪。自從離滎陽北上後，她一直爲此擔憂。

親衛們留在崗下把守。慕容垂神態從容輕鬆，以馬鞭指著城池道：「此城名鄴城，是叛賊慕容永的僞燕都長子西面最重要的城池。」

紀千千道：「鄴城後方的大山是否太行山呢？」

慕容垂訝道：「正是太行山，此山延綿百里，橫亙沁水北面，想不到千千對北方地理如此嫻熟。」

紀千千道：「皇上是否要攻下此城？」

慕容垂微笑道：「如論現時雙方兵力，我實及不上慕容永。僞燕軍多達十二萬人，而我大燕軍只在六萬人間，正面交戰，我慕容垂雖不懼他人多，可是折損必重，不利日後的鴻圖大計，實智者所不爲。」

紀千千感到慕容垂智謀叵測，這麼領著大批軍隊，晝伏夜行的來到這裏，而他根本沒意思攻城，這算甚麼兵法？

慕容垂淡淡道：「在太行山之南有一條著名官道，名爲太行大道，可供迅速行軍，如攻陷鄴城，可沿此道向長子進軍，即使行軍緩慢，三天亦可達。千千若是慕容永，見我在鄴城西南處集結大軍，會如何應付呢？」

紀千千心忖如自己表現得太出色，慕容垂說不定會生出戒心，可是如說得太不在行，慕容垂會失去和自己討論戰略的興致，如何拿捏實教人費神。秀眉輕蹙道：「如果我是慕容永，當然會派兵來援，只要守穩鄴城，皇上將難作寸進。不過皇上特別說明把軍隊集結在鄴城西南方，內中暗含玄機，我想不通呢！」

慕容垂欣然道：「千千果然是冰雪聰明，難怪被荒人選爲統帥。請容我先解釋針對僞燕而定的整個策略，如此當可看出端倪，明白我的用心。」

紀千千忽然有點內疚，慕容垂每多透露點他的謀略，她便了解他的軍事手段多一些，將來更會利用這方面的認識來對付他。她眞的不願處於這麼一個位置上，可是爲了小詩、爲了燕郎和她自己，她必須沉著氣奮鬥，直至破籠而去的一刻。

慕容垂悠然道：「自大秦解體，北方陷入無主之局，各地城鎭落入土豪守將的手裏，任何人想爭天下，必須軟硬兼施，將城池逐一奪回，變成一個盡顯人性貪婪的霸地遊戲，即使力有未逮，仍忍不住要盲目擴張，這就是目前北方的情況。」

紀千千芳心輕顫。只有對人性有深入了解，才說得出這番話來。慕容垂敘述的情況，不但可用在軍事擴張，更是商賈最常犯的錯誤，往往在順景的時候，盲目擴展至超越自己負擔的能力，一旦逆境來臨，立時束手無策。苻堅也就是犯了這樣的錯，在內部仍未穩之際被謝玄大敗於淝水西濱，國土立即四分五裂，無力挽回頹局。

慕容垂微笑道：「坦白說，拓跋珪是幫了我一個大忙。我正愁不知如何把慕容永引出關中，他卻攻陷平城和雁門。於是我裝作必須全力討伐拓跋珪，把洛陽和滎陽之外的關外數城軍隊全部調走。慕容永遂以為機不可失，立即出關攻陷長子，又蠶食四周城池，在短短一個月的時間內，攻下十六座城池，開關出北至太原、東至鄴城、西至西河、河東的偽燕國土。本來太原更適合當國都，可是慕容永為了應付我大燕軍，故以洛陽北面只數百里的長子城為都，此著有利有弊，在城池的守禦力上，長子是遠及不上太原的。」

紀千千道：「姚萇不是你更大的勁敵嗎？皇上這麼做，令姚萇輕取長安，不怕羌人坐大嗎？」

慕容垂點頭道：「千千的看法很有見地，只是不明白我族的情況。一族之內豈容兩種旗號，這是我們慕容鮮卑族的家事，先匡內後攘外，只要我收拾慕容永，慕容鮮卑族將全體向我歸心，令我聲威大盛，天下豈還有能對抗我之人？」

紀千千心中叫苦，慕容垂看來成竹在胸、勝券在握，他愈強，拓跋珪和燕郎的處境愈危險，此事怎麼辦好呢？

慕容垂目視西方地平處取代了黃昏的夜空，道：「關中四分五裂的情況，尤過於關外，何況百足之蟲，死而不僵，姚萇要清除大秦的殘餘勢力，還須連場血戰，那時只要我盡取關外土地，姚萇憑甚麼來和我對敵呢？」

紀千千道：「我明白了，皇上屯軍於此，是要引慕容永率軍來攻，解救鄴城之危。」

慕容垂道：「千千只說對了一半。」

紀千千不解道：「難道皇上還另有奇謀異策嗎？」

慕容垂道：「千千不明白慕容永對我的畏懼，就算他的軍力倍勝於我，仍不敢在戰場上與我正面較量。只有在我攻擊鄴城時，他才敢通過太行大道，對我的攻城軍來個內外夾擊。表面上看，此亦爲最好的策略。」

紀千千恍然道：「所以皇上並不準備攻打鄴城。」

慕容垂微笑道：「在長子的東南面，分別有兩座軍事堡壘，扼守兩方。慕容永得到長子後，大力加強兩壘的防禦力量，在戰略上是無懈可擊。東面的轘關，堵住太行山大道的出口，而南面的台壁，若要從洛陽北上，必須先破此關。」

紀千千同意道：「看來慕容永並非平庸之輩，難怪皇上要親自對付他。」

慕容垂嘆了一口氣道：「千千不知我多麼希望能親率大軍，直搗盛樂，把拓跋珪那吃裏扒外的小兒斬殺於馬上。」紀千千心忖幸好有慕容永令他耽擱在這裏。

慕容垂問道：「千千猜到了我對付慕容永的手段嗎？」

紀千千發自眞心的露出一絲苦澀的表情，輕輕道：「皇上的玄機妙算，豈是千千能夠猜測到的？」

慕容垂欣然道：「千千不覺得有趣嗎？我給千千三天的時間去作分析。不過有賞也有罰，如千千猜不著的話，便須向我獻上香吻；猜對了，朕陪你到太行山的名勝遊山玩水，千千還可以試試山內的著名溫泉。」紀千千垂下頭去，沒有答他。

慕容垂苦笑道：「千千是不是覺得不公平呢？」

紀千千驀地抬頭，秀眸射出無畏的神色，若無其事的道：「公平也好！不公平也好！並不是我目前考慮的事。皇上可否給我一卷有關長子、台壁、轅關和鄴城一帶的地勢圖，三天後我會告訴你我的想法。」

慕容垂漫不經意的問道：「還有一件事請千千賜告。」

紀千千訝道：「皇上請說。」

慕容垂淡淡道：「荒人間正流傳著一件奇怪的事，說燕飛曾到滎陽密見千千，未知此事是否屬實？」

紀千千一雙眼眸注滿深情，柔聲道：「換了不是燕飛，皇上當不屑一問，由此可見燕飛在皇上心中的分量。晚了！詩詩最怕黑，千千想回去陪伴她。」

燕飛在離拓跋儀營帳不遠處，不幸地被高彥截著，眉頭大皺的道：「大家不是說好了嗎？一切待收復邊荒集後再說。我現在有要事辦，不要擋著我的路。」

高彥急躁地整個人像在燃燒著，一把扯著他道：「爲了我，你甚麼事都要拋開，立即陪我到兩湖去。」

燕飛失聲道：「你在說笑嗎？現在反攻邊荒集在即，你卻要我和你遠赴兩湖胡搞？」

高彥低聲下氣的道：「你聽我說好嗎？劉爺說過十天後才發動攻勢，也就是說我們有十天的時間。憑你我的絕世輕功，來回不過八天的光景，我只需一晚的時間見小白雁，尚剩下一天時間作緩衝，絕不會影響我們的光復大計。」

燕飛苦笑道：「如此來去匆匆，只會是白走一趟，究竟所為何事？」

高彥把他硬扯拉一旁，雙目放光的道：「我想好了！所謂打鐵要趁熱，現在我和小白雁正愛得火燒般熱烈，如把事情擱個十幾二十天，誰都不知道會出現甚麼變化。嘻！最重要是把生米煮成熟飯，只要有一晚時間，讓我和她來個男歡女愛，保證她永遠不會對我變心，說不定她還會和我私奔呢！」

燕飛嚇了一跳，道：「你在說笑吧！兩湖是聶天還的地盤，你竟想在聶天還的眼皮子下偷香竊玉，是不是活得不耐煩了？我才不要陪你去發瘋。」

高彥不滿道：「這根本是推託之辭，以你燕飛曾偷進滎陽見千千的功夫，兩湖幫的總壇算哪回事？問題在你是不是願意幫我的忙，其他一切都不是問題。」

燕飛定睛打量他，道：「你這小子是不是瘋了？你和小白雁的愛這麼脆弱的嗎？十多天都等不來。」

高彥頹然道：「我就算不是真瘋，也差不了多少。我張開眼看到她，閉上眼看到她，沒有了她我根本做不成人。唉！你既不肯幫忙，我只好一個人去闖。」

燕飛苦笑道：「你這小子，說這種話來逼我。唉！我前世定是欠了你的債。」

高彥雙目睜大，不能置信的道：「你真的肯幫我？他奶奶的！我們立即動身。」

燕飛道：「給我半個時辰好嗎？我還要交代一些事。」

高彥一聲歡呼，忙道：「我立即去打點行裝。」說罷連翻三個觔斗去了。

卓狂生揭帳而入，向仍呆坐燕飛帳內的劉裕道：「這小子怎會忽然變得如此興奮開心呢？咦！竟是劉爺。小飛呢？」

劉裕道：「你是不是在說高彥，他不久前才從這裏翻觔斗出去，現在還那麼興奮嗎？」

卓狂生在他跟前坐下，笑道：「照我剛才見到的，他還在翻觔斗。」

劉裕道：「找燕飛有甚麼事？」

卓狂生道：「老子費盡唇舌，又哄又嚇，才逼得高彥那混帳小子盡吐狗熊救美的精采過程。他娘的！這小子竟遇到彌勒教妖人。從妖人妖婦的對答裏，知悉尼惠暉在臥佛寺正式解散彌勒教，接著臥佛寺忽然盡化飛灰，變成一個寬廣數十丈的大坑。此事多少和燕飛有關，他卻語焉不詳，你問過他這件事嗎？」

劉裕此時給卓狂生提醒，登時心中生出無數疑問。事實上他早感到燕飛在與孫恩的決戰上言有未盡，只是見到他安然回來，欣喜蓋過了一切，加上對燕飛的信任，所以沒有深究。燕飛爲何要瞞他？究竟有甚麼難言之隱？

卓狂生細察他的神色，訝道：「原來連你都不知此事。」

劉裕苦笑道：「你是邊荒的史筆，由你去問他吧！」

卓狂生道：「我肯放過他嗎？哈！我的說書生意肯定愈做愈大。橫豎碰著你，我想問你一個問題。」

劉裕心不在焉的道：「說吧！」

卓狂生道：「即使把高小子的話打個大折扣，小白雁對這小子該不無好感。我的問題很簡單，高小子憑甚麼令小白雁傾心呢？」

劉裕哪有興趣去想高彥和尹清雅之間的事，只好隨口敷衍，希望把他打發走。遂道：「男女間的事根本是不講常理，或許只是大家合眼緣，又或是宿世而來的冤孽吧！」說到最後一句，不由牽動已愈埋愈深的痛楚，再不願說下去。他首次遇上王淡眞是在烏衣巷謝家，當時從沒想過與她有發展的機會，卻始終忘不了她。後來在邊荒集被紀千千觸動了對愛情的渴望，竟一發不可收拾，強烈至不能遏抑的去想她。唉！假如沒有第二次的相遇，現在會是另一番光景，而非多一道永不能癒合的創傷。可惜造化弄人，老天爺竟是如此殘忍。正因王淡眞，他完全投入反攻邊荒集的行動去，因爲只有這樣他才可以重返北府兵，奪取北府兵的軍權。只有成爲北府兵大統領，他才可以完成玄帥的遺願，並對桓玄展開大報復。終有一天，王淡眞會回到他身邊。只要她能再回到他身邊，他絕不會計較她與桓玄的一段過去，因爲他比任何人都明白她不是自願的。

卓狂生侃侃而言道：「說到領兵打仗我怎麼也不及你劉爺，可是論到說書，恕我不客氣說一句你懂個屁。要是我每次說到男女之間的事，只以姻緣天定四個字作解釋，我的說書館肯定被人拆掉，還要原銀奉還。來聽說書的人需要的是一個能啓發的合理解釋，似是而非沒關係，但必須具備引人入勝的吸引力。明白嗎？」劉裕經他一輪搶白，啞口無言。

卓狂生斜眼兜著他道：「想聽嗎？」

劉裕一呆道：「聽甚麼呢？」

卓狂生光火道：「當然是小白雁爲何對高小子另眼相看了！還有甚麼好說的。」

劉裕無奈道：「我正聽著。」

卓狂生道：「你不關心高小子嗎？提到你的那一節章目我也想妥，就叫『劉裕一箭沉隱龍』，如何？」

劉裕道：「說回高小子吧！」

卓狂生道：「感興趣啦！關鍵在巫女河的奪命一掌。」

劉裕糊塗起來，道：「這有甚麼關係？高小子直至此刻仍死不肯相信在巫女河從背後差點打死他的是小雁兒。」

卓狂生道：「這恰是最精采的地方，小白雁已親口承認，我們的高小子偏是不相信。」

劉裕道：「看來高小子已在你能流芳百世的史筆下俯首稱臣，獻上整個故事。」

卓狂生道：「大家都是爲後世的聽書人著想。聽著了！小白雁暗算高彥後，不單沒有補上另一掌，還逃難似的離開，因爲她不但是首次下手殺人，且本身怕黑兼怕鬼。就從那一刻開始，她心裏有了高小子，感到對不起他。更要命的是高彥受創墜河前，仍不忘催她開溜逃命。嘿！正是在這種心態下，她發覺高小子沒有死，愛的感覺立即在芳心內滋長。雖然她不肯承認，更認爲高小子非她心目中的如意郎君。不過我可以肯定的告訴你，小白雁之戀已成燎原之火，不可收拾。箭已在弦，弓已張滿，差的只是命中紅心的一箭。精采吧？」說畢大笑去了。

「究竟你和小珪之間發生了甚麼事？不要瞞我。」拓跋儀苦笑搖頭，道：「這種事你管不了，也沒什麼好處。人是會變的，小珪已不是你以前認識的小珪了。」

燕飛沉吟片刻，問道：「剛才我來時，避席出帳的人是誰？我從未見過他。」

拓跋儀凝視他道：「他哪裏引起你的注意力？」

燕飛皺眉道：「首先此人是個高手，因爲他高明得感應到我一眼便把他看個通透。當他看著我時我感應到他心裏的恐懼，他害怕我。坦白說，我有把握在數招內取他性命，任他施盡渾身解數，也沒法改變命運。」

拓跋儀訝道：「你似乎很不喜歡他。此人叫公羊信，是小珪重用的人，專派來助我。唉！你動氣了！」

燕飛平靜下來，道：「我是心痛。我一向曉得小珪爲了復國，爲了完成拓跋族雄霸天下的夢想，肯作出任何的犧牲。從小他看事物就都比我深謀遠慮，看得更遠大。這方面我是佩服他的。可是當他這方面的長處走向極端，反會令他沒法把握眼前的形勢，做出損人損己的事。所以我既傷心，亦感憤怒。小珪還將我燕飛放在眼裏嗎？」

拓跋儀駭然道：「你竟猜到族主的心意？」

燕飛道：「我不是今天才有此感覺。當年我們在邊荒集並肩作戰，反抗苻堅，便看出小珪對劉裕的顧忌。小珪還邀請劉裕加入他的一方。你道屠奉三爲何忽然支持起劉裕來呢？」

拓跋儀道：「坦白說，我可以給你十個屠奉三支持劉裕的理由，但仍解釋不了以屠奉三的桀驁不馴，怎會甘心去扶助當時仍是無權無勢的一個北府兵小將。」

燕飛道：「道理很簡單，因爲劉裕是屠奉三報復桓玄的唯一希望，縱然以目前的情況論此事是多麼的不可能。可是不論是屠奉三或小珪，都對謝安九品觀人之法有深切的敬畏，謝安既首肯劉裕爲謝玄的繼承人，此事本身對北府兵將士的影響力更是難以估計。所以只要有一個機會，劉裕將會如朝陽般升出地平面，照亮大地。屠奉三看到這點，小珪當然不會疏忽。剛才公羊信見到我時心生懼意，正因心裏有鬼。忽然間我明白了一切，更明白你爲何心事重重，神色矛盾。」

拓跋儀慘然道：「我該如何是好呢？你知道此事對你並沒有好處，徒損害你和族主間的兄弟之情。」

燕飛斷然道：「光復邊荒集後，我會到盛樂助小珪應付慕容寶，更會要求小珪做個堂堂正正的人。要嘛就和劉裕在沙場上分出勝敗，想用陰謀詭計殺他嗎？得先想想過不過得了我燕飛這一關。」

即使換作其他人，也絕不會認爲燕飛自我吹噓。自燕飛斬殺竺法慶後，天下間已再沒有人敢懷疑他的本領。拓跋儀頹然道：「族主變得很厲害，如果你當面頂撞他，會令你們的關係破裂，那時更沒有人可以和他說話。」

燕飛道：「我比任何人都明白他，我曉得如何和他對話。我們的兄弟之情如果如此禁不起考驗，棄之亦不足惜。」

拓跋儀道：「我仍認爲這不是聰明的做法，更會破壞你們合作對付慕容垂、拯救千千主婢的大計。如此豈非因小失大？」

燕飛道：「這方面我自有分寸，你不用擔心。」心忖在對付慕容垂一事上，自己固然要倚賴拓跋珪，可是拓跋珪沒有了他燕飛也是不行。大家只有通力合作，才有達到各自目的的機會，缺一不可。

拓跋儀苦笑道：「此事將如何收拾呢？」

燕飛道：「我會把一切事情攬到身上，讓他不能怪罪你。」

拓跋儀神情木然的道：「有用嗎？」

燕飛道：「那就要看邊荒集對他有多重要。目前拓跋族若想在邊荒集繼續佔上一席位，只有透過你才辦得到。且一天有我燕飛在，小珪仍不會動你半根寒毛，你也的確沒有出賣小珪，公羊信等人只要如實報上，小珪會明白發生了甚麼事。」

拓跋儀猛一咬牙，點頭道：「事實上也由不得我選擇，我會處理公羊信等人，把他們攆走，其他事再顧不得那麼多了。」

劉裕甫出營帳，便給一臉興奮神色的姬別截著，這位邊荒集最著名的花花公子兼兵器大王，取下夾在腋下的大疊圖卷，張開給他看。道：「如何由百來高手，死守鐘樓而不敗，必須靠超級武器輔助，否則不到一個時辰就會讓人連鐘樓都拆掉，十個燕飛也擋不住。」

劉裕欣然道：「你有甚麼好主意？」姬別讓他看第一張圖卷，上面畫了一枝形狀古怪的箭，在靠近箭鏃處縛著個小球，令劉裕想起擊沉「隱龍」的超級「破龍箭」。

姬別解釋道：「這是火石榴箭和毒煙球的完美結合，不要小看這個只比雞蛋大上少許的球，是以硝石、硫磺、狼毒、砒霜等十三種藥料搗碎搓混成球形，又以舊紙、痲皮、瀝青等混合後塗在外面，使用時只要用炭火燒紅的烙鐵將球燙熱發火，以弩弓射入敵陣，球體爆破後會產生大量毒煙，令敵人不但視野不清，還會因中毒口鼻流血。只要你覺得有用，我立即大批製造。」

劉裕心忖姬別的確是個非常特別的人才，難怪大家都說邊荒集是各方人才薈萃之地。點頭道：「材料方面有問題嗎？」

姬別道：「完全沒有問題，我是邊荒最偉大的採礦和草藥師，一切包在我身上。哈！這火石毒煙箭過關啦！再看我的萬火飛砂神炮，它是以酒炒煉石灰末、砒霜等藥料，製成飛砂藥，盛於瓷罐內，配合火藥，只要點燃引信居高投下，保證可令攻打鐘樓的敵人傷亡慘重，潰不成軍，沒有人敢走近鐘樓半步。」

劉裕細看飛砂神炮的古怪圖象，讚嘆道：「虧你想得出來，如此威力驚人的火器，在鐘樓爭奪戰中最能發揮威力。敵人愈多愈能生效。」

姬別傲然道：「有這兩大法寶，足可令我們的高手攻進夜窩子去，更可奪得鐘樓。再來看我設計的『寸步難』，只須在木板上釘滿鐵釘，再置於敵人行軍必經之處，可使敵人難作寸進。製作此物簡單容易，卻非常有效，最能阻止敵人推進。」

劉裕大喜道：「我正心煩如何令敵人沒法正面強攻我們，有了此寶，當然是另一回事。」

姬別待要答話，燕飛來了。劉裕一看見燕飛神情便知他有急事要說，拍拍姬別肩頭，鼓勵道：「這方面全靠你了，好好幹。」

兩人來到湖旁，燕飛尚未開腔，劉裕道：「你和孫恩、尼惠暉在哪裏混戰呢？」

燕飛吁一口氣道：「你知道了！」

劉裕整個人輕鬆起來，忽然間，他清楚感到與燕飛的交情對他是如何重要。道：「你是否有難言之隱？此事大違你一向的作風。」

燕飛道：「我是應該給你一個交代的，也該給安玉晴一個交代，因爲關係到天地心三珮的毀滅。」遂把事情說出來，只瞞著感應到奇異空間的細節。

劉裕聽得目瞪口呆，失聲道：「那仙門有沒有出現呢？」

燕飛道：「事情發生得太快，就像在一個夢裏，似眞非眞，似假非假，然後合一後的三珮發生爆炸，我們三人同時受重創，尼惠暉更因此身亡。」

劉裕道：「如不是由你燕飛親口道出，臥佛寺又確實化作飛灰，打死我也不肯相信世界有此異寶。唉！眞好笑！胡彬還把這怪事算在我的頭上，說甚麼天降災異，是預示舊朝的崩頹，我的振興崛起。」

燕飛道：「此事你必須爲我保守秘密，至少孫恩不會當你是一回事，其他人怎麼想，便由得別人怎麼想好了。這叫將錯就錯，又或隨遇而安。現在可輪到我說話了嗎？」

劉裕不好意思的道：「燕兄大人有大量，不要介意。嘿！找我有甚麼事呢？」

燕飛道：「我要立即和高小子到兩湖走一趟，不用說你該知道是怎麼一回事啦！我們會在十天內回來。」

劉裕皺眉道：「這小子眞缺乏耐性，大家不是說好待光復邊荒集後再說嗎？」

燕飛道：「你該明白那小子愛得火燒般一刻都等不下去的心情。」

劉裕沉吟片刻，點頭道：「好吧！不過無論結果如何，你必須在反攻邊荒集前押高小子回來，因爲這次的成敗，繫於鐘樓的爭奪戰，在那種情況下，沒有你的蝶戀花是不行的，好好照顧高小子，沒有了他，老卓的天書會黯然失色。」

燕飛訝道：「我還以爲你會大力反對，想不到答應得這麼爽快。」

劉裕苦笑道：「我已錯失了幸福的機會，故不想高少重蹈我的覆轍。做人究竟爲了甚麼呢？有時我眞的不知道自己在幹甚麼？所爲何事？」

燕飛有感而發的道：「一切都會過去。對王淡眞你已盡了全力，無負於她。我也曾認爲自己失去了愛人和被愛的能力，可是到雨枰台走了一轉，一切便改變過來。不論我們是否明白自己在做甚麼，總是要活下去的。既然如此，快快樂樂的活著，終究比痛苦失意的活下去有趣。」

劉裕慘然道：「我不是不明白這個道理，可是不想她還好，一想起她，我便有心如刀割的傷痛。我從沒想過自己在這方面是如此脆弱的。」

此時高彥興匆匆的趕來。燕飛拍拍劉裕肩頭，道：「相信我，世上還有無數美好的事物，如何看待全在我們心之所向。我回來時，將是我們反攻邊荒集的大日子。」說罷迎著高彥去了。

江文清來到劉裕身邊，看著燕飛和高彥遠去的背影，問道：「在這種時刻，他們究竟要去哪裏呢？高彥來向我借船，一副遠行的樣子。問他到哪裏去，卻故作神秘，眞氣人。」

劉裕道：「不過你仍是答應了他。」

江文清在他對面的石頭坐下，點頭道：「我感到很難拒絕他，只看他說話時眼裏熱切期待的神色，便知道任何異議都會令他失望。只想不到燕飛也受不住他的糾纏，更想不到的是你竟然肯放人。如燕飛不能及時趕回來參與反攻邊荒集之戰，我們的實力會大打折扣。守鐘樓不難，可是強攻入夜窩子，擊破敵人重重防禦，直殺到夜窩子的核心鐘樓廣場，卻是每一步都需以血汗去換回來。可以想像敵人的精銳高手，將集中防守鐘樓，沒有燕飛的劍，只要有片刻工夫被敵人擋於鐘樓外，我方的奪樓部隊勢被敵人輾成碎粉。」

劉裕笑道：「原來大小姐是想由我做壞人，負責制止高彥。」

江文清嗔道：「你這人啊！誰叫你是主帥。有時眞不知你怎麼想的。陪高彥瘋了一次仍不夠，還要陪他繼續瘋下去。」

劉裕啞然笑道：「你猜到高彥到哪裏去了？」

江文清鼓著氣道：「猜不到的是笨蛋。」

劉裕感到心情轉佳，江文清現在雖仍是一副邊荒公子的外形打扮，可是劉裕再沒法視她爲男兒，反覺得她另有一股骨子裡透出來的嫵媚和英氣，那種男兒相和女兒身糅集起來的感覺，自有一種難以形容的誘惑力。燕飛說得對，自己對王淡眞已盡了力，傷亦傷透了心，是否該另外尋找她以外的美麗事物呢？唉！想是這麼想，內心卻仍是鬱結難解，萬般提不起勁。

江文清道：「你在想甚麼？」

劉裕胡謅道：「我在想小時的自己，當想做一件事時，會不顧一切，就像我們高少現在的樣子。」

江文清喜孜孜的問道：「還未有機會問你，你是哪裏人呢？」

劉裕想不到引來這種查詢，只好老實答道：「論祖籍我是彭城人，高祖父時遷居京口。你知道嗎？劉裕是後來改的，小時人人都喚我作寄奴。唉！是寄居的『寄』，奴隸的『奴』。」

江文清秀眸露出同情的神色，輕輕道：「你小時生活定是很苦，否則怎會有這麼一個小名呢？」

劉裕嘆道：「我出生不久，娘親便過世，爹沒有能力撫養我，只好由叔母哺養。我從來沒有機會讀聖賢書，一切都是東鱗西爪的學回來的，粗識幾個大字。」

江文清欣然道：「你很有上進心啊！」

劉裕心中湧起連自己都沒法明白的情緒，自加入北府兵後，他絕口不提過去的事，因爲說出來並不光采。道：「我不知這是否叫上進心，不過我最喜歡去探索和發現周圍的事物，一株草也不放過。記得有一次我到山上砍柴，砍傷了手，全賴尋得一種藥草敷好傷口，以後附近每逢有人受了刀傷，都學我用此草治好，從此村人便稱此草爲『劉寄奴草』了！」

江文清道：「原來你小時已這麼本事。」

劉裕苦笑道：「這是我唯一能拿出來告訴別人的兒時偉事。其他還記得的便是砍柴和捕魚，也曾織草鞋拿到市集去賣。說起賺錢的本事，我怎麼都比不上高少。」

江文清興致勃勃的問道：「後來你是怎樣加入北府兵的？」

劉裕露出個苦澀的表情，道：「到現在我仍不知投身北府兵是好事還是壞事，也不知是否因禍得福。起初我並沒有從軍的念頭，因爲一旦投軍，便難以退伍，除非是當逃兵。」

江文清明白的道：「在這時代，的確沒有多少人當兵有好下場。那麼你又怎會投軍的呢？我本以爲你是因立下大志向，所以參軍。」

劉裕壓低聲音道：「我投軍的原因，連燕飛都不知道，他也以爲我是有大志向的人。唉！說來慚愧，你可不要告訴其他人。」

江文清歡喜的鼓勵道：「說吧！文清會爲你保守秘密，不會說出另一套與你所說相反的話來，影響劉帥的威望。」

劉裕道：「我是被逼的。唉！當時生活苦悶，閒來我唯一的嗜好就是賭兩把，豈知一時失手，輸給大地主刁家的三公子，無力還債下被他派惡僕綁起來鞭打，限期還債，在走投無路下，我只好去當兵。心想當了兵，刁家還敢向我討債嗎？哈！」江文清聽得呆了起來。劉裕道：「你說這種醜事，我敢說出來讓燕飛知道嗎？」

江陵，又稱荊州或南郡，位於長江中游北岸、荊江西岸。附近並無高山，盡爲陵阜，故名江陵。自古以來，江陵均爲軍政要地，戰國時秦將白起拔郢，便於此設江陵縣。三國時期，爲荊州治所。其地北據漢沔，瀕臨南海，東連吳、會，西通巴蜀，是用武必爭之地。晉室南渡，江陵在桓家打理下，成爲長江中游第一城，其威勢直逼建康，故有言謂「江左大鎮，莫過荊揚」，由此可知其重要性。江陵「舟車輻輳，繁盛甲宇內」，乃古代楚文化的發源地，早在春秋戰國時期，便爲楚國官船碼頭和楚王行宮所在之地，由磚城牆和土城牆互相依托而成，東西長三里，南北寬里餘。三國的吳太守朱然、蜀將關羽都曾對江陵進行修葺，挖壕立柵。到桓溫任荊州刺史，爲進一步加強防禦，以條石與糯米漿築成堅固的牆腳，大大增強城牆的堅固度，又可防止地陷。

對江陵城的認識，屠奉三敢誇口比桓玄更清楚。這正是他的性格，凡事小心謹慎，深思熟慮，而一旦下決定，只會在手段上有所調整，目標卻永不改變。說出來也許沒幾個人肯相信，屠奉三曾親自點算過江陵城有多少個城垛，城下有多少條下水道，連位置流向均一清二楚，絕不含糊。江陵有六座城門，最著名的是通往大江的大南門，門外就是碼頭。爲減輕大南門的交通擠塞，故又於近荊江處開有小南門。自成爲振荊會的龍頭，屠奉三有多個秘密身分，以方便來往荊湖一帶的城鎮，又不虞令人注目。這方面的事桓玄並不清楚。所以在進城前，屠奉三藏起兵器和所有可以識破他是屠奉三的物品，扮作道地的商人，黏上鬍子，經檢查後輕易過關，從小北門孤身一人混進城去。

貫通南北門的街叫大荊街，連接小南門的街道是小荊街，雖比大荊街窄上一半，卻帶點江南水鄉的特色，與河道平行，接河處以條石駁岸，整齊美觀。一邊是瓦屋深巷，人車往來；一邊是垂柳石橋，流水輕舟。夾河成街，相映成景。屠奉三重回故地，滿懷感慨。城況依然，人事已非。河、市、街、宅、橋、埠、樹交織而成的濃鬱風情，尤使他感受深刻。原本是他安身立命之所的地方，已變成險地。當想到有一天他可能要攻打此城，即使以他的冷狠性格，仍有種難以宣洩的無奈感覺。他這次到江陵來，是要找一個叫萬光的人，此人是他一著厲害的棋子，連陰奇也不曉得他們的關係，更遑論桓玄一方。他還蓄意製造出假象，令人人以爲他和萬光不和，而事實上萬光卻是他手下的人，現在這只棋子終能發揮妙用。找到萬光，他可以立即掌握江陵的情況。他不得不親來一趟，因爲只有他才可以確定萬光是不是仍對他忠心不貳。

他之所以回江陵，不是等著讓人收拾，而是要部署對付桓玄，更要證實族人的生死。自知曉桓玄派出部隊攻打新娘湖，他便知道桓玄針對的是他屠奉三而非荒人，更清楚桓玄會斬草除根，殺盡屠姓的人。他不存任何僥倖之心，只想知道有多少族人逃脫。他機警地穿街過巷，避過巡兵和江湖人物、特別是萬光的手下。萬光是江陵的著名布商，也是本地幫會荊江幫的龍頭大哥，擅長拳腳功夫，他的三十六路推手在南方頗爲有名，不是一般幫會人物。屠奉三對他有救命大恩，更在暗中資助他，令他掙得今時今日的權勢地位。不過防人之心不可無，屠奉三首先要弄清楚萬光是否仍效忠於他。

穿過一條窄巷，萬光的華宅後院牆出現在前方。此時太陽西下，天色漸暗。屠奉三迅速閃往院牆暗黑處，覷準附近無人，下一刻已翻過院牆，接著毫不猶豫的急躍，投往一株院內大樹的橫椏上，接著再騰身而起，橫空而過，落在最接近的房舍的瓦背上，俯伏不動。以前他每次密會萬光，都由這裏進宅，到萬光的退思樓與他碰面，可說駕輕就熟。一切依舊，萬宅並沒有加強防衛，這令他安心了點。屠奉三又從瓦背另一邊回到地上，在宅院中鬼魅般移動，避過來往的婢僕，不一會已穿窗進入位於中園的退思樓下層。退思樓是二層的樓閣建築，四邊有半廊環繞，與穿園過院的遊廊連接，位處中園中心處，環境清幽，是秘密會面的好地方。

黑夜降臨，宅內其他地方亮起燈火，退思樓像沒入了黑暗中。屠奉三登上二樓，來到一扇窗旁，居高臨下向前院主堂的方向探視，心中生出不安的感覺。他曾長期與兩湖幫較量決戰，也不知經歷過多少次由聶天還親自設計的明襲暗殺，培養出步步爲營、小心翼翼的作風習慣。目前的情況全無異狀，他卻感到不妥當。照道理，在入黑前該有婢僕來點亮樓內的燈火。即使曉得萬光今晚不會到退思樓來，也該點明樓外的風燈。怎會宅內房舍全部燈火明亮，獨漏掉退思樓？湖荊聯軍被荒人大破於淮水的消息，該已傳回江陵。別人或許猜不著，但桓玄該猜到他會潛返江陵，以確定族人的情況。桓玄應已離開江陵，又率軍東下，但他定會交代手下，張開羅網等他回來。可是城關卻出奇地輕鬆，不是指檢查不夠嚴密，又或人手不足，而是缺乏熟悉屠奉三的將領在把關。原本屠奉三並不把這情況放在心上，可是因此時生出疑惑，不由把兩方面聯想在一起。桓玄不惜勞師動眾派人去殺他，絕不會在另一方面卻如此疏忽大意，只有一個解釋，就是萬光已出賣了他。

屠奉三殺機大盛，心忖是否該幹掉萬光，足音傳入耳中，健碩魁梧的萬光出現在他視線裏，獨自沿遊廊朝退思樓走來。屠奉三最後一絲懷疑盡去，完全肯定了自己的猜測。萬光是要來看他有沒有來。屠奉三移離窗台，來到另一邊置於牆角，高過他人身的紅木大櫃前，拉開櫃門，內裏空空如也，足可讓他舒服的藏在其中。此櫃是專爲他而設的，遇有手下來見萬光，屠奉三會躲進櫃內。屠奉三苦笑一下，給空櫃勾起心事。唉！如果沒有邊荒集，失去荒人兄弟，他將變成一個眾叛親離的可憐蟲。

聽到開門聲。屠奉三沉聲道：「我在樓上，上來吧！」

萬光驚呼道：「果然是大哥回來了！」

登樓木梯響起腳步聲，萬光登上二樓，露出激動神色，撲上來一把抓著他雙肩，大喜道：「大哥眞是打不死的好漢，桓玄也奈何不了你。」

屠奉三一邊留意對方體內眞氣運行的情況，如稍覺異樣，便立即先發制人。冷靜的道：「桓玄將我姓屠的親人如何處置了？」

萬光鬆手慘然搖頭道：「桓玄自知道邊荒集失陷，便開始大舉搜捕大哥的族人，到最近已全體處決。我很慚愧，眼睜睜看著卻沒法做任何事。」

屠奉三聽得心中滴血，縱然知道必是如此，可是親耳聽到，仍感難以消受。桓玄！終有一天我會親手取你狗命。

萬光退到窗旁，取出火種，道：「我須照常點燈，否則會讓下人生疑。」屠奉三木然點頭。

萬光轉身背著他把置於窗台的燈點著。屠奉三淡淡道：「這盞燈的位置不是有點古怪嗎？」萬光雄軀愕然一震時，屠奉三已逼近他身後。

萬光雙腳大字分開，腰胯鬆沉，蹲身旋轉，反應之迅疾自如，完全顯示出他是處於高度的戒備狀態下。隨著如樞紐般腰胯的帶動，雙掌輕靈緩和，肩胛擺動地猛推雙掌，帶起狂猛的勁氣狂飆，正面迎擊屠奉三。屠奉三知他爲要纏著自己，好待埋伏在萬宅桓玄一方的高手，及時趕來圍捕他屠奉三，會不顧一切的和自己硬拚交鋒，早擬好一招克敵之策。即使在公平決鬥下，沒有十來二十招，屠奉三自問亦不能破他的推手功夫。想在一個照面內殺他，不付出點代價肯定是辦不到的。而且必須是出乎其意料外，對方定會賭他不敢硬拚，他偏要對方猜錯。屠奉三另一優勢，就是熟知萬光推掌的奧妙，在乎「身有所感，心有所覺。隨其所適，因而取之。順而成之，合而解之。」以鼓盪之勁震撼敵人，使對手如陷波濤之中，儘管對方比自己高明，一時三刻內仍難破其無懈可擊、以防守爲主的推掌法。

屠奉三雙拳擊出，迎上對方雙掌，擺出全力硬拚的交鋒姿態。萬光冷嘿一聲，雙掌加勁，道：「形勢所逼，大哥莫要責怪我。」

屠奉三嘆道：「你竟恩將仇報！」就在拳掌交擊的當兒，屠奉三倏地收回一半功力，無聲無息踢出一腳，後發先至的疾取他胯下要害。萬光露出駭然神色，已來不及變招。「蓬！」拳掌交擊，屠奉三應掌狂噴鮮血，往後拋飛，萬光則發出驚天動地的慘呼，給踢得往後拋出窗外。屠奉三背脊撞上樓牆，再噴出一口鮮血，萬光身軀著地之聲傳來，再沒有發出其他聲音，顯然未著地前已身亡。破風聲從前院方向傳來。屠奉三眼冒金星的爬起來，連抹掉口角血跡的時間都沒有，搶到空櫃旁，拉開櫃門，躲了進去，然後把門關上。

目送最後一支車隊離開雁門，拓跋珪領著一批將領戰士，朝南急馳數里，登上一處高地，俯瞰遠近雪融後的平野。陪在兩旁的是心腹謀臣張袞和許謙。

拓跋珪平靜的道：「我交代的事辦妥了嗎？」

許謙忙答道：「密函在十天前送到長子，慕容永該明白族主的好意。」

拓跋珪微笑道：「不論慕容永當我是好意還是陰謀，這仍是他難以拒絕的兩份大禮，我拓跋珪更開了先河，一舉送出兩座有無比戰略地位的邊塞重鎮。」

張袞道：「希望慕容永沒有錯失良機，比慕容詳早一步進佔雁門和平城兩城，沒有辜負族主的厚愛。」

許謙道：「族主此著非常高明，肯定出乎慕容垂意料之外。」

拓跋珪從容道：「慕容永雖然明知我在利用他，仍沒有選擇的餘地。如雁門重入慕容垂之手，他的太原勢必陷入險境，變成腹背受敵。只有取得平城和雁門的控制權，他才能保住他西燕國的北疆，操控大河的航運，可以安心應付慕容垂。如我沒有猜錯，慕容永的部隊，正在趕來雁門的途中。咦！那是何人？」眾人極目朝西南方瞧去，在月照之下，一道人影正往他們的方向奔來。親衛們露出警戒神色，部分人更取箭拉弓。

許謙道：「是會家子，身法很快。」

拓跋珪環視四周情況，思忖這會不會是敵人的詭謀呢？他當慣馬賊，警覺性極高，如情勢不對，會比任何人更快開溜。這種作風到現在仍延續著，爲達到避強擊弱的戰略部署，他會很有耐性，縱然心中恨不得立即將慕容寶煎皮拆骨。最後目光回到奔來的人，訝道：「竟是個娘兒！」

那女子已奔至離他們不到兩里，若依她現時的方向，該在他們左方半里許處經過。忽然那女子一個踉蹌，差點摔倒，到回復奔跑，速度已減緩下來。張袞和許謙齊叫道：「她受了傷！」

拓跋珪的銳利目光又再巡視四方，道：「如果她身負內傷，仍可以這麼迅快的身法疾行不休，如此武功高強的女子，在江湖上找不出多少個來。會不會是任妖女呢？」又喝道：「收起弓矢！」眾親衛忙收起長弓，把箭放回箭筒內。

拓跋珪全神凝視負傷路過的神秘女子，此時她已進入一里的範圍內，體態隱約可見。此女身形高䠷纖美，綽約動人，奔行時長長的秀髮不受管束的在腦後飄揚，儘管仍看不清楚她的花容，直覺她長得很美。拓跋珪心中湧起一種自己也沒法明白的情緒。一直以來，他以復國爲重，其他一切都不放在心上，娘兒只是用來調劑生活。淝水之戰後，更是戒絕女色，心神全放在與慕容垂激烈的鬥爭上。此刻卻忽然感到有點心動，而事實上他連對方長相如何，都只是想像而已。

張袞的聲音傳入他耳中，道：「後面有人在追她。」拓跋珪心神一顫，曉得自己因注意力集中於此女身上，竟疏忽了其他，否則他該是第一個發覺有追蹤者。目光投去，在地平遠處，另一道人影如飛追至。拓跋珪心忖自己該不該管這閒事時，女子再一個踉蹌，摔倒在草原上。拓跋珪策馬奔下山坡，朝女子馳去，張袞、許謙和眾親衛連忙追隨。遠方的追蹤者停了下來，顯然因橫裏殺出他們這群人，生出顧忌。

拓跋珪馬快，又先起步，超前近十多丈，直抵女子伏身處。拓跋珪跳下馬來。許謙在後方大叫道：「族主小心！」拓跋珪在女子身旁蹲下，把俯伏草地上的軀體翻過來，腦際轟然一響，心中嚷道：「世間竟有如此美女！」女子已昏迷過去，嘴角猶帶血污，卻絲毫無損她狐媚動人的美態。儘管看不到她長長一對媚眼內的神采，可是她豐潤的紅唇，仍在勾引著每一個男人的心。親衛馳至，團團把拓跋珪和昏迷的美人圍在核心處。拓跋珪小心翼翼把她攔腰抱起，神色專注的審視著她的花容體態，彷似世上再沒有其他事物能引開他的注意力。許謙等亦呆看著拓跋珪懷中美女，被她動人的容色體態震懾。

從遠方傳來聲音道：「本人波哈瑪斯，此女與本人有解不開的深仇，朋友可否賣本人一個面子，把此女交給我。」

許謙一震道：「波哈瑪斯是波斯來的高手，現爲姚萇的軍師。」

拓跋珪怒喝道：「記著啦！破壞你好事的是我拓跋珪，我以後都不想聽到你的聲音在我耳邊吵吵嚷嚷，給我滾！」

波哈瑪斯的聲音遙傳回來道：「拓跋族主的恩惠，我波哈瑪斯永誌不忘。請了！」

拓跋珪像沒有發生過任何事般，欣然道：「我們回盛樂去！」

燕飛在客棧附近的食館一角剛喝了一口酒，高彥回來了，神色有點沮喪。

燕飛爲他斟滿一杯酒，道：「如果沒有頭緒，最好及早放棄，你只有一晚的時間。」

高彥碰也不碰酒杯，不滿道：「現在尚未過第四天，我們已經來到洞庭湖旁的巴陵，尚有六天時間，回去更是順流，怎都比來程快一點吧！你奶奶的！我最少還有三天三夜的充裕時間尋我的小白雁。」

燕飛糾正道：「頂多是三日兩夜，因爲有一夜須留給你和小白雁卿卿我我。」

高彥立即心情轉佳，臉上陰霾一掃而空，道：「還是你知情識趣，善解人意。」

燕飛無奈道：「難道看著你空手而回嗎？你的情報搜集有何進展？」

高彥道：「今次很頭痛，聶天還根本沒有固定的賊巢，或許今晚仍在巴陵，明晚已到了洞庭湖一個無人荒島去，又或洞庭湖另一邊的武陵。他奶奶的娘！洞庭湖北通大江，東接鄱陽湖，貫通南北所有水道，四通八達。除非像你具有神通，否則鬼才曉得他今晚在甚麼地方落腳？嘿！該由你出馬了。」

聽了他的話，燕飛便知這位邊荒集的首席風媒在施盡渾身解數後，仍一無所得。笑道：「你在這裏的情報網沒發揮作用嗎？」

高彥道：「經過那次在建康被人出賣，我還會蠢得以身犯險嗎？我只是找沒關係的人查探，扮作是個想來和兩湖幫做買賣的富有呆子。哈！幸好這裏人人對聶天還耳熟能詳，還視他爲保護者，說起他來個個口若懸河，稱讚的多批評的少。聶天還很會收買人心，令自己成爲保衛兩湖區本土利益的大英雄，確有他娘的一套。」

燕飛心忖又是僑寓世族和本土世族的衝突累事，令聶天還可贏得群眾的支持，情況有點像孫恩。只不過孫恩打的是宗教的幌子，聶天還則是幫會的龍頭和黑道霸主。

高彥道：「難怪以老屠的本事，又有桓家在後面撐腰，仍沒法奈何老聶。洞庭湖這麼大，兼且四通八達，只要見局勢不對，兩湖幫隨時可化整爲零，各自登船四散開溜。而聶天還的帥艦『雲龍』，不論戰力和性能，均勝過『隱龍』，皆因無須僞裝。可是當敵人無功而退之際，老聶卻可以發動反擊，如此進攻退守，方便自如，所以老聶可以稱霸兩湖，視官府如無物。」接著嘆道：「老聶如此神出鬼沒，我們如何找他？」

燕飛道：「老聶如何賺錢呢？」

高彥如數家珍道：「這裏所有賺大錢的行業，多少都和他有點關係，包括青樓和賭館，貨運和捕魚業。大小幫會想在這區域立足，都要定期向他老人家進貢。最妙是兩湖幫並沒有直接經營生意，卻又可說他的生意已與全區結合起來。像我們現處的巴陵，名義上仍由晉室打理，但實質的統治者卻是老聶。桓家要對付老聶，也要間接透過老屠去辦，由此可知其中的微妙。」

燕飛沉吟道：「兩湖幫在此區應有一個完善的通風報信系統，遇有重大事情，例如我燕飛來了，消息怎樣傳入老聶耳中呢？你清楚這方面的情況嗎？」

高彥嚇了一跳，道：「你在說笑嗎？這是老聶的地盤，他老人家在『外九品高手』榜上只屈居孫恩之下，比老屠還要高一級。據聞他的『天地明環』是當今之世最厲害的奇門兵器，與孫恩相比亦不遜色。兼之兩湖幫高手如雲，人強馬壯，你老哥雖然了得，可是好漢不吃眼前虧，你是想找死嗎？記住我們並不是來打硬仗的。」

燕飛並沒有理會他的憂慮，道：「此城最大的賭場是那一家？」

高彥頹然道：「不要一意孤行好嗎？我快給你嚇破膽了！唉！你奶奶的！你那次偷入滎陽也是這麼敲鑼打鼓的嗎？」

燕飛微笑道：「附近有沒有甚麼特別的名勝呢？」

高彥愕然瞪著他道：「你還有閒情去遊山玩水？」

燕飛道：「先答我的問題，然後我再告訴你我的大計如何？」

高彥道：「我要再去打聽才成。唉！你老哥做做好人告訴我，究竟你有甚麼大計呢？」

燕飛道：「我要向他下戰書，例如三天後在甚麼峰或甚麼島決一死戰，以教訓他竟敢來惹我們荒人。」

高彥擔心的道：「你不是眞要和他大打出手吧？」

燕飛沒好氣道：「老聶會像你這般愚蠢嗎？我只是要看挑戰書被送到哪裏去，從而查出老聶目前的藏身處，明白嗎？」

高彥皺眉道：「假如對方是以飛鴿傳書的方式，把你的挑戰書送去給老聶，我們除了乾瞪眼還有甚麼方法？」

燕飛道：「賭場的人該沒有直接聯絡老聶的資格，也不知老聶在甚麼地方，所以只好找個夠資格的人，等此人通報老聶，那時我們只要抓起這個人，來個嚴刑逼供，不是可曉得老聶在何處嗎？而我們亦可從此人知會老聶的方法，大概推知老聶所在地是遠是近。」

高彥搖頭道：「我仍不明白。」

燕飛解釋道：「近者徒步或快馬便成，如用的是信鴿，你大可以死了這條心，試問鴿子直飛往湖心去，我們除了眼睜睜看著還可以做甚麼？何況，鴿子前往的目的地，可能只是另一個傳遞訊息的分站。」

高彥道：「可是我們如何追蹤只一張紙薄的挑戰書呢？任何人都可輕易藏在身上。」

燕飛道：「更不成問題，在書函上加些材料便成，這方面你該比我在行。」

高彥又開始興奮，道：「還是你有辦法，我立即去張羅。」說罷跳起來。

燕飛叫道：「你還未吃東西呵！」高彥手一揮，頭也不回的去了。燕飛為之啞然失笑，舉起酒壺，正要斟酒，心中忽現警兆。

屠奉三默默立在櫃內藏身的空間，行氣運功，務求在最短的時間內療治傷勢，對外面沸騰的人聲和奔跑聲置若罔聞，全心全意調息靜修。萬光的反擊力出乎他意料之外的強大，令他差點倒地不起，所以不得不行險賭一把，賭的是敵人慣性的行為。當桓玄一方，長期埋伏在府內等候他的高手趕到退思樓，看到萬光伏屍樓外，想到的當然是他屠奉三因看破是個陷阱，故出手取萬光之命，然後逃逸而去，怎麼也想不到屠奉三仍藏身樓內。以萬光深沉的性格，該不會告訴桓玄有這麼一個藏身之所。屠奉三終於打通最後一道因受傷而淤塞的經脈，功力立即恢復個七八成，只要再有幾個時辰的工夫，便可以完全復元。登木階的聲音傳入耳內。屠奉三屏息靜氣，提聚功力。如果有人拉開櫃門，他會毫不猶豫迎面痛擊，然後殺出重圍。希望情況不致那麼惡劣吧！

七個人陸續來到樓上。有人道：「他們在二樓動手，屠奉三也受了點傷。嘿！果然是『外九品高手』榜上的人物，能在數招之內殺死萬光，且把他轟出窗台外，當場死亡。」屠奉三認得這是桓玄從兄桓修的聲音，心忖桓玄去攻打建康，江陵便該由此人打理。

另一個聲音道：「萬光是因點燈引起屠奉三的疑心，屠奉三行事老辣，故意試探萬光，而萬光一向對屠奉三心存畏懼，一時沉不住氣露出馬腳，更在一個照面下喪命，眞教人想不到。」

屠奉三心中暗嘆，說話者只看現場情況，便有如目睹當時的情況，顯出過人的才智識見，且深悉人的心理。桓玄的謀臣裏，只侯亮生一人有此才情。他一向和侯亮生關係不錯，還曾在很多事上和侯亮生合作無間，可是他必須殺死侯亮生，去此大患，將來對付桓玄，才會容易些。族人慘遭殺戮令他心中充滿恨火，他要幹一些能嚴重傷害桓玄的事，方可稍洩心中憤恨。殺萬光對桓玄根本不算一回事，可是殺死侯亮生，卻可對桓玄造成沉重的打擊。

桓修道：「屠奉三大有可能已不在城內。」

侯亮生道：「不論他是否在城內，追捕工夫仍不可以不做，否則南郡公會不高興的。」

桓修喝道：「乾歸！」

以屠奉三的冷靜功夫，聞此人之名亦心中一懍。乾歸是巴蜀最有名的劍客，新近才崛起，可是已被譽爲巴蜀第一高手，想不到他竟投靠桓玄，成爲桓玄的手下。

一個陰柔的男子聲音平靜地應道：「大人請吩咐！」

屠奉三集中精神用心竊聽，只要明白了敵人的布置和搜索他的方法後，他便可以避重就輕，設法潛進侯府，刺殺侯亮生。桓玄非殺他不可的心態他是理解的，因爲沒有人比他更熟悉桓玄和他身邊的人事，對江陵城他更是瞭如指掌。所以桓修現在只是在虛應故事，不會期待搜捕有任何結果。

「小姐！你在看甚麼呢？看了一整天了！」帳內燈光掩映下，紀千千把慕容垂要風娘送來的地理圖，攤開在厚軟的地氈上，興致盎然的研究著。她俯臥地氈上，雙手支著下頷，兩腳後曲交叉，說不出的放任寫意。小詩跪坐另一邊，不明所以。

紀千千指著圖上一個紅點，道：「這是鄴城。」又把手指移下，道：「我們現在於這裏紮營，任何人從西面來增援，會被我們攔腰截擊。」

小詩擔心的道：「聽小姐的語氣，好像已站在皇上的一邊呢！」

紀千千笑道：「因爲我現在必須站在皇上的立場去思量嘛！要打贏一場仗，天時、地利、人和缺一不可，我現在是在研究地理形勢哪！」

小詩垂首不語。紀千千坐了起來，愛憐的道：「詩詩仍在擔心嗎？」小詩兩眼紅起來，微一頷首。

紀千千不解道：「你還擔心甚麼呢？」

小詩搖頭道：「我不知道。」

紀千千沒好氣的道：「我知道！你在擔心我移情別戀，向慕容垂投降。」小詩默然不語。

紀千千道：「你放心好了！我心中只有燕飛一個人，不論情況如何發展，我是永不會改變的。」

小詩焦急地抬頭往她瞧過來，道：「可是小姐你一天比一天開心，容光煥發，整個人像會發亮的樣子。」

紀千千失笑道：「原來你在擔心這個。讓我告訴你吧！因爲我不像你那麼灰心悲觀，又對未來充滿期待，所以人也精神起來。」

小詩又垂下頭去，輕輕道：「眞的嗎？」

紀千千苦惱的道：「要怎麼說你才相信呢？唉！有些事眞不知該不該讓你曉得。」

小詩嬌軀輕顫道：「甚麼事啊？」

紀千千沉吟片刻低語道：「思念是會令人心疲意倦的，幸好還有數十天，我便不用受思念折磨。所以我對將來充滿期待和憧憬。」

小詩不解道：「我不明白小姐在說甚麼？」

紀千千道：「你不用明白，可是必須相信我，要堅強的活下去，終有一天，我們會回到邊荒集去，且是在不久的將來就會發生的。」

小詩淚如泉湧，悽然道：「小姐呵！我知道你只是在安慰小詩。小姐離開建康，是爲了追求無拘無束的自由生活，現在卻給人軟禁起來。」

紀千千移到她身旁，摟著她的肩頭，柔聲道：「不要哭了！不管我們遭到多大的屈辱和不幸，終有一天這一切會成爲過去，我們絕不可讓失望和悲傷佔據我們的思緒，必須咬牙撐下去。現在燕郎正全力營救我們，我們須做好我們的本分，永不放棄，直至雲開見月的一刻。」

乾咳聲在帳門外響起。紀千千道：「是大娘嗎？有甚麼事呢？」小詩退往一角，慌忙抹淚。

風娘在帳外道：「皇上有請小姐。」

紀千千淡淡道：「夜了！我很累，想早點休息。」

風娘沉默半晌，道：「小姐令我很為難呢！我該怎樣向皇上說呢？」

紀千千道：「大娘請為我傳幾句話便成，告訴他我猜到他用的是聲東擊西之計，擺出攻打鄴城的姿態，製造出會從太行大道向長子進軍的假象，令慕容永把防守台壁的軍隊調往軹關，皇上便會揮軍攻打台壁。大娘請緊記提醒皇上不要賴賬，願賭要服輸呵！」風娘聽得默然無語。

好一會後，風娘道：「我會如實轉告皇上。請問燕飛那孩子，是否真到過滎陽見過小姐呢？」

紀千千愕然道：「聽大娘的話，似是認識燕飛呢！」同時心忖為何沒聽燕飛說及這方面的事。

風娘道：「我最後見到這孩子，他仍未足三歲。唉！都是過去了的事了！小姐仍未答我的問題。」

紀千千道：「是否皇上囑大娘來問我呢？」

風娘揭帳而入，目光投往地上的圖卷，然後坐下來道：「是我自己想知道！唉！事情怎會變成這樣子的。」

紀千千柔聲道：「大娘是否認識燕飛的親娘？」

風娘雙目似在追憶往事，蒙上一層水霧，茫然而迷失，道：「不但認識，且曾是最好的姊妹，她是個堅強的好女子。可惜一切都過去了。」接著雙目精芒一閃，道：「燕飛若像他娘，要去做一件事是絕不會半途而廢的。事實上我一直在懷疑，自從那晚後，小姐整個人開朗了，精神則一天好過一天。」

小詩「啊」的一聲失聲驚呼。風娘瞥她一眼，露出疑惑的神色。紀千千下逐客令道：「很晚了！」

風娘緩緩站起來，出帳去了。

紀千千目光投往驚喜交集的小詩，喜孜孜的道：「傻瓜！現在你該明白我沒有愛上慕容垂了吧！我是水性楊花的女人嗎？不要把你小姐看扁了。」

小詩低呼道：「竟是眞的嗎？爲何我不知道呢？這是不可能的呀！」

紀千千閉上美目，心迷神醉的道：「我的燕郎會把一切不可能的事變爲可能，不論如何困難，終有一天他會帶我們回邊荒集去。啊！第四景會是如何迷人呢？」

〈卷八〉

第二章◆以命爲注

第二章 以命為注

燕飛衝出食館門外，眼前的情景一入目，就像被人用盡全力在胸口重擊一拳，沉痛得令他剎那間幾乎無法呼吸。高彥在對街給人提著咽喉，硬從地上扯起，雙腳離地，兩手垂軟，頭不自然地上仰，乍看似乎忽然長高了。施暴者身穿黑色武士服，身材只是中等，可是卻令人有不可一世的懾人霸氣，腰上插著一排飛刀，眼神銳利至似洞穿世上任何物事，正一眨不眨的盯著他，唇角的一絲笑意正不住擴大，最後化作氣焰囂張的笑容。街上行人四散避開，沒有人有看熱鬧的勇氣，益發顯得燕飛面對的狀況，是如何令人害怕。原本車馬往來的大街如河水被截斷般靜止下來，興旺的大街倏地變得靜似鬼域，數以百計的兩湖幫徒從對街瓦頂上現身，人人彎弓搭箭，瞄準燕飛。十多人從對街的鋪子湧出來，其中一個赫然是郝長亨，其餘他身邊的人，只看體形氣度，便知是兩湖幫最精銳的高手。

燕飛整個人「清醒」過來。自曉得仙門之秘後，燕飛一直處於渾渾噩噩的狀態，有時形勢緊逼下會清醒一點，但大多數時間仍被仙門啓示出來的「眞相」鬼魂般纏繞著，感到眼前一切都是幻象，一切只是心的產品，像夢般不眞實。正因這種奇異的心態，令他覺得做甚麼都沒啥相干，最好是找些驚險刺激的事來辦，好使他能重回現世的懷抱，忘掉仙門這回事。所以他肯陪高彥來發瘋，正是這遊戲人間的心境。可是在眼前殘酷的「現實」下，他被「驚醒」過來，明白到此生死之局裏，自有其不可改移的法則，死亡代表的是一筆勾銷，甚麼仙門和洞天福地都不濟事。在這一刻，他再不受仙門主宰他的心，因爲他必須全心投入，去應付眼前急遽變化的惡劣形勢。高彥的「一夜纏綿」已告泡湯，當下最大的問題是如何把高彥帶走。

燕飛回復冷靜，心神投往高彥，這才感覺到高彥仍有氣息，當然只要對方手上加點勁，高彥肯定一命嗚呼。沉聲道：「聶天還！」

聶天還哈哈笑道：「燕兄不是忙得不能分身嗎？爲何還有閒情逸致來到兩湖探視聶某，應早通知一聲，好讓聶某能一盡地主之誼。」說罷一揮手，高彥便像個木偶般橫飛開去，旁邊一個高瘦老者閃出，一手抓著高彥的腰帶，輕如無物地將他提起，然後退入身後的鋪子裏去，消沒不見。

燕飛神色不變，此時他已完全進入「狀態」，心靈晶瑩通透，不含半絲雜念，日月麗天大法全力運行，卻再不是以前的功法，而是經歷過三珮合一，明白了如何渾融丹劫和水毒，其終極威力足以開啓仙門，通往彼岸至高無上的心法。同一時間他掌握到聶天還功力的深淺。聶天還不愧是南方最有威望的黑道霸主，功力直追孫恩，大大出乎他意料之外，難怪江海流會飲恨在他手上。即使單打獨鬥，以他燕飛現在的本領，仍未敢大意言勝，何況聶天還肯定不會給他公平對決的機會，而是盡一切力量，不擇手段的置他燕飛於死地。主動權在對方手上。聶天還沒殺死高彥，正是要誘他動手救人，否則以他燕飛的身手，全力突圍逃走，聶天還也攔他不住。幸好他有一個在這劣局裏唯一的優勢，就是他能感應到高彥。

郝長亨笑道：「燕兄放心，高少是清雅的朋友，我們會好好招待他的。」燕飛心中暗罵郝長亨卑鄙。郝長亨這番話如被高彥聽到，高彥不傷心得吐血才怪。他說得雖好聽，卻等於暗示尹清雅出賣了高彥，將她和高彥的事盡告郝長亨等人，而郝長亨因深悉高彥的性格，猜到高彥會不顧一切的追到兩湖來，所以布下天羅地網，等高彥來上鉤。巴陵是兩湖幫地盤，在他們預謀下，加上高彥四處打聽兩湖幫的消息，遂行藏敗露，招致眼前困局。如能擊殺他燕飛，不論是單打還是以眾凌寡，兩湖幫立可一洗頹氣，重振聲威，轟動南北武林。孫恩尚未辦到的事，聶天還辦得到嗎？

燕飛向郝長亨微笑道：「這個當然，郝兄若薄待我們高少，我敢肯定尹姑娘會和你拚命，不信便試試看。」郝長亨露出愕然神色，顯然沒想過燕飛說的情況，亦使燕飛暗鬆一口氣，曉得尹清雅沒有出賣高彥。

聶天還從容道：「我聶天還的徒兒，不會為一個荒人的生死掉半滴眼淚的。」

敵方的高手和戰士全布在前方，擺明是看準燕飛不會捨高彥而去，故集中力量以應付燕飛硬闖救人。此著非常高明，除非是平野曠地，否則在鬧市中心，不論有多少人手，要攔截像燕飛般級數的高手，根本是不可能的。

燕飛踏前兩步，來到車馬道上，離聶天還不到三丈的距離，哂道：「霸地盤、爭利益，肯定是聶當家所長，可是對女兒家的心事嘛！你和我都該算是外行吧！」

聶天還兩手負後，目注燕飛，啞然笑道：「外行也好！內行也好！我們今晚站在這裏，該不是討論兒女私情的好時機吧！」

直到此刻，燕飛仍沒法找到聶天還的任何破綻，那是種似曾相識的感覺，情況一如他面對著慕容垂或孫恩，由此可推測聶天還是同級數的高手。聶天還完全沒有身邊的人的情狀。包括郝長亨在內，站立在聶天還身旁的十七名兩湖幫高手，表面雖裝出悍不畏死，完全不把他燕飛放在眼裏的模樣，可是燕飛卻從他們氣勢上的微妙變化，清楚掌握到他們隨自己的移動而產生的緊張和不安，亦由此暴露出強弱優劣。假設其中任何一人和自己單打獨鬥，他可憑這種料敵先機的本領，在數招內取對方之命。最強的郝長亨，恐怕也捱不過十來招之數。聶天還卻完全是另一回事，氣勢沒有絲毫波動，彷似淵淵深海，能保持此狀態直至永恆的盡頭。

換另一個角度去看，這批人中武功最不濟者，也能擋自己一招半式，十七個高手加上聶天還，他燕飛是絕對沒有勝出的機會。所以此戰必須鬥智不鬥力。對方也不會主動進攻，因爲有人質在手故可以以逸待勞，任他闖關，聶天還再由手下以車輪戰法，先消耗他的眞氣，磨損他的銳氣，蠶食他的鬥志，而聶天還則全程押陣，在旁伺機出擊，如此戰略，勢陷燕飛於力戰而死之局。知己知彼，百戰不殆。燕飛頗有「重返人世」的感覺，他必須使盡渾身解數，方有可能和高彥逃出重圍。忽然揚聲道：「未知剛才帶走高彥的朋友尊姓大名呢？」

鋪內傳出那高瘦老者的聲音回應道：「本人乃聶幫主座下，洞庭堂右龍將馬軍是也，多謝燕兄垂詢。」

燕飛心忖不論武功氣度，此人實不在郝長亨之下，所以被委以重任，負責看管高小子。目光回到聶天還身上，微笑道：「聶當家敢不敢和我燕飛賭一把？」

聶天還身旁的一名粗豪壯漢大喝道：「原來燕飛你像娘兒般扭扭捏捏。呸！是漢子的便動手救人，不要浪費爺兒們的寶貴光陰。」

燕飛目光移往他手持的兵器，是一柄長把手的虎牙刀。這種形制特別的長柄大刀，最利砍劈。三國時關雲長用的青龍偃月刀，便屬此類。此人用的虎牙刀，柄子長四尺，比刃身長一尺，再從其體形氣魄，已可預見他戰時以攻爲主的悍勇姿態。好整以暇的問道：「這位兄台又怎樣稱呼？」

壯漢身旁作儒生打扮的中年漢不屑的道：「連我幫鄱陽堂堂主『虎刀』周紹都不認識，燕飛你是怎麼混的？」

從周紹站的位置，兼其鄱陽堂堂主的身分，便知眼前敵人裏，如聶天還不計算在內，便以郝長亨和周紹武功最高。把高彥擄入鋪子裏的馬軍也是同級數，能獨當一面的高手。

聶天還舉手制止手下向燕飛罵戰，微笑道：「燕兄手上有籌碼嗎？」

燕飛心中暗讚聶天還的老辣，一句話問到關鍵所在。拍拍身後的蝶戀花，笑道：「是戰是逃皆由我燕飛作主，這算不算籌碼呢？」

那儒生「啐啐啐」地發出一串可厭的聲音，陰陽怪氣的嘲諷道：「燕飛竟是個膽小鬼，眞教人意想不到啊！」

聶天還皺起眉頭時，燕飛已失笑道：「這位仁兄來和我單打獨鬥一場如何，如果我不能在十招內取你狗命，我燕飛橫劍自刎如何呢？看看誰是膽小鬼。噢！還有呢！千萬別告訴我你是誰，因爲老子沒興趣知道。」那儒生登時語塞，臉都漲紅了，目露凶光。

聶天還不悅地瞪了那人一眼，向燕飛道：「燕兄請下注。」

燕飛心忖聶天還才眞是人物，道：「假如本人在半個時辰內救回高彥，聶當家肯不肯讓尹姑娘下嫁高彥，絕不從中阻撓。當然！聶當家在這個時限內，不可以損高彥半根寒毛。」眾皆愕然，想不到燕飛會在如此不合適的情況下，提出這麼一個賭約。聶天還也發起呆來，面露難色。

最清楚聶天還心意的郝長亨乾咳一聲，道：「清雅一向受寵慣了，誰都管不住她，即使幫主他老人家點頭應允，也沒法保證清雅肯嫁高彥。」

聶天還這種黑道霸主，反是最講江湖規矩的人，一旦答應了，又眞的被燕飛成功拯救高彥，便不得不依約辦事。所以郝長亨縱然認爲此賭約對他們有百利而無一害，燕飛拚死力戰必無倖免，仍不得不代聶天還講清楚條件。

燕飛對郝長亨稍添好感，諒解的道：「兩情相悅的事，由他們自己去決定。只要聶當家和郝兄不從中阻撓便成。不要高彥再來找尹姑娘時，兩位又要喊打喊殺。」

聶天還啞然失笑，點頭道：「荒人的確是與眾不同。好！大家就此一言爲定。不過如燕兄在半個時辰內沒法救回高彥，而我們又未能置燕兄於死地，此事如何了局？」

燕飛長笑道：「當然算我輸掉此仗，我就自盡於聶當家眼前。」

從聶天還到伏在瓦頂的箭手，由上至下，都露出看傻瓜瘋子的神色。燕飛當然曉得他們心裏想什麼，因爲只要馬軍攔高彥遠遁，隨便找個地方躲起來，他燕飛便死定了。豈知這正是燕飛戰略最精采的部分，因這樣至少可以令敵人因有所恃，不會使盡全力拚搏。此策所算計到的也包括聶天還在內。

聶天還大喝道：「放箭！」

屠奉三藏身侯宅中院的小花園裏，恭候侯亮生的大駕。他對侯亮生的生活起居頗爲清楚，因爲侯亮生是個沒有家室的人，且是個工作狂。數年前侯亮生孤身一人從嶺南來投靠桓玄，成爲桓玄眾多食客之一，卻一直沒有成家立室。桓玄本身是個博學多才的人，尤長於作文，所以桓玄對別人的文章苛刻挑剔，更令他以高門才識自負。侯亮生正因寫得一手好文章，所以受桓玄賞識，與另一幕僚匡士謀成爲桓玄的心腹謀臣。屠奉三此時藏身園內一株大樹上，俯視位於中院的書齋。侯亮生每晚回府，總先到書齋辦事，希望這回亦不例外。他曾懷疑侯亮生至今尚未娶妻生子，是看穿桓玄反覆難靠的性格，所以不願有家室之累，且因騎虎難下，只好繼續伺候桓玄。侯亮生就像他屠奉三般曉得太多桓玄的事，不論逃到多遠，以桓玄的勢力，仍可以殺人滅口。

侯府的防衛並沒有特別加強，更難不倒像屠奉三般的高手。屠奉三左思右想之際，驀地心有所覺，朝左方瞧去，剛好捕捉到一道黑影，迅捷的踰牆而入，幾個起落來到書齋的另一邊，像屠奉三般躍上一株大樹橫椏處，藏身在茂密的枝葉裏。看樣子對方打算由正門進入書齋，似在配合屠奉三計畫從後窗闖入的刺殺行動。此時兩名小婢從前院走來，直入書齋，點燃油燈，又把窗子打開，像公告侯亮生即將到達書齋。屠奉三心中的震盪仍未平復。他眼力高明，雖只望上一眼，已知對方不但是一等一的高手，且從其身形體態辨出是名女子。江湖上，這般身手高明的女子絕對不多，最著名的當然首推尼惠暉，不過這可能性微乎其微。究竟會是誰呢？

兩婢打掃一番後，離開書齋回前廳去了。接著來了兩名家將，守在書齋門外。這兩人都是好手，不過比起屠奉三又或那神秘女子，卻是差得遠了。如果驟然施襲，保證捱不了幾個照面。究竟她是誰呢？肯定是不懷好意，難道她也想行刺侯亮生？是否也基於侯亮生對桓玄的重要性呢？此女一身夜行衣，還戴上黑頭罩，全身緊裹在黑布裏，該不會是楚無暇，因為如是她的話，根本不用這麼鬼鬼祟祟，大可以本來面目行事，更不怕人知道。只有熟知桓玄的人，才曉得殺侯亮生能重重打擊桓玄。侯亮生不單為桓玄擬策獻謀，且是為他打理政事的主要人物。失去了侯亮生，比幹掉桓玄一名大將的打擊更嚴重。侯亮生還有一項被桓玄倚重的長處，就是情報搜集的功夫。他等於桓玄的耳目，所有消息均先由他過濾分析，再報上桓玄。

足音從前院方向傳來。屠奉三暗嘆一口氣，自己該怎樣做呢？是否該聰明點旁觀女刺客出手，待她殺死侯亮生後方悄悄退走，趁黑離開江陵。燈籠光由前院方向映來，侯亮生出現眼前，另兩名府衛在前挑燈引路，侯亮生眉頭深鎖的負手而行，顯然在思索某些事。屠奉三心中一陣感慨，侯亮生本身並非壞人，可是因錯事桓玄，竟招來眼前各方刺客臨門的奇禍。這次侯亮生是死定了，縱然女刺客沒法得手，還有他屠奉三呢！

燕飛自胎息百日後，劍術大有突破，對擋箭另有一手，可利用射向他的箭反攻敵人。對此郝長亨不可能不知道，可是郝長亨仍把箭手布在瓦頂上，當時燕飛已感到有問題，現在終領教到厲害。在聶天還一聲令下，三十多名箭手同時拉弓射出弦上的箭，由於他們位置有異，或站或蹲，有如一張箭網般居高臨下往燕飛罩來，不論燕飛左閃右移，又或拔起滾地，都難逃被勁箭貫體的厄運，要擋格嗎？除非是三頭六臂，否則只要仍是人，便沒可能同一時間去擋三十多枝利矢，更遑論以之反擊敵人。就在聶天還宣戰的時候，聶天還身後左右十七名高手，包括郝長亨和周紹紛搶前進入攻擊位置裏，只要燕飛被利箭所傷，他們的攻勢會鋪天蓋地的向他發動。即使多出兩個燕飛來，也只有落荒而逃。難怪聶天還這麼爽快，一口答應賭約，且是高興還來不及，因為對方是立於不敗之地，就怕燕飛掉轉頭開溜。

不過令燕飛最頭痛的還是聶天還，他挺立原地不動，也沒有祭出他名震天下的獨家奇門兵器天地明環，而是從腰間拔出飛刀，比「亂箭」且要快上一線，疾取他左右雙肩。其飛刀之迅快，感覺是他一揚手，便化作兩道白芒，抵達目標。燕飛生平首次遇上如此凌厲的攻擊，閃躲是絕對不行，縱然辦到也優勢盡失，完全落在下風。那時不用聶天還親自出手，只是手下十七名高手，足夠殺他有餘。郝長亨等任何一人和燕飛單打獨鬥，也撐不了多久，可是個個均為身經百戰、經驗豐富的高手，會利用燕飛的「失勢」聯合起來，無所不用其極的打擊他，把他一直逼在下風，直至他被殺死為止。燕飛心中出現天地心三珮合璧的驚人情景。蝶戀花出鞘，雙手舉劍，疾斬向聶天還擲來的兩刀之間，像對隨後而至的箭網視若無睹。高明者如聶天還，也對燕飛近似自殺的招數露出疑惑的神色。

日月麗天大法在剎那間提升至巔峰的狀態，隨著蝶戀花由最高點朝下疾劈，丹劫和水毒兩種最本原、至陽至陰的能量在劍鋒激盪，至於最後會出現甚麼情況，連燕飛自己也難以預料。其力當遠未足開啟仙門，但只要有半成天地心三珮合璧的威力，重演當時的部分情況，已足可解去將降臨他身上的殺身大禍。丹劫和水毒在他以前的日月麗天大法的運行裏，是起著互補和相輔相成的作用，可是三珮合一卻啟發了一種他從未想過的可能性，就是至陰至陽兩股本質有異的本原先天眞氣，「互戰互鬥」所產生的驚人能量。假如行得通的話，不但能解去眼前的劣勢，還可於絕處逢生，劍法進入全新的里程。此可被視為其「仙門訣」的首次試招，是勝是敗，立即揭曉。積蓄至頂峰的水毒眞氣，由小腹下的氣海經背脊督脈直沖上頂，入右手陽腧脈，再於掌心蓄勢待發。此正為手握上蝶戀花的剎那。進陽火電速化作退陰符，利用陰緩陽急的特性，當另一手加於劍柄之際，丹劫火熱的勁氣已功行圓滿，兩股相反對抗的力量於劍鋒交擊，完全脫離他控制從劍鋒吐出。最理想當然是兩氣同步運轉釋放，可惜當他進陽火時卻沒法退陰符，反之亦然，故只好將就點使出來。

「劈喇！」電光交閃，發出令敵我雙方所有人目眩的奇異劍芒和刺耳的聲響，於刃尖處爆開。沒有人曉得發生了甚麼事，更不知將會出現怎麼樣的情況，包括燕飛在內。因為武林史上從沒有過這麼可怕的一劍。全力出劍的燕飛感到一陣虛弱，整個人空空蕩蕩，無法著力似的。不由心中大叫糟糕，假如自己反被劍氣所傷，豈非死得更冤枉。雙刀離肩已不到三寸，眾箭最接近的亦在尺許外，於此生死懸於一線的時刻，劍芒擴展，眞氣爆炸。燕飛人急智生，強提一口眞氣，繼續退陰符，形成護體氣罩，向前斜衝而上。「轟！」劍氣激射，首先波及聶天還擲來的兩把飛刀，像狂風掃落葉般，又如被大鐵鎚打個正著，轉向左右橫飛開去，接踵而來的三十多枝勁箭，則像射上銅牆鐵壁般紛紛墜地。旺盛的劍氣仍未止，潮浪般向四方捲起，本如狼似虎撲來的敵人個個大驚失色，有如在海邊玩水的人，忽然被一個滔天巨浪打來，沒有人可以保持站姿，敵手全踉蹌跌退，圍攻之勢立被瓦解。只有聶天還仍傲立不動，臉上露出難以置信的神色，竟忘了再擲飛刀。

燕飛此時已騰起至劍芒爆發處上方丈許的空間，只有他清楚假設聶天還這唯一能抗拒劍氣爆發者再擲出飛刀，必可輕取他的性命，因爲他仍未能回過氣來。這個念頭才起，暴漲的劍氣已襲體而至，震得他全身氣血翻騰，幾乎吐血，亦把他如斷線風箏似的送往箭手埋伏的屋頂。「叮！」聶天還終取來背上的天地明環，互敲發出震動全場的清音。燕飛仍在空中翻滾，每一滾動，他的眞氣都回復了少許，而對方埋伏在屋頂的箭手，仍在過度震駭裏，未及裝上第二輪箭矢。別人或許不明白聶天還爲何尙有閒情響環示威，燕飛卻是一清二楚，因爲他感應到高彥正被那個叫馬軍的高手，挾著從鋪子後門溜走，聶天還是借環聲通知馬軍攜人質遠遁，如此他這一方可立於不敗之地。聶天還卻不曉得，此正爲燕飛「賭約之計」最精采之處，也只有在這種情況下，燕飛才可能救回高彥。

屋上箭手見燕飛接近，忙拋掉大弓，紛紛拔出兵器。聶天還長笑道：「燕兄果然了得，聶天還領教高明。」說到最後一字時，他已仰拔而起，凌空一個翻騰，天環地環化作萬千環影，由下往上直攻燕飛。此時燕飛只回復一半不到的功力，對著聶天還這強勁的對手，自知捱不了幾招，豈敢接招。他全神往屋頂上的箭手們俯衝下去，一劍劈出。首當其衝的敵人硬著頭皮揮刀擋格。「噹」的一聲，持刀者驚覺燕飛的蝶戀花用的是借勁時，已錯恨難返。燕飛哈哈一笑，平飛開去，在敵人兵器不及的高空處朝鋪子後進的方向大鳥翱翔滑去。郝長亨等高手紛紛躍上瓦頂，都遲了幾步，無法攔截燕飛。

聶天還終醒覺燕飛的意圖，當然不曉得燕飛是憑神妙的感應測知高彥的位置，只認爲燕飛智勇兼備。大喝一聲，天地明環脫手擲出，後發先至的直追燕飛而去。燕飛把敵人全拋在後方，單足點往後進的屋脊，正要借力疾掠，追擊挾高彥而去的馬軍，雙環已臨背襲至。燕飛當然可以回身擋環，不過如此一耽擱，不但會被功力不下於自己的聶天還追上，且會讓馬軍大幅拉遠距離，如對方聰明的繞個圈回來與聶天還等再會合，那千辛萬苦、竭盡全力營造出來的少許上風優勢，便要盡付東流。呼嘯聲在後方轉急，顯示雙環正不住接近，而令他駭然的是對方手法巧妙，不但使他沒法憑聲音判斷雙環追來的路線，且沒法拿捏其擊中自己的位置和時間。天地明環神奇至此，是他沒有想過的，更盡顯聶天還身爲「外九品高手」榜上第二號人物的功力。

足尖點屋脊。燕飛向前疾衝，同時釋出如罩子般的護體眞氣。這招以眞氣測敵兵器的方法，完全是臨陣創作，以前未曾用過，現在卻是唯一應付眼前困局的方法。眞氣變成他的耳目，一點不漏掌握到天環地環襲來的方法和路線。先至的是較小的地環，直線投往他背脊，發出比尺半寬的大環更凌厲的呼嘯聲，急旋著破空而來。天環遲上一線，採的是回擊的軌跡，襲往他左肩。聶天還怎能如此準確掌握他的速度和落足點？燕飛感到難以相信。不過事實如此，只好盡力應付。乍看似是循直線投來的地環更具殺傷力，燕飛卻從氣機交感，確認出地環蘊含的眞勁，只有天環的三、四成，眞正的殺著是回擊而來的天環。日月麗天大法全力運轉，蝶戀花反手後劈。「噹！」憑著手臂加上蝶戀花的長度，燕飛先一步劈中後至的天環，相擊產生的狂猛力道，震得他錯飛開去，斜斜滑下瓦坡。左脅一陣火辣疼痛，燕飛如遭雷擊，噴出一口鮮血，五臟六腑似翻轉過來般，衣衫盡碎，險險避過給地環命中背脊的厄運。燕飛差點滾落瓦坡，一個踉蹌，來到瓦頂邊緣，雙足運勁，躍過小巷，落到另一個屋頂上。

燕飛再無暇去理任何人，逢屋過屋的轉左追去，體內眞氣重新運作。倏地大鳥騰空，投往巷內去。挾著高彥的馬軍出現巷子前方，差十多步便可奔出巷口外的大街。燕飛卻是有苦自知，他因施展「仙門訣」而損耗的眞元尙未回復，又被聶天還所創，所以只要馬軍拋開高彥，全力與他周旋，吃虧的將是自己而非對方。不過他怎可以功虧一簣，捨此唯一救回高彥的機會？他要利用的是馬軍只求自保的心態。他燕飛既能突破聶天還把關的重圍，直追而來，馬軍豈敢與他正面交鋒？劍氣緊罩馬軍。馬軍狂喝一聲，竟把高彥往他擲來，同時掣出竹節銅棒，追在高彥後向他反擊，不論戰略、反應，均非常出色。後方破風聲處處，顯示敵人正結群追來，不過追得最接近的聶天還仍在十多丈後。燕飛心中暗叫謝天謝地，凌空一手接著高彥，然後揮劍下劈，正中對方兵器。在長笑聲中，燕飛借力騰升而起，投往大街，轉眼遠去。

屠奉三潛至書齋後窗外的花叢，蹲伏不動。女刺客已早一步從樹上落到草地，擺出從前門進犯的姿態。屠奉三冷眼旁觀，發覺她手握一個竹筒子，顯然不是甚麼好東西，如不是可吹出毒針，便是施放迷香一類旁門左道的工具。由此可推測此女當非出身名門正派。兩名府衛把守大門，另兩名剛巡過屠奉三剛才藏身的大樹下。對侯亮生來說，這該算加強防衛。事實上這四人身手相當不錯，以屠奉三之能，自忖沒有一番惡鬥，亦難以收拾四人。女刺客想用毒針迷香一類的暗器，正是怕打鬥聲引來其他侯府的家將。一聲嘆息從房內傳來。屠奉三心中大訝，侯亮生既得桓玄重用，爲何卻像悒鬱不樂的樣子呢？忙豎起耳朵聽清楚。侯亮生再嘆一口氣，喃喃道：「明知如此，還回來幹甚麼呢？」屠奉三爲之愕然，侯亮生說的難道是自己嗎？他說話的語調大有兔死狐悲之意，他竟是同情他屠奉三的遭遇嗎？心中不由湧起古怪的感覺。

就在此時，前門傳來低呼和重物落地的聲音。侯亮生「啊」的一聲驚呼，站了起來。破風聲響起。屠奉三臨時改變主意，從藏身處躥出，穿窗而入。女刺客已撞門而入，甩手射出手上飛刀，疾取侯亮生咽喉。屠奉三冷哼一聲，順手擲出手上長劍，橫空攔截。侯亮生則呆若木雞，不知如何反應。「噹！」長劍擊落飛刀。女刺客一聲不響，續往侯亮生撲去，另一手再射出一把飛刀，疾取屠奉三面門。屠奉三身爲「外九品高手」榜上名列第三的超卓人物，豈會被一把飛刀阻撓，隨手一掌拍落飛刀及時擋在侯亮生前方。

女刺客雙手化作虛虛實實的掌影，往屠奉三攻來。屠奉三見她武技強橫，掌法精妙，且勁力十足，不敢輕敵，改採守勢，見招拆招，忽感有異，原來女刺客眞正的殺著是底下踢出的一腳，攻的是他胯下要害，非常陰毒。屠奉三心中殺機大盛，全力還以一腳和她較量。女刺客似撐不住屠奉三的腳勁，往後倒飛，直退至大門外。只有屠奉三曉得她一時間無法闖過自己這一關，故見機借力退走，又以爲自己是侯亮生一方的人，怕引來府內其他家將，所以趁還能脫身時開溜。屠奉三追至大門，女刺客已消沒在院牆後，身法之快，斷了屠奉三欲窮追不捨，看她究竟是何方神聖的好奇念頭。四名家將東倒西歪，仍昏迷未醒。甚麼迷香如此厲害呢？

侯亮生在後面喚道：「這位壯士……」

屠奉三轉過身去，扯掉頭罩，淡淡道：「侯兄知不知道我本一心要來殺你？」

侯亮生訝然道：「屠會主！」

屠奉三搖頭苦笑，道：「再沒有甚麼振荊會，終有一天我會手刃桓玄那畜牲。侯兄是聰明人，如不想落得和我同樣下場，該知道如何取捨。」

侯亮生回復鎮定，離開長書檯，移到屠奉三身前，壓低聲音道：「我現在是騎虎難下，除非這次桓玄討伐司馬道子出人意料的兵敗身亡，否則我根本沒法脫身。」

屠奉三心中一動，問道：「殺那畜生談何容易，不過卻非沒有扳倒他的方法，侯兄是否知道他弒兄的罪證？」

侯亮生呆了一呆，低聲道：「此地不宜談話，屠兄若肯信我，明早我們找個地方詳談如何呢？」

屠奉三心忖即使是個陷阱，也難不倒我，點頭答應。待侯亮生說出時間地點後，迅速離開。

高彥逐漸甦醒，迷迷糊糊的坐起來，再被江風迎面一吹，清醒過來，睜眼一看，嚷道：「我的娘！爲何回到大江上？」目光投往在身旁把舵操控小風帆的燕飛，大怒道：「我還未見過我的小白雁，爲何硬把我架回去？噢！這裏怎麼這麼痛。」

燕飛見他手撫咽喉的位置，淡淡道：「想清楚點，昏迷前你遇上甚麼呢？」

高彥喃喃道：「他奶奶的！我剛步出食館，走往對街，忽然眼前一黑，醒來便在這裏。我的燕公子燕爺，駛回去好嗎？唉！你這保鏢是幹甚麼的，又浪費了我一晚的寶貴光陰。唉！原來光陰眞的可以這麼珍貴。」

燕飛道：「你被你未婚嬌妻的恩師大人，活生生掐著喉嚨弄昏了。假如他老人家對你這個徒婿愛不釋手，多把玩片刻，我會很感激他，因爲以後再不用被你這小子煩，人生會快樂很多。」

高彥失聲道：「聶天還？」

燕飛道：「有印象了嗎？你雖然武功低微，該不至於被人暗算，把你像小雞般提著都不知道吧！」

高彥仍在發呆。燕飛暗嘆一口氣，小白雁之戀注定是波折重重，最大的問題不在聶天還，而是尹清雅本身的意向。她或許覺得高彥是個有趣的玩伴，卻絕非如意郎君。當然眞實的情況，只有他們兩個才清楚。道：「爲何變成啞巴了？是否害怕被小白雁出賣了？」

高彥堅定的搖頭道：「清雅永遠不會出賣我，可能是她忍不住告訴老聶愛上了我，所以被老聶猜到我會到兩湖找他的愛徒，遂布下天羅地網待我們去上鉤。」乾咳一聲，駭然瞧著燕飛，道：「你不是幹掉了聶天還吧？」

燕飛笑道：「放心吧！是差點被他幹掉。你當我是神仙嗎？一個人砸掉整個兩湖幫。」

高彥尷尬的道：「哈！你是如何辦到的，怎可能在老聶手上把我救回來？這還不算神仙，算甚麼？有打傷老聶嗎？」

燕飛見他低估聶天還，沒好氣道：「你沒聽到嗎？我說差點被老聶幹掉，還怎去傷他？哈！我的賭術終於大成，雖曾輸掉你的身家，現在卻連本帶利給你贏回來。」

高彥莫名其妙的道：「你在胡扯甚麼？」風帆順風往東而下，江上罩著一重薄霧，夜色淒迷。

燕飛道：「我爲了保住你的小命，和老聶豪賭一把，賭的是如我不能在半個時辰內把你救出來，便橫劍自刎。」

高彥兩眼立即發亮，興奮得聲音都沙啞了，期待的道：「你現在肯定贏了，甚麼連本帶利，快說清楚點。」

燕飛笑道：「聽後不要興奮得跳進江水裏去。」

高彥倏地整個人彈跳起來，喝道：「你奶奶的！快說！是不是把小白雁嫁給我？」

燕飛道：「差不多是這樣，只要小白雁心甘情願嫁你，老聶將不可從中阻撓。」

高彥歡呼一聲，躍上半空，打個觔斗再落下來，振臂高呼道：「成功了！還不立即掉頭，我要去向我的小白雁求婚。」

燕飛皺眉道：「早知你這小子會是這模樣，給我冷靜點，如果聶天還派人幹掉你，甚麼都完蛋了！」

高彥怎壓得下心中的興奮，道：「有你保護我，怕他娘的甚麼呢？小白雁肯定盼她的郎，嘿！即是我高彥，盼得心都痛了。哈！我怎忍心見她獨守空房呢？娘子，高彥來了！」

燕飛自有對付高彥的一套辦法，若無其事道：「賭約只規定老聶不得阻止你們來往，至於如何談情說愛、議論婚嫁，則要看高少你的本事。但賭約沒有包括我燕飛在內，他仍可以不擇手段的對付我。我若被人幹掉，還如何保護你呢？」

高彥愕然坐下，苦思道：「我的心現在很亂，你來給我分析一下，假設我一個人回兩湖去找小白雁，聶天還眞的會寧可失信於天下，也要對付我嗎？」

燕飛讚許道：「終於肯面對現實。這次老聶輸得很冤枉，我則贏得僥倖，肯定有一段時間意氣難平，你此刻若大搖大擺回去找小白雁，老聶怎嚥得下這口氣？幸好在這場協約戰裏，我沒傷過半個人，故沒有結下仇恨，較易令老聶願賭服輸。當然！他絕不願小白雁嫁給你這小子，所以肯定會在小白雁身上下工夫。這樣吧！待收復邊荒集後再說吧！只要我們站穩陣腳，令老聶顧忌大增，那時你儘管公然去找小白雁，老聶也不敢對你不客氣。如你在兩湖一帶有甚麼三長兩短，我是不會放過老聶的。」

高彥道：「在兩湖之外又如何呢？」

燕飛苦笑道：「那就要看你的逃命功夫是否到家了。」

高彥沉吟片刻，問道：「若你賭輸了，是否眞的會自盡呢？」

燕飛聳肩反問道：「我是不守信諾的人嗎？」

高彥不解道：「你有必勝的把握？」

燕飛坦然道：「有點像那晚在夜窩子與賭仙對賭的感覺，確有贏的信心，但也曉得輸的機會同樣大。」

高彥難以置信的道：「你竟肯爲我高彥拿自己的命去賭，如果你死了千千怎麼辦？誰去救她？我値得你這樣去冒險嗎？」

燕飛苦笑道：「假設當時我稍存生死成敗之念，就肯定使不出那可令我佔到上風的一招，也救不回你這小子，一起完蛋大吉。明白嗎？」

高彥感動的道：「眞想不到老燕你是這麼的一個人。以前我還以爲你是個事事向錢看的人，打這個人要一錠金子，踢那個一腳又另一錠金子。而事實上你比任何人更夠朋友。」

燕飛露出緬懷的神色，點頭道：「現在回想起來，淝水之戰前在邊荒集那段日子是頗爲不錯的，生活簡單懶散，一切事在集內解決，每天坐在第一樓看街喝酒，喜歡的話可以到邊荒流浪幾天。大家只有一個目的，就是賺錢，這方面我算很不起勁了！」

高彥笑道：「當然啦！老龐供應你住宿酒食，我則獻上眞金白銀。他奶奶的，那時的邊荒集眞爽，拚命賺錢，也拚命花錢，我曾經連續十多天沒踏出青樓半步，到眞挺不住才逃命去也。眞是荒唐啊！眞正的醉生夢死，從不去想將來要如何如何的。不過坦白說，有時也會感到厭倦，嗅到青樓那股胭脂水粉味便受不了。不過最多十天半個月，興致又回來了。」燕飛含笑聽著。邊荒集是可以容納任何人的，只要你恪守邊荒集的規條，依照它的規矩辦事。

高彥續道：「由此我領悟出一個道理，就是因爲人是貪新鮮的，所以青樓得以萬古長存。有甚麼辦法每晚都有個新鮮的女人呢？只有在青樓可以辦得到。當你踏足青樓的一刻，根本不曉得接著會遇上個怎麼樣的女人，只要你把假的當作是眞的，便可以快快樂樂的過一晚，醒來後，當作一場春夢便算了。哈！直至遇上小白雁，我才完全徹底的改變過來，其他娘們再引不起我的興趣。」

燕飛道：「當小白雁對你千依百順，再沒有新鮮感時又如何呢？你爲了追求新鮮感，不會又故態復萌嗎？」

高彥欣然道：「小白雁是不同的，她永遠不會馴服，而我正是看上她這股騷勁兒。沒有人比我更明白她，她愈愛你，愈不肯向你屈服。即使嫁給了我，她也不會是那種言聽計從的賢妻良母，會讓我永遠保持新鮮的感覺。唉！說起她，又想掉頭回去了！」

燕飛目光投往茫茫大江，心中浮現紀千千的絕世玉容，完全明白高彥的心情。若有人告訴他燕飛，有一天紀千千會失去令他感到新鮮動人的法力，他是打死也不相信的。高彥感激他，事實上他也感激高彥，如不是他以走馬燈爲媒，拉攏出這段熾烈的愛戀，生命可以變得如此深刻動人嗎？

劉裕從姬別的露天工廠回來，腦袋仍裝滿數以千計的工匠，正晝夜不停地打造各種克敵工具的火熱情景。在帳外對著火堆坐下不久，卓狂生偕紅子春來了。三人一起圍著閃耀不定的篝火坐著。

卓狂生道：「紅老闆有個非常不錯的主意，想說出來讓你老人家參考。」

劉裕失笑道：「我可不是甚麼老人家，在這裏誰有好主意，誰便有資格說話。」

紅子春道：「在全盤計畫上，劉爺想出來的確實無懈可擊，即使孫武再生，也想不出更好的奇謀妙計。」

卓狂生接口道：「整個反攻邊荒集的計畫，成敗繫於能否攻佔鐘樓。不過敵人也是有頭腦的，不可能看不出鐘樓的重要性。所以守樓容易奪樓難，在敵人全力防備下，即使我們有燕飛這樣的高手，失敗的機會仍遠大於成功。」

劉裕動容道：「兩位竟爲此想出辦法嗎？快說出來。」

卓狂生道：「是老紅的腦袋想出來的，老紅有一項過人的本領，就是測天之術。」

紅子春道：「這算甚麼本事呢？只不過是肯累積經驗，故比一般人多點心得罷了！」

劉裕本身也受過看天候的訓練，不過仍想不到氣候在爭奪鐘樓一戰上，能起甚麼作用。訝道：「紅老闆有甚麼好主意？」

紅子春道：「邊荒集的地勢，是西北高而東南朝穎水傾斜，所以慕容垂有以穎水灌邊荒集的奇招。姬別那小子告訴我，邊荒集是處於穎水的河原區，位於低地，故每逢春分後，水氣積聚不散，總有幾場大霧。剛才我去找費二撇聊天，回營時感覺到四周充滿濕氣。若我沒有猜錯，不出七、八天，邊荒集必有一場濃霧，如在我們的計畫中，能把天氣計算在內，可以更添勝算。」

劉裕拍腿讚道：「果然是一流的好主意。」

卓狂生捋鬚笑道：「最妙是敵人對地勢不熟，既不在意亦絕想不到，有春霧這造化的奇招，如我們能好好利用，可以佔盡便宜。」

劉裕道：「紅老闆可否作出更準確的預測？」

紅子春道：「我必須到邊荒集走上一趟，現在立即動身，明天午後回來便可以告訴你。」

劉裕道：「我立即派人陪你去。記著此事必須嚴守秘密。」

紅子春點頭笑道：「此等瑣事怎用劉爺費神？我會找幾個得力的手下陪我去，再加上費二撇，遇上甚麼事都可以安然脫身。邊荒是我們地頭，包管敵人摸不著我們的影子。」說罷欣然去了。

卓狂生道：「這就叫一人不敵眾人智。邊荒集從未這麼團結過。你在想甚麼？」

劉裕沉吟道：「我在想，假如我們全面向邊荒集推進，敵人則出集迎擊，忽然大霧降臨，敵人會作出怎樣的反應呢？」

卓狂生的雙目亮起來道：「那說不定我們除了能成功奪得鐘樓的控制權外，還可以擊垮姚興和慕容麟的大軍。」

劉裕跳起來，道：「我須立即去找查重信。」

卓狂生追出帳外，摸不著頭緒的道：「查重信？誰是查重信。你指的是否賣走馬燈的小查？」

劉裕用鼻子大力吸了幾下夜晚湖邊的新鮮空氣，點頭道：「果然有點濕氣！」

卓狂生道：「老紅是邊荒集看天氣變化最準的人。嘿！你要找的是那個專做走馬燈的傢伙？」

劉裕仰望夜空，雙目神光閃閃，沒有答卓狂生，長長吁出一口氣，沉聲道：「如此仗得勝，老紅是最大的功臣，我不但要找小查，還要找呼雷方。我以前的信心是裝出來的，事實上我頂多只有五成的把握，至於另外五成，則要靠我們到現在爲止仍算不錯的運氣，但此刻，我卻有十成十的把握，可以穩勝此仗。」

卓狂生失聲道：「你倒裝得像眞的一樣，原來你只有一半的把握。不過我仍不明白，怎可能有必勝之仗呢？信心是必須的，可是過分的自信，恐非好事。唉！我只是提醒你，因爲你的成敗，就等於所有人的成敗。」

劉裕旋風般轉過身來，微笑道：「爲何以前我沒有十足把握？是因我們尙有一個破綻，就是必須能抵抗敵人的主力大軍，直至奪取鐘樓的第一個軍事目標完成，始有勝望。可是姚興是有智謀的人，假如他選擇置邊荒集不理，放手全力進攻我們，我們便得被迫和他打硬仗，而這是我最不想遇到的。一旦撐不住此仗，以燕飛爲首的爭奪鐘樓部隊會變成孤軍，絕捱不了多久。但紅老闆卻爲我解決了這道難題，使我想到打垮姚興的方法。」

卓狂生精神大振道：「請劉爺賜示。」

劉裕移近他少許，壓低聲音道：「我不信此刻在營地的荒人中，沒有敵人的奸細，而我的計畫只要漏出風聲，便行不通，所以只限於鐘樓議會的成員曉得，明白嗎？」卓狂生不住點頭，表示明白。

劉裕道：「可是爲了保密，即使鐘樓議會的成員也不能盡信。人是很奇怪的，會在不經意間由言語行爲把秘密洩漏出去，所以整盤計畫，我會在最後一刻才讓大家清楚。」

卓狂生曉得劉裕是借著向自己說話，同時深思整個策略中可能出現漏洞的地方，以免影響最後的戰果。

劉裕忽然問道：「我可以信任呼雷方嗎？」

卓狂生道：「呼雷方絕對不是反覆無常的小人，何況他背叛了姚萇，邊荒集已成爲他和手下兄弟唯一安身立命之所。不過若你只是想了解姚興的軍隊，姚猛是另一個選擇，這小子是完全可靠的。」

劉裕道：「兩個加起來便天衣無縫。」

卓狂生心急地道：「可以多透漏兩句讓我知道嗎？」

劉裕目光投往邊荒集的方向，沉聲道：「你想想看，假若我們在大霧降臨前，推進至離邊荒集不到十里的近處，而姚興和慕容驎兩方主力大軍出集來迎戰，忽然間邊荒集周圍數十里之地完全被大霧籠罩，究竟對那一方有利呢？」

卓狂生道：「對我們爭奪鐘樓的奇兵當然有利無害，可是在敵我對峙的主力而言，卻很難說。」

劉裕道：「有甚麼難說的，讓我來告訴你，有備而戰的一方將會佔盡好處，另一方將只餘任人宰割的分兒。明白嗎？」

卓狂生一對眼睛亮起來，問道：「我們如何作好準備？」

劉裕正要答他，手下來報，北府兵有人來求見。劉裕的心立即直沉下去，曉得出了狀況，否則何無忌不會遣人來向他報告。

拓跋珪回到離開盛樂只有四十多里的營地，心中仍激盪著剛才沿大河疾馳的暢快情懷，手下迎上來爲他拉馬。拓跋珪跳下戰馬，攬著馬頸以撫摸獎勵愛馬的時候，張袞來到他身旁作揖道：「慕容永已派人接收雁門，卻不碰平城。」

拓跋珪大喜道：「慕容永眞的幫了我一個大忙。」

張袞擔心的道：「探子回報，慕容永只派出一支千多人的部隊，只要慕容寶佯作攻打雁門，西燕的軍隊要望風而潰。」

拓跋珪心滿意足的道：「事情比我想像中的更理想，假如慕容永擺出志在必得平城和雁門的姿態，慕容寶反不得不先全力收復兩城，以免國都根本被動搖，現在慕容永只是投機取巧，希望混水摸魚佔點便宜，慕容寶是不會放在心上的，會交由慕容詳負起收復兩城之責，而他則全力來對付我拓跋珪。我明白慕容寶，他根本看不起我，認爲我是不堪一擊。哼！我會令他後悔。」又沉吟道：「照這麼看，慕容垂該已把慕容永壓得沒法動彈。慕容永肯定鬥不過慕容垂，不過慕容寶亦非我的敵手。」

張袞道：「慕容寶兵力在八萬人間，全是大燕國的精銳戰士。而我們盡起兵馬，仍不足三萬人。如慕容寶捨雁門、平城，直撲黃河河套，從水路攻打盛樂，我們應付得了嗎？」

拓跋珪似沒有聽到張袞的憂慮般，逕自沉吟道：「我認識慕容寶這狂妄自大的小兒，低能智淺，最會的是收買人心，用些小恩小惠賄賂他老爹身邊的人，只有慕容垂的髮妻段氏，看穿他的才幹不足挑起這副重擔，我會證明給所有人看，段氏沒有看錯他。」接著迎上張袞充滿憂色的目光，微笑道：「兵力的多少強弱，並不是決定成敗的唯一因素。他是勞師遠征，我是以逸待勞；他不熟地理環境，我們卻是在這裏土生土長；他的補給線長，運糧困難，我們卻全無這方面的問題。更重要的是我們慣了打打逃逃，根本不會讓他有全面對陣的機會，慕容寶能撐多久呢？慕容寶是個缺乏耐性的人，他最關心的是能否繼承皇位。我知他常在手下面前譏笑我爲馬賊，哼！我會教他一嘗馬賊戰法的厲害。」張袞聽得說不出話來。

拓跋珪順口問道：「從長城內撤來的人安頓好了嗎？」

張袞道：「已依族主指示，分散往盛樂北面各處部落去，糧食方面一年半載絕不會出問題。」

拓跋珪欣然道：「他們將很快重返長城裏去。」

張袞低聲道：「她醒了！」拓跋珪輕震一下，拍拍張袞肩膀，舉步去了。

王恭死了！劉裕全身無力，虛虛盪盪的，心中充滿說不出的懊悔——悔恨沒有強行帶走王淡真、悔恨沒有依劉毅的提議，率領何謙派系的北府兵將與劉牢之決一死戰，沮喪的感覺緊箍著他，更糟的是他曾有選擇的自由，而他卻沒有為此盡過力，坐看王淡真的親爹被劉牢之害死。這個想法壓得他透不過氣來，甚至思索一下都要費盡心力。想及王淡真現在可怕的處境，他的五臟六腑似一陣一陣的痙攣著，如沒有人看著，他或會倒地號哭。不過縱使所有事情再發生一遍，他仍會選擇現在這條路。為了更遠大的目標，他必須犧牲個人的意願，一切全為大局著想。來見他的是老朋友魏詠之，與孔靖的交好，便是由他牽線搭橋。大家都在孫無終手下辦事，交情深厚，對魏詠之他是信任的。

在帥帳內，魏詠之續道：「王恭曉得何無忌的水師助了你們一把，非常震怒，親到廣陵質問劉牢之，劉牢之虛與委蛇，還設宴款待，解去王恭的疑心，然後等王恭回程時，派人在水上伏擊他，斬下王恭首級，送往建康。」

劉裕盡力壓下心中狂亂的情緒，道：「北府兵內對此有甚麼看法？」

魏詠之道：「大部分人均認同他的做法，因為王恭已成桓玄一黨，不過卻認為不用殺王恭，只須把他關起來已足夠。說到底王恭是當朝重臣名士，殺他會令建康高門產生感同身受的激憤。」

劉裕狠狠道：「這是司馬道子開出來的條件，也是司馬道子的詭計，只有殺王恭，劉牢之方可以坐上北府兵大統領的寶座。」

魏詠之點頭道：「孫爺也是這般的分析。」

劉裕定睛看他，沉聲道：「是否孫爺派你來的？」

魏詠之搖頭道：「不是孫爺，是何無忌，他知道我被委任負責打理邊荒的情報，特來找我，問我肯不肯站在你們的一邊，我當然立即表明立場。孫爺和我們一班手足，都對劉牢之很失望。」

劉裕伸手用力抓他肩頭，以示心中的感動，然後鬆手問道：「劉牢之有沒有懷疑無忌？」

魏詠之道：「剛好相反，劉牢之還稱讚了他一番，因為既能重挫桓玄和兩湖幫，他又看準你們去反攻邊荒集等於送死，一舉兩得，劉牢之高興還來不及呢！當然！他並沒有懷疑何無忌是有心助你。」

劉裕問道：「劉毅方面如何呢？劉牢之有為難他們嗎？」

魏詠之訝道：「劉毅和你有關係嗎？」

劉裕壓低聲音道：「何大將遇害後，他來找我，請我加入他們，一起反抗劉牢之，我因不忍見北府兵四分五裂，所以勸他們暫時屈服，然後等待時機。」

魏詠之喜道：「北府兵內和我們志同道合的人真的不少，現在全看你老哥了！劉牢之現在一意籠絡何謙派系的將領，劉毅還升了官，照我看短期內劉牢之不敢動何謙一系的人，遲些局面穩定下來，卻很難說。孫爺也持同樣的看法。而每過一天，劉牢之的權力就會更穩固一些，支持他的將領還是佔大多數。」

劉裕心忖我還有胡彬和朱序呢。道：「建康方面情況如何？」

魏詠之道：「桓玄打贏了第一場勝仗，在建康大江上游，大破由王愉指揮的建康水師，卻給司馬元顯的另一支水師擋在白石。主動權完全操在桓玄手裏，當荊州軍回過氣來，便會乘勝攻打司馬元顯的船隊，看來仍是桓玄贏面大得多。不過只要我們北府兵插手，桓玄將失去優勢。」

劉裕感到體內的熱血沸騰起來，恨不得取劉牢之而代之，與桓玄在大江決一死戰，直搗江陵。現在卻只能在腦袋裏想著。兩人又商量了各方面的事，初步定下未來的計畫，魏詠之悄悄離開。

拓跋珪從未見過這樣的一個女人，就在他們眼神相觸的一刻，他感到自己已了解她，而對方也掌握到他拓跋珪是怎樣的一個人。這是非常新鮮刺激的奇異感覺。當擁被坐在帳內，仍因失血而致臉色蒼白的美女，朝他看過來的一刻，他感到她一邊在看他，同時她的「心眼」亦在搜索著，尋找他的破綻和弱點。那是一雙對這世界充滿懷疑、戒備的美麗眼睛。拓跋珪心忖假如她一手撫摸自己，另一隻纖手會不會在暗中拔刀呢？

拓跋珪輕鬆的在她身旁坐下，凝視著她，沒有說話。美女輕輕吁出一口氣，淡淡道：「拓跋珪！」

拓跋珪愕然道：「你是猜出來的嗎？」

美女移開目光，彷彿在聽他說話的時候，也在聆聽遠方某些聲音，眼睛蒙上如煙如霧的淒迷神色，在掛於帳內的羊皮燈映照下，有種無以名之、超越人世的詭異神秘美態。唇角飄出點自嘲的苦澀表情，輕輕道：「很困難嗎？在拓跋鮮卑族裏，有另一個人有你的體魄和氣度嗎？你殺了我吧！我肯定你是救錯了人。」

拓跋珪饒有興致的道：「殺人對我來說只是一件小事，吩咐一聲便行，又或可親自下手。但我為何要殺你呢？」

美女茫然的瞧著帳頂，夢囈般道：「拓跋珪怎會如此糊塗，到現在仍不知我是誰。」拓跋珪露出深思的神色。

美女放開抓著毛氈的手，任由毛氈滑下，露出上半身起伏有致的優美線條，緊身衣內充滿火熱的青春活力。拓跋珪並沒有巡視眼前美不勝收的動人肉體，道：「楚無暇？」

楚無暇往他瞧來，眼睛閃耀著令人難以明白的熾熱光芒，柔聲道：「我是你好兄弟燕飛的敵人，趁還有機會時殺了我吧！否則終有一天你會後悔。」

拓跋珪啞然笑道：「你這女人很有味道，縱然你是我的敵人，可是在未一親芳澤前，殺你不嫌暴殄天物嗎？」

楚無暇漫不經意的道：「上過床後，你會捨不得殺我的，別做這般愚蠢的事。」

拓跋珪開懷笑道：「美人兒，我相信你確可調劑緊張生活，留在建康宮內眞是浪費了你。彌勒教現在已土崩瓦解，你開罪的人也不少，何不收心養性，做個聽話的女人算了。」

楚無暇露出帶點不屑的神色，上下打量他幾眼，平靜的道：「跟著你有好日子過嗎？你根本不是慕容垂的對手，早晚難逃滅族的命運。你若對我的身體感興趣，我只會迎合你而不會有絲毫拒絕之意，我也想試試你拓跋珪的魅力。」

拓跋珪聽得一呆，接著哈哈笑道：「眞的有意思。哼！竟敢小看我拓跋珪！信不信我先佔有你的身體，然後再親手殺死你。」

楚無暇蒼白的臉頰現出紅暈，令她更添艷色，嫵媚動人，此時白他一眼，會勾魂懾魄的眼睛像在說

「來吧！難道奴家怕了你嗎？」

拓跋珪想起抱她入懷時那種柔若無骨的動人感覺，幾乎失去自制力，但又感到如此受不住她的誘惑，非常不智，也會令她看不起自己。忙把慾火強壓下去。皺眉道：「爲何你認爲我鬥不過慕容垂呢？」

楚無暇揭開蓋著下身的毛氈，盤膝面對他而坐，秀眉輕蹙的道：「誰鬥得過他呢？如果他不是有紀千千，我索性去投靠他算了。」

拓跋珪毫不介意，搖頭笑道：「腦袋長在屁股的女人。」

楚無暇面無表情的道：「狂妄自大的男人。」

拓跋珪細看她的花容和身段，目光直接露骨的道：「告訴我，現在北方諸雄裏，除了戰爭和掠奪殘殺外，還懂甚麼呢？現在的慕容垂雖然強大，甚或強過所有人，可是他卻目光淺窄，只顧著四出征伐，把中原變成人間鬼域，可惜又禍亂不斷，致四分五裂。現在機會已來到我拓跋珪手中。」

楚無暇任他目光飽覽全身，毫不在意地以半嘲諷的語氣道：「你先避過即將臨頭的殺身之禍再說吧！」

拓跋珪哈哈笑道：「你知不知道自己身在何處呢？」楚無暇不解的看著他。

拓跋珪的目光從她動人的肉體移開，仰望上方，似透帳直瞧往壯闊的星空，悠然道：「淝水一戰，令氐秦解體，慕容垂首先叛秦，在河北復興大燕。接著鮮卑另一支系慕容泓隨之起兵，稱帝長安，姑名之爲西燕。羌族姚萇也叛秦自立，擒殺苻堅，建立羌秦。氐秦雖亡，仍父死子繼，由苻丕登位是爲後秦。世鎮勇士川的乞伏國仁，於苻堅死後獨立，也以秦爲國號，可當之爲西秦。另外尚有仇池氏楊定自立為仇池公，南倚桓玄。又氐人呂光自稱涼州牧酒泉公，為涼國。北方諸雄裏，以此七股勢力有爭霸的實力。其他如禿髮烏孤、沮渠蒙遜、慕容德、李暠、赫連勃勃、馮跋等只算是陪襯，無能左右大局。」說罷目光回到楚無暇臉上，迎上她灼熱的目光，哂道：「無知女人，對國家大事，你懂得甚麼呢？」

楚無暇道：「你究竟把我帶到甚麼地方來？」

拓跋珪搖頭苦笑道：「這是長城外大河河套北岸，你昏迷了三晝夜，枉我悉心照顧，豈知你完全不知感激，早知把你送給波哈瑪斯算了。」

楚無暇奇道：「你不是剛奪取了平城和雁門嗎？」

拓跋珪笑道：「得到的當然也可以放手，從沒有東西是我拓跋珪割捨不下的。兩城我已當禮物送給了慕容永，慕容寶有本事便從慕容永手上拿去吧！」說畢站了起來。

楚無暇仰臉打量著他不可一世的慓悍體形，道：「說得好好的，你要到哪裏去，不在帳內度此寒夜嗎？」

拓跋珪俯下身去，粗大的手掌撫上她嬌嫩的臉蛋，嘴唇在離她香唇不足兩寸處微笑道：「今晚我要獨自思量最新的情況，你好好休息，養足精神後，再告訴我你想留在我身邊，還是到別處碰運氣。記著！我永遠不會收容曾離開我的女人，機會只有一次。」

楚無暇皺眉道：「你肯放我走？」

拓跋珪道：「你竟這麼善忘，我不是剛說過沒有東西是我捨割不下的嗎？」

楚無暇任他撫摸吹彈得破的嬌嫩臉容，柔聲道：「我不是指這方面，而是問你肯錯失殺我的機會嗎？你也善忘了！我說過如你不這麼做，終有一天會後悔的。」

拓跋珪站直雄軀，仰天笑道：「好一個楚無暇。哼！我拓跋珪怕過誰呢？我既然救了你一命，並不會因你是誰而把你的命奪走。好好的想一想。」說罷往帳門走去。

楚無暇道：「你會愈來愈捨不得殺我的。」

拓跋珪在帳門前停步，頭也不回的道：「從來沒有女人能令我著迷的，我也希望你是例外的一個。出生入死的生活並不好過，有時也須有忘掉一切的時刻。」又道：「你決定了嗎？」

楚無暇淡然道：「早在第一眼看到你時，我已決定了。」

拓跋珪微一錯愕，仍沒有回頭看她。楚無暇柔聲道：「我會把你迷死，直到你後悔的一天。」拓跋珪聽了大笑離去。

〈卷八〉

第三章◆抱憾終生

第三章 抱憾終生

一艘小艇靜悄悄地在河道上滑行，駛進一座石橋底後停了下來，彷如從此在人間消失，橋上雖有人來來往往，卻沒人注意這在江陵城慣見的景象。撐艇者正是侯亮生，他比約定的時間遲來了近半個時辰，眞怕屠奉三以爲他爽約，又或等得不耐煩走了。「侯兄！」侯亮生嚇了一跳，左顧右盼，仍見不到屠奉三。「我在這裏！」侯亮生感到艇子輕擺，往四周瞧去，一雙有力的手正抓著船邊，屠奉三很快地從河水中冒出來，由於他處於小艇和橋墩之間，即使有其他艇子駛過，只要屠奉三回到水裏，便可以躲起來。

侯亮生想不到他有此一著，讚道：「屠兄眞有辦法。」

屠奉三大半截身子仍浸在河水裏，冷冷道：「如有人見到侯兄如此把艇泊在橋底，會有甚麼聯想呢？」

侯亮生道：「我不如此別人才會感到奇怪，每當我有疑難的時候，總愛一人獨自划艇游河，桓玄也曉得我這個習慣。」

屠奉三道：「侯兄爲何遲到？」

侯亮生露出哀痛的神色，頹然道：「因爲今早桓府有事發生。唉！都是南郡公作的孽。我不能出來太久，屠兄可有需要我幫忙的地方？」

屠奉三心忖不知誰又給桓玄害了，不過桓玄正在前線和建康軍開戰，當不是他親自下手。道：「侯兄眞的打算背叛桓玄嗎？」

侯亮生苦笑道：「屠兄不相信嗎？」

屠奉三道：「侯兄投靠桓玄，求的不外是功名富貴、權力地位。目前在南方，桓玄是最有資格實現侯兄所求之人。而我屠奉三則落魄邊荒，侯兄竟捨桓玄來就我？動輒還要死得很慘，且侯兄與桓玄又沒有深仇大恨，本人眞的不明白。」

侯亮生道：「屠兄有沒有興趣聽我的看法和抱負，如屠兄聽後仍認為我在騙你，可以依原定計畫殺死我，只要給我一個痛快便成。」

屠奉三大訝道：「我肯來這裏見你，正是想知道侯兄的想法，請侯兄賜教。」

侯亮生雙目閃動著智慧的光芒，道：「自晉室南遷，當政的分別是王導、桓溫和謝安，他們代表的是世族中的進步勢力，力圖改革令晉室失去半壁江山的腐朽政治，壓制世族公卿的政治經濟利益，阻止他們佔山護澤、逼民為奴，殘民以自肥的行為。」

屠奉三點頭道：「侯兄很有見地，沒有這三個人，南晉肯定沒有眼前的局面，更遑論淝水之戰的輝煌戰果。」

侯亮生道：「亦正因淝水之戰，把一切改變過來。從北方南遷過來的大多數士族，仍眷戀以前大晉的風光，把江東視作可以繼續『奢侈相高』的避難所，但因北方胡賊的威脅，不得不容忍由王導開始，至謝安達至最高峰，鎮之以靜，把士庶團結在一起的政策。可是淝水之戰的大勝，卻使他們產生錯覺，認為胡人再難成大事，劣根性又再顯現出來。所以一向不滿謝安限制他們利益的世族公卿，轉而支持司馬道子，排擠謝安和謝玄。這是政治派系的鬥爭，區別非常清楚，一邊是主張改革的謝安派。王珣、王恭、殷仲堪、徐邈等都屬這派的人，政見相同。另一邊是以司馬道子、王國寶、王愉、司馬尙之爲首，力圖恢復舊晉風光的保守勢力。」

屠奉三動容道：「侯兄對朝政有非常過人的眞知灼見。」

侯亮生無奈的道：「我當初投靠桓家，是認爲桓溫的後人會繼承桓溫的抱負，掃走腐朽的司馬氏王朝，開創新局，繼而北伐以復我中土。豈知卻是看錯了，桓沖雖有幾分乃父之風，卻沒有擔當天下的大志。桓玄聰明絕頂，可是比腐敗的世族更不堪，只視天下爲桓家私產。我大力慫恿他支持王恭作盟主，他竟向王恭討女爲妾，如此行爲，怎不令我對他死心。」

屠奉三點頭道：「既知桓玄不是可事之主，侯兄何不遠遁他方，逃到桓玄勢力不及處，不是勝過作我的內應，動輒招來殺身大禍嗎？」

侯亮生目光閃閃的打量他，沉聲道：「屠兄肯放過桓玄嗎？」

屠奉三微笑道：「這還用問？」

侯亮生道：「屠兄又憑甚麼令桓玄敗亡呢？」屠奉三微一錯愕，一時不知該如何答他。

侯亮生道：「屠兄看好劉裕，對嗎？」

屠奉三呼出一口氣道：「侯兄比我想像的還高明，幸好桓玄不懂重用你。」

此時有艇子駛過，屠奉三早一步沉到艇底去。當他再從水裏冒出來，侯亮生道：「你看好劉裕，我卻不看好桓玄，這樣說，屠兄該明白我的心意了！」

屠奉三道：「你爲何不提司馬道子？如劉牢之站在他那一方，桓玄這次肯定無功而回。」

侯亮生道：「我著眼的並不是一時的成敗，而是民心所向。自淝水之戰後，司馬道子掌政，立即恢復了以前舊晉戶調稅法，王公在謝安時是要納稅的，庶民服役者可免稅，而司馬道子竟倒行逆施，世族公卿再不須納稅，庶民則既要服役又要納稅，且巧立名目，加重庶民的負擔，逆民行事，弄得天怒人怨，火石天降，此末世之象。」接著嘆道：「桓玄和司馬道子都是一丘之貉，不明白謝安團結各階層的政策已深入人心，而劉裕又是謝安、謝玄的繼承人，只要給他一個機會，凡有改革理想的人都會支持他。對世家大族我是徹底的失望，劉裕的布衣出身，反可以為南方帶來新的氣象，是我樂於見到的。」

屠奉三道：「我完全明白了！侯兄有甚麼好提議呢？」

高彥睜眼道：「這次可發了。」吸引了燕飛的注意力後，接下去道：「我終於想通為何老聶知道我會來找小雁兒。」

正操舟的燕飛沒好氣的道：「你不是在睡覺嗎？現在離淮水不到十里，不要告訴我，你又想掉頭回去。」

高彥哂道：「你這個邊荒第一高手是怎麼搞的？閉目養神和倒頭大睡竟也分不清。他奶奶的！誰說過要回去？你究竟聽還是不聽？」

燕飛無奈道：「我又沒封著你的口。」

高彥喜道：「這才夠朋友嘛！我想到的情況是這樣的，當小清雅回到巴陵，因心中想著我，更知道我情比金堅，定會來找她，於是吩咐手下的人，如見到像我如此瀟灑不凡的超群人物，須立即上報她，好讓她能及時熱烈地款待我，因而洩漏風聲，讓老聶布下天羅地網來守候我們。」

燕飛道：「另一個可能性，是荒人中尙有兩湖幫的奸細。」

高彥道：「絕對不會，我不是說沒有奸細，而是奸細如何將消息送往巴陵呢？除非是飛鴿傳書，但這是不可能的，荒人現在人人集中精神，提高警覺，誰可養了整籠鴿子還能瞞過所有人？何況知道我們到兩湖去的只有寥寥數人，即使有人看著我們離開，仍不知我們到哪裏去。不要胡言亂語，擾亂老子我的思路。」

燕飛想想也是道理，苦笑道：「算你對吧！」

高彥興奮道：「由此觀之，我的乖清雅不單沒有出賣我，還記掛著我，是廢寢忘食的那一種。」

燕飛道：「希望是這樣吧！」

高彥光火道：「甚麼希望是這樣是那樣？根本實情如此。你一點都不知道她對我多麼親熱，香肩兒任我摟；便宜話任我說；小手任我拉；你抱我、我抱你，只差尙未親嘴兒。明白嗎？她對我是情深如海的。」

燕飛淡淡道：「你整晚就是想這些東西？」

高彥理所當然的道：「不想這些東西還有甚麼好想的？哈！這次雖然見不到她，但已弄清楚她的心意。收復邊荒集後，我會僱一頂大紅花轎，敲鑼打鼓的到兩湖去迎親，你則負責道路的安全。」

燕飛道：「你不是認眞的吧？」

高彥不悅道：「我說得出口的話怎會不算數？」

燕飛啞然笑道：「你這小子眞是無可救藥。先得人家小姑娘肯點頭下嫁你這小子再說吧！不要浪費了我爲你出生入死贏回來的成果，太過張揚，會令老聶很難下台的。而且下次你到兩湖去，須單人匹馬方能顯示你的勇氣和誠意，我既沒空陪你去發瘋，更不宜陪你去，老聶可沒答應過不對付我。」

高彥頹然道：「我早知你會拒絕我。唉！你奶奶的！老聶這傢伙殺人不眨眼，我孤苦伶仃的一個人到兩湖去，舉目無親，老聶若有心要把我分作八塊，保證不多也不少。」

燕飛笑道：「不要說得那麼淒涼，情況不是你想的那般惡劣，賭約是在他手下面前訂立的，願賭當然要服輸，否則聶天還將變成卑鄙小人。何況如他敢動你半根寒毛，將與我燕飛結下解不開的深仇，聶天還會這麼蠢嗎？不要再想了，要我說多少遍，你才明白呢？」

高彥眉開眼笑道：「多說一百遍也不厭。你究竟和拓跋珪有何拯救千千和小詩姐的妙法呢？」

燕飛心忖原來你仍記得千千，敷衍道：「這方面由我來操心吧！你還是……」

高彥怒道：「你當我高彥是甚麼人？只有你才緊張嗎？照我看，以你今時今日的功夫，哪管他千軍萬馬，只要有好幫手，來個突襲，肯定可把她們救出慕容垂的魔掌。」又興奮的道：「慕容垂總要去打仗的，他不在，我們不是有機會嗎？」

燕飛搖頭道：「慕容垂是不會讓千千主婢離開他身邊的，當我們光復邊荒集，他更會提高警覺。」

高彥道：「先答我一個問題，你有信心打敗慕容垂嗎？」

燕飛想起那次和慕容垂交手的情況，認眞思索起來，道：「此人的槍法，已臻出神入化的境界，最可怕的是他臨陣應變的機智和判斷，這樣的對手，誰敢誇言穩勝呢？當時我有個感覺，是他怕誤傷千千，所以槍下留情，但我已感到純以功力火候論，我尙遜他一籌，如他放手全力施爲，更難預料他厲害至何等田地。謝玄便曾在他的北霸槍下吃過暗虧，致後來一傷再傷。謝玄當時的劍術，的確在我之上。現在我雖有突破和精進，可是對著被譽爲胡族第一高手的慕容垂，鹿死誰手，尙未可知。你有甚麼鬼主意？」

高彥道：「不是鬼主意而是好主意。你只是謙虛罷了！我買定你贏，所有荒人都會投注在你老哥身上。慕容垂厲害得過竺法慶嗎？他奶奶的，照我說索性公開向慕容垂下戰書，約期決戰，大家公平拚個分明，千千主婢歸勝的一方。如慕容垂不敢應戰便是龜孫子，他還有臉見人嗎？讓普天下之人都知他怕了你了！」

燕飛道：「照你這樣的說法，哪還用打仗呢？不滿桓玄，便約他出來單打獨鬥，決一生死，誰輸了便向對方獻上荊州或邊荒集，世上怎會有這麼便宜的事？慕容垂如不應戰，誰都不敢說他半句閒話，何況他確曾從我手上把千千硬奪回去。如此向他下戰書，只會換回他的恥笑。」

高彥道：「那就用奇兵突襲的方式，盡起邊荒集第一流的高手，組成救美團，覷準慕容垂與人大戰的時刻，忽然出手，救回她們主婢。」

燕飛苦笑道：「如論智計，我們實在比不上慕容垂，我們兩次眼睜睜看著邊荒集失陷，便知慕容垂不論兵法戰略，均是無懈可擊。他的親兵團雲集了慕容鮮卑族的一流好手，根本不怕突襲。更何況在千千和小詩身邊有個叫風娘的女人，她極可能是胡族中武技最高明的女子，與慕容垂所差無幾，只是她那一關已不易過。何況如此以硬碰硬，我們不論成敗，也會死傷慘重。」

高彥道：「這不行，那又不行，究竟該怎辦好呢？」

燕飛安慰他道：「這條路並不好走，我們可以做的就是一步一步的堅持下去，眼前的一步，是先收復邊荒集。劉裕是個很特別的人，初遇他時並覺不得他有何了不起的地方，充其量只是個本領高強不怕死的機警探子，可是和他經歷多次出生入死後，他的光芒逐漸顯露出來，現在舉手投足之間，一句話、一個眼神，都充滿領袖的魅力，直追當年謝玄的風采。只有他可以領導荒人邁向勝利。我不行，屠奉三也不行，老實說誰都不行，只有劉裕可以辦得到。淮水之戰，只是他軍事生涯的開始，到光復邊荒集，才會眞正奠定他無敵統帥的地位，那時桓玄、劉牢之、司馬道子和孫恩等人會開始害怕他。」不由想到拓跋珪，他比任何人更先知先覺，已對劉裕生出戒懼之心。若有一天，兩人對決沙場，他該站在那一方呢？希望這樣的事永遠不會發生吧！

高彥不解道：「爲何忽然提起老劉呢？」

燕飛道：「邊荒集是沒有能力同時應付南北夾擊的，所以邊荒集的存亡，全看劉裕在南方的表現，在北府兵內的鬥爭成敗。也只有當邊荒集穩如泰山，我們才有資格與拓跋珪聯手對付慕容垂，也只有在這種形勢下，我們才有機會進行我們的『救美行動』，明白嗎？如果劉裕有甚麼閃失，我們成功的機會更渺茫。」

高彥道：「你的兄弟比之劉裕又如何呢？」

燕飛道：「你指拓跋珪？唉！我太熟悉他了！有時更有點怕他。你有沒有這種感覺，當你太熟知一個人，反而有點不知從何說起的困難。」

高彥皺眉道：「怕他？」

燕飛不情願地想起拓跋珪要對付劉裕的手段，嘆道：「在一般情況下，他可算是個明白事理的人，更有過人的氣魄和眼光。可是一關乎到拓跋族的榮辱，他卻是寸步不讓，狠辣絕情得不像平時的他。從小他便立下志向，不但要恢復代國，還要令拓跋族獨霸天下，任何人想阻止他這麼做，他會和你拚命，即使是我也不會例外。」

高彥道：「他有甚麼長處呢？」

燕飛道：「他看事物非常透徹準確，善用騎兵，從不會粗心大意，而我最欣賞的是他的耐性。這麼多年來，苻堅千方百計要清剿他的馬賊團，仍勞而無功，正因他懂得避重就輕，懂得忍耐、懂得掌握時機。天下愈亂，他比任可人更有生存之道。」

高彥訝道：「你很看得起他。」

燕飛目光投往前方，淮水在五里的水程內，很快他們會回到鳳凰湖基地，反攻邊荒集的軍事行動會立即全面開展。他將會暫時忘掉仙門，全心全意投入這如夢似幻的人間世去，經歷其中的悲歡苦樂。他不會讓自己停下來，直至救回千千主婢的一刻到臨。

劉裕回到帥帳，江文清神采飛揚的在帳外等他，比對起雙目通紅、身疲力盡的劉裕，分外顯得她艷光照人。

江文清隨他入帳，說道：「你昨夜沒睡嗎？」

劉裕只希望累得甚麼都不去想，倒頭可以睡個不省人事，完全忘掉王恭遇害的事，不用因憂愁王淡眞而受盡錐心痛楚的折磨。兩人坐下後，劉裕道：「找我嗎？昨夜睡得如何呢？」

江文清欣然道：「這幾晚睡得很好。唉！自爹過世後，我每晚闔起眼都見到他含恨而終的樣子，到現在好一點了。」

劉裕推己及人，關心的道：「大小姐受了很多苦呢！」

江文清嘆道：「喚人家作文清好嗎？」

劉裕心中一顫，這美女愈來愈不隱藏對自己的好感，究竟是好事還是壞事呢？只恨自己對男女之事已有點麻木不仁，且有點畏懼。這是否俗語所謂的曾經滄海難爲水？道：「文清有事找我嗎？」

江文清白他一眼，像在說「有事才可以找你嗎」的嬌俏模樣。即使在劉裕目前的狀態裏，也不得不承認她是個能令人心神陶醉的姑娘，姿色不在王淡眞之下，且是另一種完全不同的剛健誘人的味道。她不像王淡眞般秀眸含情脈脈，輕言淡笑總帶著柔情和苦澀。她的目光直接大膽，表露出骨子裏叛逆、狂野又無比深情的性格。如她一心要誘惑你，確實沒有哪個男人能夠抵禦。在公開的場合裏，她可以冷漠得似沒有一般人的感情，可是如在帳內私下相對的情況，她會開放眞正的一面，讓你感受她打開緊閉的心門，任你進駐的動人滋味。劉裕記起當卓狂生說出高彥救美不成，她笑得花枝亂顫的迷人情景。這一刻，他在見過魏詠之後，拉得緊至不堪負荷的神經線首次放鬆。

江文清忽然含羞垂下頭去，輕嗔道：「你幹嘛這樣瞪著人家？」

劉裕有一般衝動，心忖如不顧一切撲將過去，把她按在厚軟的毛毯上大膽求愛，忘掉帳外的一切，會不會是醫治他飽受創傷心靈的一帖解藥呢？她會拒絕嗎？不過這想法只能在心裏打個轉。有點尷尬的道：「文清今天特別美麗。」

江文清迎上他的目光，一對明媚的秀眸閃閃生輝，眼珠像烏黑發光的珍貴寶石，送他一個清甜的笑容，又似帶點幽怨的道：「難得劉爺讚賞了！」

劉裕知再這樣下去，肯定會出事。若對方是任青媞那種女人，他會毫不猶豫在她美麗的肉體上宣洩心中的壓力，對她卻不敢有任何實際的行動。道：「文清吃了很多苦。」

江文清被勾起心事，神色一黯，輕輕道：「直至來到邊荒集，我仍像個不懂事的小女孩，還扮甚麼邊荒公子去調戲紀千千，對她我是有點妒忌的。自懂事以來，爹對我百般呵護，悉心栽培。文清可說是要風得風，要雨得雨。可是當天叔在慕容垂箭下斷氣的一刻，好像從一個夢裏驚醒過來般，一切都變得冷酷無情，一切都不同了。接著便是爹的遇伏身亡。我從沒有想過爹也會被人擊敗的。由那時開始，我就像是迷失了，心中雖然充滿悲憤和仇恨，總感到有心無力。以我的性格，本是寧死也不肯去求人的，不過最終還是去求你的玄帥，也因而遇上你。」

劉裕憐意大生，道：「開始時你似對我沒有甚麼信心呢？」

江文清又露出女兒家的情態，狠盯他一眼道：「你那時神情勉強，笑容是硬擠出來的，當時我真不明白玄帥看上你哪方面的優點挑選你，還敢來怪文清？」

劉裕心中一痛，記起其時與王淡眞的私奔敗露，心情矛盾。忙岔開道：「你說以前的自己是個不懂事的小姑娘，可是我怕沒有人會有這想法，包括老屠在內，人人都覺得你這邊荒公子扮得活靈活現，手段厲害，膽大包天。」

江文清道：「我說的不懂事，是不明白我有限經驗以外的事情，有點像活在一個熟悉的框架裏，背後有爹在撐我的腰，而爹代表的是南方勢力的平衡。他就是江湖規矩的化身，在這框架內發生的事，我會知道如何去應付。可是因爲爹的去世，一切都完了。忽然間我發覺天下雖大，卻再沒有我大江幫立足之所。強權就是一切，每一個人都可以大道理爲自己的行爲作出完美的辯解，看你採取甚麼立場和角度，別人聽或不聽並不重要，全視你本身是否有足夠實力去維護自己的立場。爹一去，眞實的江湖裏，再沒有我容身之地。」

劉裕道：「現在你仍是這麼想嗎？」

江文清點頭道：「最近的事更證實了我的想法，不過我再不悲觀失意，因爲文清終於發覺玄帥對你的看法精準如神，他的確沒有看錯你。」

劉裕老臉一紅，道：「文清坦白得教我不好意思。嘿！我只是走運吧！」

江文清喜孜孜的道：「你走運，我也否極泰來，運程轉順了！」說完像注意到其中的語病，俏臉微紅，垂下螓首。劉裕目光不由落在她嬌嫩的頸膚上，心中奇怪，爲何一晚暗自神傷，精神差勁的當兒，偏是不住對她生出慾念，自己究竟是怎麼一回事？

江文清有點不敢看他，垂首輕輕道：「邊荒集二度失陷，我們被王國寶的水師攔河截擊，在我感到一敗塗地的絕望時刻，得你及時救了文清，然後便是燕飛斬殺竺法慶的捷報傳來，我忽然又充滿了鬥志，對未來充滿希望。有一天我會親手斬下聶天還的首級，更不會放過胡叫天那叛賊。」

劉裕心中湧起萬丈豪情，斷然道：「不論如何艱難，我劉裕必會助文清達成心願。」

江文清神情激動地朝他瞧來，秀眸射出火熱濃烈的感情，脫口叫道：「劉裕！」

劉裕冷靜自信地道：「你眞正的殺父仇人，並不是聶天還，而是桓玄，我劉裕在此立誓，會徹底地爲文清洗雪此深仇大恨。」

江文清當然不明白劉裕化悲憤和無奈爲力量的心態，雙目淚光閃閃，感嘆的道：「劉裕！」再說不出另一句話來。

劉裕醒覺過來，不過並不介意江文清誤會，說到底沒有人會介意如此迷人的美女對自己好感大增。不過也怕她投入自己懷裏哭個梨花帶雨，他實在不願心中在想著另一個女子，同時又和她親熱。忙分散她心神，微笑道：「文清不是有事來找我商量嗎？」

江文清沉默片刻，情緒恢復過來，若無其事的道：「我只是想問清楚在這次行動中，戰船隊該負擔的任務。」又欣然道：「現在任何人想到新的主意，都分秒必爭，第一個要告訴的對象便是我們的劉爺。」

劉裕謙虛道：「因為我是負責統籌所有意見的人嘛。」

江文清道：「當然不是這樣，以前誰有疑惑和難題，只會找志同道合的人去傾訴，以爭取支持。現在人人認同劉爺的眼光本領，不找你說還找誰呢？」

劉裕笑道：「可能我在北府兵裏，習慣聽命令行事，被訓練成一個有耐性的聆聽者吧。嘿！至於我們的戰船隊，我並不想把它投入這次的主力大戰去。」

江文清道：「是否怕敵人封鎖河道？」

劉裕道：「這是必然的情況，據探子回報，敵人已在邊荒集下游設置攔河水閘，並夾河建起箭樓，又放置投石機，所以從水路攻打邊荒集，是不智之舉。不過戰船對我們仍非常有用，可以之作暫時撤退的工具。」

江文清說道：「暫時撤退？」

劉裕道：「這是整個反攻邊荒集中最重要的一步。我已派人知會胡彬，在這段時間內封鎖潁口，不容桓玄或兩湖幫的任何船隻通過，好令我們沒有後顧之憂，可以全力與姚興和慕容麟周旋。」見到江文清不眨眼的瞧著自己，劉裕微笑道：「敵人一心將我們連根拔起，所以將聯軍分作三路，如果我所料無誤，為了方便指揮，守衛邊荒集和偷襲鳳凰湖的軍隊，會由慕容驎負責；而姚興則硬撼我們的大軍。在兵法戰略而言，這是必然的安排，不會有另一個可能性，否則姚興和慕容驎就是大蠢蛋。」

江文清欣然道：「我喜歡你這麼信心十足的說話，連帶人家都有十足信心。」

劉裕差點衝口說出「你不是喜歡我這個人嗎」的調皮話，當然忍住。這幾天他殫思竭慮，不住思量敵我雙方的種種可能性，早有結論，只是不願太早透露。此正爲謝玄慣用的高明手段，逐漸加強己軍的信心。還記得到淝水之戰爆發的前一晚，謝玄才命自己派人在河底堆砌沙石包，令大軍能迅速渡河，奠定了淝水之戰的輝煌戰績。想起謝玄，他便感到熱血在體內沸騰。江文清、屠奉三和燕飛都是他傾訴心事的理想對象，因爲可以完全地信任他們，不怕他們會洩漏軍機。

劉裕道：「慕容驎的部隊約有二萬人，如一分爲二，來偷襲鳳凰湖的部隊便有萬人之眾，此軍該由最熟悉邊荒的宗政良率領。他會採取迂迴曲折的行軍路線，在數天內分批從水陸兩路撤往泗水的方向，集結後再往西行，遠離我們探子活動的範圍，然後從西北面繞往鳳凰湖，當我們大軍北上，便對鳳凰湖施襲，殺我們一個雞犬不留，再封鎖我們的退路。假設我們和姚興的部隊僵持不下，宗政良又可以和姚興前後夾擊我軍。只有這樣，方可將我們連根拔起。慕容驎的部隊亦可隨時援助，只須留下三數千人，便可以守穩邊荒集，那時我們四面受敵，肯定是全軍覆沒的命運。宗政良更可以封鎖潁水下游，截斷我們從水路逃生的唯一後路。」

江文清道：「你不是說過來襲鳳凰湖的敵人在二、三千人間嗎？」

劉裕道：「這是最初的想法，現在已修正過來，關鍵在敵人的目標是要把我們連根拔起，由於我們控制了邊荒集以南的潁水，至不濟也可以利用龐大的船隊迅速撤走，故敵人對此必有應變之法。」

江文清咋舌道：「假如敵人守邊荒集的兵力達萬人之眾，我們攻佔鐘樓的部隊，動輒將陷全軍沒頂的大禍。又或他們雖成功佔領鐘樓，而我們則被姚興的羌兵拒於集外，他們恐怕也撐不了多久。最怕是慕容驎只留下數千人把佔領鐘樓的孤軍困死，自己則領兵出集助姚興，我們將陷於有敗無勝的絕境。」

劉裕胸有成竹的微笑道：「姚興的兵力在一萬五千人間，我們盡數出動能上戰場的兄弟，也有一萬二千人之數，實力相差不遠，不是沒有打硬仗的本錢。假若我是姚興，絕不會選擇正面對撼，而是以守為攻，待宗政良的部隊截斷我們退路，再採取圍殲的策略，如此方可以在己方減少傷亡下，達到將我們連根拔起的戰略目標。」

江文清道：「我最怕敵人猜到我們會以奇兵突襲邊荒集，並定下應變之計。」

劉裕道：「這個是必然的，敵人最怕的，首先是我們能在邊荒集附近建塞立壘，設置據點，斷其糧線；其次是大軍推進為虛，偷襲為實，所以必定定下種種應變之計，無論我們採取哪種戰略，由於敵人的兵力佔壓倒性的優勢，又有防禦力強大的夜窩子作後盾，表面看來可說已立於不敗之地。」

江文清眉頭大皺的道：「我們如何可以取勝呢？」

劉裕悠然道：「玄帥能以八萬人的兵力，破苻堅的百萬大軍，可知戰爭的成敗並非由兵員的多寡決定，還要論戰略、天時、地利、人和。先說宗政良一軍，他的第一個軍事目標是佔領鳳凰湖，我會讓他輕易辦到，當他抵達此處，只能目送沒有上戰場的荒人全體登船撤離基地，徒呼奈何。你說當這情況出現，宗政良可以做甚麼呢？」

江文清點頭喜道：「這就是你剛才說的暫時撤退，宗政良曉得中計，只好全速趕回邊荒集，希望能前後夾擊我軍。」

劉裕道：「由這裏到邊荒集去，最少兩晝夜的時間，而這兩天時間，足可以決定邊荒集的命運。」

江文清不解道：「若我提出的問題仍沒法解決呢？」

劉裕道：「嗯！還有一萬五千人的羌軍和守集的一萬名慕容鮮卑族部隊。論人和，對方長期苦候於邊荒集，糧資短缺，又因竺法慶被斬首引起彌勒教徒的動亂，士氣必然低落。反之我方聚義後大破荊湖聯軍，又是要奪回本屬於我們的東西，誰都知道許勝不許敗，所以戰意激昂，人人不顧生死，相比之下，兩方實是天壤之別。在人和上我們是佔盡優勢。」

江文清點頭道：「確是如此。失去了邊荒集，我們也失去了一切。」

劉裕道：「說到地利，邊荒是我們的地頭，對邊荒集附近的環境，大家都瞭如指掌，地利一項，不用多言也是在我們一方。」

江文清道：「天時又如何呢？」

劉裕輕鬆地吁出一口氣，道：「紅老闆正為此到邊荒集去，他是看天時的高手，預料在數天內邊荒會有一場大霧。對敵我雙方來說，誰能在大霧降臨時準備充足，誰便可以贏此一仗。我們必須擊垮姚興出集迎戰的大軍，那敵人的一切應變計畫，均不足懼。」

江文清大喜道：「文清終於放心了！原來我們的劉爺已有周詳完整的大計。」

劉裕道：「現在只剩下最後一道難關，假如姚興接戰不利，退守夜窩子，而我們又沒法在短時間內攻進去，一旦我方攻入鐘樓的部隊弓折矢盡，我們將出現危機。」

江文清道：「我們先一步把戰士藏在夜窩子外圍的區域又如何呢？當姚興欲退返夜窩子之際，我們一方面阻止慕容鱗接應，另一方面則斷去姚興退路，令敵人沒法會合。」

劉裕拍腿道：「這是唯一的策略，不過敵人雖以夜窩子為防禦中心，邊荒集的外圍地區仍屬敵人勢力範圍，想偷進去談何容易，仍須從長討論，這方面交給文清去想好嗎？」

江文清欣然道：「領命！」

劉裕道：「多謝文清。」

江文清愕然道：「爲何謝我？」

劉裕道：「事實上我應該累得只想睡覺，偏是完全沒有睡意，腦筋反無比的清晰。和文清的這番對話，使我把這幾天散亂的思緒來了個大整理，終於得出全盤的作戰計畫，你說是不是該感謝你呢？」

江文清喜孜孜的道：「現在你可以放心倒頭大睡了，文清要去辦事了！」說畢出帳去了。

劉裕躺下，閉上眼睛，一陣模糊，已入夢鄉。

孫恩第一次希望自己從來沒有創立天師道。他乘坐的小風帆駛進翁州島的海港，數以百計的大小戰船展現眼前，旌旗似海，波浪般隨風飄揚，與平靜的海面相映成趣，景色壯觀。歡叫吶喊聲震天爆響，恭候在岸邊的天師軍人人跪地膜拜，口呼天師之名。孫恩卻完全沒有心情投入這種氣氛去。

他對五斗米教的認識，始至親叔孫泰，也是孫泰親自出面，懇求當時有道家第一人之稱的閒雲收他爲徒，得傳道家無上功法。五斗米教最吸引他的是「黃天太平」和「羽化飛天」兩個理想。前者爲入世治平之道，後者爲出世破迷之法。「天貪人生，地貪人養，人貪人施。」帝王應以道治人，平均一切財富，以「太平」治國，在「蒼天已死，黃天當立」的氣運轉變下，天師道遂應運而生。在晉室之前，五斗米道主要在庶民間流傳，直至一代道學大宗師葛洪旁出，把五斗米道和儒教合一，提出黃帝也是「先治世而後登仙」，五斗米教才開始在世族間傳播。在建康的世族裏，有不少人是信奉五斗米教的，卻不是他孫恩天師道的信徒，且視孫恩爲異端邪說。正是在「黃天太平」的治國理想下，孫恩成立天師道，既聚集了東土諸郡飽受淩逼剝削的庶民百姓，亦吸引了大批受盡僑遷世族欺壓的本土世族。這群本土出身的世族，一邊讀孔孟的聖賢書，做高官、掌權勢，另一邊則採藥煉丹，「先服草木以救虧缺，後服金丹以定無窮。」如此成仙有望，且不必放棄祿位，對孫恩自然大力支持。

一直以來，這是孫恩深信不疑的理念，「先治國後成仙」，是多麼動人的理想和志向。可是三珮合一後仙門的出現，卻動搖了他的根本信念。仙門事實俱在的告訴他，人世間發生的一切，只是一場生與死之間的遊戲，比之破空而去，是那麼的不關痛癢。一切所謂的生死成敗，再不放在他的心上。崇奉天師道，又或把天師道拒於門外，並沒有分別。能否得到「破空而去」的「眞正解脫」，與信道或不信道，甚至煉丹服藥，也沒有絲毫關係。假如天師道不是由他一手創辦，他可能永遠不會回到翁州島，再不用面對眼前的景況。天下間只有破空而去，方能令他心動。風帆泊往碼頭。盧循和徐道覆迎來。孫恩灑然躍飛下船，登時引起響徹海港的歡呼。孫恩足踏實地，負手而行，兩徒追在他身後，識趣地沒有說話。

轉瞬間孫恩踏上主峰飛來峰的山道，淡淡道：「情況如何？」

盧循忙道：「各方響應而來的好漢達七萬之眾，戰船超過八百艘，還陸續地到來。一切準備妥當，只待天師一聲令下，我們可以直搗建康，讓我天師道德被天下。」

另一邊的徐道覆道：「形勢對我們非常有利，司馬道子爲了擴充建康軍，又想另立新軍以抗衡北府兵，強徵浙東一帶佃農當兵，弄得東土各郡民怨沖天，故我天師道大旗一揚，立即天下歸心。」

孫恩啞然笑道：「會稽是不是仍由那僞五斗米徒主理？」

徐道覆笑道：「這是晉室氣數已盡的明證。司馬道子千揀萬揀，偏揀了謝玄的姊夫王凝之作會稽內史，在最前線來對付我們。他的部下見他不修武備，整天躲在靜室求神拜佛，便提醒他，他卻答說已請得他的道祖，派出神兵天將來解救他。」會稽是東郡最重要的戰略重鎮，離翁州只有兩天水路行程，一旦會稽失陷，東土諸郡將陷於險境，天師軍亦取得能與翁州島遙相呼應的重要據點。

孫恩忽然道：「燕飛沒死。」徐盧兩人面面相覷，心忖難道孫恩竟收拾不了燕飛？

孫恩道：「燕飛之所以仍能活著，是牽涉到其他問題，箇中情況，你們不須知道。只須明白燕飛事已變成我個人的事，由我親手處理。」兩人大惑不解，不過亦不敢尋根究柢。

盧循戰戰兢兢的問道：「現在我們該怎麼辦呢？」

孫恩悠然止步，道：「建康方面情況如何？」

徐道覆答道：「桓玄親率水師，東下攻打建康，被建康水師力抗於石頭城外，桓玄不知基於甚麼原因，雖初戰得利，卻不敢放手攻打建康，眞相耐人尋味。」

孫恩淡淡道：「劉牢之已背叛了桓玄，改投司馬道子。」

盧循一震道：「天師明見，理該如此，否則建康早完蛋了。」

徐道覆色變道：「如劉牢之轉向司馬道子效忠，對我們將非常不利。」

盧循道：「如他們拚個兩敗俱傷，又是另一回事了。」

孫恩搖頭道：「桓玄是不會便宜我們的，他只有退兵。我們也要改變策略，就是暫緩攻打建康，再施計引敵人來犯。」徐道覆和盧循均感錯愕。

孫恩緩緩轉過身來面向兩人，雙目閃動著兩人從未見過的奇異精光，柔聲道：「司馬道子和劉牢之怎是我孫恩的敵手？你們給我血洗會稽，斬殺王凝之。由於王凝之身分特殊，此事必會震動建康。劉牢之礙著與謝玄的交情，不能坐視不理，必請纓出戰，司馬道子會因此陷於兩難之局。答應的話，怕劉牢之軍權坐大；想反對又怕建康世族意氣難平。我們便出個難題考量司馬道子的應變能力。」

徐道覆大喜道：「天師隨手拈來便是妙策。」

盧循興奮的道：「司馬道子是一波未平，一波又起，看他如何應付。」

孫恩道：「邊荒集的得而復失，對我們是個好的教訓。勞師遠征，實非智者所為，更因我們低估荒人反擊的力量，又錯在誤信胡人。所以我們這次的策略是先立於不敗之地，以逸待勞，打幾場漂漂亮亮的勝仗，振我天師軍的聲威，令東土諸郡人人歸心，削弱晉室勢力，更要和桓玄比耐性。這是鷸蚌相爭的形勢，成敗在乎誰是得利的漁夫。清楚了嗎？」徐道覆和盧循拜伏地上，心悅誠服的齊呼「領命」。

孫恩撫鬚微笑道：「為師此行得益之大，實非任何言詞能形容萬一。由今天開始，我留在飛來峰閉關修行，除了你們兩人，任何人不得踏足飛來峰半步，否則我必殺無赦。」徐道覆和盧循高聲答應。孫恩仰天一陣長笑，說不出的欣悅舒暢，兩人抬起頭來，孫恩早消失不見。

桓玄傲立在帥艦指揮台上，目注石頭城的方向。在里許外的江面，由司馬元顯指揮的建康水師倚石頭城布陣，就是差那麼里許的距離，令他望石頭城而興嘆。連日的激戰，桓玄大顯神威，過關斬將的直抵石頭城，遇上他從不放在眼裏的司馬元顯，卻被他拚死反抗。司馬元顯雖損兵折將，卻沒有崩潰，配合石頭城的堅強防禦，令桓玄難越石頭城半步，終成對峙之局。桓玄本打定主意於日出後再發動新一輪的攻勢，豈料昨日黃昏時王恭死訊傳至，令他陣腳大亂，不敢冒進。不知如何，昨晚他徹夜難眠，不住想起留在江陵的王淡真。若她曉得她爹被劉牢之所殺，這美女會如何面對此殘酷的事實呢？自己為何關心她的反應？難道竟因太迷戀她的肉體而致對她動了眞情嗎？

桓玄嘆了一口氣。劉牢之！有一天我會把你身上的肉，一片片割下來，發洩我心中難平之恨。眼看建康就要到手，橫裏卻殺出個劉牢之，令他進不能退不得。可是他卻沒法怪任何人，判斷錯誤的是他自己。預期中因何謙遇害，以致北府兵四分五裂、互相攻伐的情況並沒有出現。他能獨力應付建康和北府兵的聯軍嗎？即使在大江勝利，要攻陷石頭城已非易事，接著還有建康城的爭奪戰。更何況他現在師出無名，王國寶已被處死，再不能借討伐王國寶爲名，以爭取建康世族的支持和響應。

殷仲堪和楊佺期來到左右兩旁，神色凝重。楊佺期道：「劉牢之親率北府兵水師，已抵建康下游。」

桓玄冷哼一聲，心忖我如不手刃此獠，誓不爲人。

殷仲堪道：「孫恩在翁州島集結軍力，戰船超過五百艘，兵員在七、八萬人間，隨時會渡海攻打沿岸各城，弄得東海諸郡人心惶惶，民眾四散逃亡避禍。」

桓玄自己也有退意，可是聽到兩人說的話，卻怒火中燒，沉聲道：「劉牢之算甚麼東西？只不過是謝玄的走狗，當年的謝玄都不被我桓玄放在眼裏，何況是劉牢之。」楊佺期是他下屬，只好閉口不語。

殷仲堪身爲荊州刺史，桓玄又辭而不受大司馬之職，嚴格來說殷仲堪有權管他這個南郡公，當然不吃他這一套。皺眉道：「我們若在目前情況下強攻建康，既師出無名，且勝敗難料，縱然得勝，兵員折損必重，不利南方政局，反而只會便宜了孫恩。」

桓玄明知殷仲堪言之有理，仍按捺不住心中怨憤不平之氣，冷笑道：「刺史大人是否想打退堂鼓呢？」

殷仲堪心中大怒，不過一看船上全是桓玄的親衛高手，桓玄的「斷玉寒」更是殺人不見血的利器，此子一旦瘋起來，說不定會拔劍來對付自己。好漢不吃眼前虧，忍下這口氣道：「一切由南郡公定奪。」

桓玄幾乎語塞，一錯怎可再錯，何況關乎桓家的榮辱存亡。正不知該說甚麼話的時候，一艘小艇由敵陣駛出，朝他們而來。楊佺期訝道：「船頭站的不是范寧大夫嗎？」

桓玄一呆道：「竟是范寧？」范寧是當朝重臣，剛正不阿，從來不肯附和司馬道子、王國寶之流，備受朝野敬重。桓玄忙下令道：「不准妄動。」命令由號角手傳開去。

小艇逐漸接近，范寧高舉卷軸，揚聲叫道：「聖旨到，皇上下詔罪己，以應天機、息民憤，接旨者不用跪接。」

桓玄心中無奈，知道主動權已落入司馬道子手上，且贏了漂亮的一仗，而他桓玄更沒有另一個選擇，只得接受此退兵的下台階。同時亦曉得司馬道子對劉牢之的顧忌，不在他桓玄之下。

帥帳內。拓跋珪正在細看攤開的羊皮地圖，聽到楚無暇入帳的聲音，沒有抬頭的道：「爲何要見我？」

楚無暇緩緩下跪，平靜的道：「你不是要我考慮嗎？」

拓跋珪皺眉朝她瞧來，她的粉臉已多了點血色，令她更艷美絕俗。道：「我還以爲你早下了決定。你不是說過要迷死我，又想令我有後悔的一天嗎？這些話是否說過便算了呢？」

楚無暇幽幽地嘆一口氣，道：「拓跋珪呵！你可是天生冷酷無情的人？」

拓跋珪拿起羊皮地圖，小心的捲起來，然後納入懷裏，雙目同時射出銳利的神光，上下打量楚無暇。他的目光直接而大膽，一般的女性肯定受不了，楚無暇卻沒有半點害羞的表現。

拓跋珪說道：「出了甚麼問題？怪我冷落了你嗎？」

楚無暇苦惱的道：「這兩天隨你沿大河四處奔波，只曾隔遠見過你的背影，每晚都守著空帳，你難道對我不屑一顧？」

拓跋珪啞然失笑道：「現在是非常時期，關係到我拓跋族的生死存亡，假如我貪戀女色，我的部下會怎麼想？」

楚無暇忽然垂下頭去，輕輕道：「我想離開一段時間。」

拓跋珪淡淡道：「隨便你！不過走了便不要回來。」

楚無暇柔聲道：「為甚麼要說這種話呢？」

拓跋珪笑道：「我不想因一個女人而心煩。你並非甚麼貞婦烈女，跟隨了我，便不准讓別的男人碰你半根手指。你到了別處去，天才曉得你有沒有和別的男人鬼混，與其疑神疑鬼，不如索性放棄你。」

楚無暇嬌軀輕顫，抬頭凝視他的眼睛，雙目回復神采，長而秀麗的媚眼流轉著艷光，輕吐道：「你所謂的放棄我，是否代表要殺我？」

拓跋珪聳肩道：「不要多疑，你可以自由離開。我雖自認可以比任何人狠辣，但還不至於因為你選擇離去，就殺了你。」

楚無暇道：「假若我離開一段時間是為你辦事，你肯不肯收回剛才的話？」

拓跋珪愕然道：「為我辦事？」

楚無暇道：「我爹多年來不知掃平了多少佛寺道觀，得回來的財物全集中藏在一處，名之為『佛藏』，除了珠寶財帛外，還有道家煉丹的爐鼎和難得的藥物，只要你派出一隊壯丁給我，我可以把佛藏起出來送給你，就當是我的嫁粧吧！」

拓跋珪心中一動，問道：「怎會有道家煉丹的東西呢？」

楚無暇答道：「尼惠暉得她爹的眞傳，是煉丹的能手，所以對這方面特別感興趣。你曉得她爹是甚麼人嗎？他就是『丹王』安世清、孫恩和江凌虛等人的師尊。」

拓跋珪動容道：「竟有此事？你懂得煉丹術嗎？」

楚無暇傲然道：「當然曉得。我從小學甚麼都是一學便上手，加上我刻意討好佛娘，所以盡得她眞傳。你考慮好了嗎？」

拓跋珪定睛看她好半晌，徐徐道：「你不要騙我。否則追至天涯海角，我拓跋珪都不會放過你。」

楚無暇柔聲道：「天下間有沒有你完全信任的人呢？」

拓跋珪想起燕飛，笑道：「希望有一天我可以完全信任你，不過你要以行動和事實來爭取我的信任。告訴我！你爲何肯心甘情願的跟隨我呢？現在我的勢力仍遠比不上慕容垂，亦和姚萇、慕容永、乞伏國仁等有一段距離，以你的美色手段，加上寶藏，選擇多的是！」

楚無暇柔聲道：「因爲只有你才是我心中眞正的男人，隨著你去打天下，既有趣又刺激。如果你不幸敗亡，我便陪你一起死。明白嗎？傻瓜！」

拓跋珪哈哈笑道：「傻瓜？我還是第一次被人喚作傻瓜。希望你不是眞的當我是傻瓜吧！給我乖乖的回去休息，我準備妥當後，會派出一組百人的車隊，跟你上路。他們不會聽你的指揮，但會協助你完成任務。明白嗎？」

司馬道子在十多名將領和親兵團簇擁下，趾高氣揚的來到石頭城，司馬尙之開城門出迎。在司馬尙之陪伴下，司馬道子登上北牆望樓，觀看江上情況。蒼茫暮色裏，荊州軍的水師戰船早已全部離去，只有司馬元顯指揮的建康水師仍在江面布防。司馬道子微笑不語，司馬尙之不敢出言打擾他，只好默侍一旁。

司馬道子點頭道：「元顯這次表現出色，不負我對他的期望。」

司馬尙之道：「恭喜琅琊王後繼有人。」

司馬道子啞然笑道：「我可以想像桓玄那傢伙不得不退兵時的模樣。」

司馬尙之擔心的道：「下次他來時將更難應付。」

司馬道子冷哼道：「他桓氏怎鬥得過我司馬氏，只有我們才是大晉正統宗室。這次我們趁勢下詔罪己，承認過往所犯的錯誤，把責任推在王國寶身上，以應天降大火石的災異，同時借新帝登基，革新以前謝安施政的錯失。新人事自然有新作風，現在我任命桓玄爲江州刺史，殷仲堪爲廣州刺史，楊佺期爲雍州刺史，桓修爲荊州刺史，可收立竿見影之效，不但分化了荊州軍的勢力，還加深了桓玄、殷仲堪和楊佺期之間的矛盾。最好他們來個窩裏反，各個俱傷，然後我再一併收拾他們。」

司馬尙之衷心讚道：「琅琊王此策妙絕。桓玄強奪殷仲堪的未來媳婦，兩人之間早存心病。楊佺期一向是桓玄手下，現在提升至與桓玄地位相同，桓玄肯定不滿，不過如他出言反對，又會開罪楊佺期。」

司馬道子淡淡道：「尙之還看不到此計最精采之處。」

司馬尚之沉吟片刻，道：「有一點確是尚之不明白的，桓修是桓家的人，由他接替殷仲堪當荊州刺史，不是等於把荊州的大權送入桓玄手中。」

司馬道子欣然道：「此正是我的分化之策裏最厲害的一著。桓修不論聲望地位均難與殷仲堪比較，假如桓玄接受任命退兵，殷仲堪怎會心服？我看不出十天之內，殷仲堪便會上書請求恢復原職，我們當然答應，如此殷仲堪可從桓玄手上重奪荊州兵權，他們之間如不出現爭執，桓玄便不是我認識的桓玄了。」

司馬尚之喝采道：「果是妙絕。幾道不用費一兵一卒的委任狀，便可令荊州聯軍四分五裂，各自攻訐，兵不血刃達成目標。天下間只有琅琊王有此高明手段。」司馬道子心忖，如論玩政治手段，連謝安都不是我對手。

司馬尚之又道：「這次劉牢之立下大功，琅琊王如何安撫他？」

司馬道子道：「讓他當北府兵大統領又如何呢？」

司馬尚之皺眉道：「最怕他擁兵坐大，有謝玄為前車之鑑，尚之認為必須小心處理。」

司馬道子陰沉笑道：「我自有駕馭他的策略，以謝琰代王恭之職，任兗州刺史又如何呢？劉牢之可以殺任何頂頭上司，偏是這個頂頭上司，卻是他絕對不敢動的，對嗎？」兩人對望一眼，同時開懷大笑。一場風暴，終於成為過去。

劉裕被卓狂生喚醒，已是夜晚，帳內掛上風燈。他有點神志迷糊的坐起來，問道：「現在是甚麼時候？」

卓狂生道：「你睡足了五個時辰，由日出睡到日落，本來還不想吵醒你，不過你的老朋友來了。」

劉裕愕然道：「老朋友？」

卓狂生拍拍他肩頭，道：「出帳透透氣吧！你嗅不到鹿肉的香氣嗎？是姚猛和一眾窩友打來孝敬你的。看到你可以好好睡一大覺，大家比自己睡得好更開心。」

劉裕鑽出營帳，登時喜出望外。在帳外的空地處，生起一堆柴火，正燒烤著一條鹿腿，香氣四溢。圍著篝火坐了七、八個人，有姚猛、江文清、姬別、陰奇、席敬、方鴻生、龐義。還有不聞音信久矣的宋悲風。劉裕與宋悲風眼神交流，有一切盡在不言中的知心感覺。當日宋悲風不顧自身安危，為保劉裕脫身攜寶遠遁，引得以尼惠暉為首的彌勒教妖人群起追捕他，劉裕是非常感激的。

劉裕心情大佳，且精神因足夠的睡眠達至最佳狀態，不用費力便拋開心中的困擾煩憂，投入到野火會的熱烈氣氛中。在宋悲風身邊坐下，接過姚猛故作恭敬之態送上來的大塊鹿肉，道謝後向宋悲風道：「你老哥究竟到哪裏去了？安姑娘呢？」

宋悲風道：「說來話長。我當日直逃往邊荒去。尼惠暉確實神通廣大，一直緊跟著我，還數度將我截著，雙方經過多次劇戰，最後一次我陷入彌勒教四大金剛的包圍網內，幸得安姑娘及時趕到助我脫險。」眾人皆想像著當時危險激烈的狀況。

宋悲風續道：「安姑娘見形勢不對，我又受了不輕的內傷，遂提議把東西藏起來，然後躲到邊荒最危險也是唯一安全的地方去。」

卓狂生不解道：「究竟是甚麼東西？」

劉裕代答道：「是道家自古流傳的一塊寶玉，也是孫恩、江凌虛等人爭奪的東西，據傳憑此玉可以找到傳說中的洞天福地。」卓狂生露出恍然神色，顯然曉得劉裕在說甚麼，卻沒有再問下去，神情古怪。

江文清訝道：「洞天福地是甚麼地方？」

劉裕道：「恐怕沒有人知道，包括所有曾經擁有它的人在內。」

陰奇道：「宋兄是否躲到邊荒集去？」

方鴻生拍腿道：「只有躲在邊荒集才能避過彌勒教的妖人。」

宋悲風望向龐義，笑道：「我們躲到龐兄的藏酒窖去，可惜沒有雪澗香。」

劉裕心中一動道：「藏酒窖的情況如何？」

宋悲風道：「直至昨天仍是安全的，第一樓的舊址用來放石料和木材。不過自昨天黃昏開始，佔領軍對整個區域作大規模搜索，我差點被發現，幸好及時借夜色逃脫。」

劉裕和江文清相望，均心呼不妙，敵人必是怕他們潛入夜窩子外的地區，所以進行徹底的搜索，然後再設立哨樓關防，把防禦範圍擴展至整個邊荒集。

姬別問道：「安姑娘呢？嘿！誰是安姑娘？」

劉裕解釋清楚後，宋悲風道：「就在我們躲到藏酒窖的第一個夜晚，近天明時，我們埋藏寶玉的白雲山區傳來地搖山動的巨響，接著整個邊荒集嘩動起來，外面不住有敵人策馬經過，我們不敢出去看，兼之我行功正到緊要關頭，更不敢妄動。幸好沒人留意藏酒窖，否則今晚便不能和大家坐在這裏享用鹿腿。」

姚猛提醒劉裕道：「鹿腿要趁熱吃啊！」

劉裕目光落在鹿腿上，狠咬一口，撕下一片鹿肉，痛快的嚼起來，動容道：「眞好吃！其他的人呢？」

席敬笑道：「帥爺放心，昨天我們數千人出動，大舉搜獵，捕獲野味無數，已分發讓大家享用，只是鮮魚便有三十多籮筐。」

龐義道：「在淮水北岸的野林區收穫最豐富。」

江文清道：「難道巨響竟與寶玉有關係嗎？」

宋悲風道：「我不知道，過了三天，安姑娘見我的情況穩定下來，外面又回復平靜，便潛出去到白雲山區察看，回來後，神色凝重的告訴我，埋藏寶玉的臥佛破寺已化爲飛灰，只剩一個縱橫數十丈的大陷坑。」眾人除劉裕外，都聽得目瞪口呆，說不出話來。卓狂生目閃奇光，也沒有說話。

龐義咋舌道：「此事的確非常古怪。」

宋悲風道：「接著便是敵人大舉在夜窩子的外圍布防，我和安姑娘偷偷離開，在集外分手，她要趕回去見她爹，我則好奇心起，到白雲山區看個究竟，途中遇上紅老闆，曉得你們在這裏，立即趕來。」

劉裕道：「紅老闆沒有和宋老哥一道回來嗎？」

宋悲風答道：「他說還要做點工夫，明天會回來。」

江文清關切劉裕派給她的任務，心急問道：「邊荒集的情況如何呢？」

宋悲風道：「當時我們一心逃走，並沒有弄清楚情況，形勢也不容許我們這般做，只知他們用放在酒窖外的木材，封鎖了潁水下游，如想潛入邊荒集的範圍而不被發覺，應是不可能的。」

陰奇沉聲道：「以前敵人不知我們藏在哪裏，所以把防線縮小至夜窩子。現在既清楚我們在鳳凰湖，所以因應情況，改變防禦策略是必然的事。」

宋悲風猶豫的道：「當我渡河到了潁水東岸，卻見到一個古怪的情況，或許只是我多疑吧！」

卓狂生精神大振道：「宋老兄見到甚麼？」

宋悲風道：「我見到羌人煞有介事的把幾個箱子從東岸送往邊荒集，既緊張又小心翼翼，且每次只運一箱渡河，有個看來像姚興的人還親自監督，顯示這幾箱東西極不尋常。」

眾人聽得眼光交投，均感不解，最後目光落在劉裕身上。劉裕沉吟片刻，忽然一震道：「姚興終尋回呼雷當家藏起來的『盜日瘋』。」

卓狂生動容道：「宋兄為何會特別對此留神呢？」

宋悲風道：「當時我正潛過潁水，忽然東岸出現大批騎士護送一輛騾車，最奇怪是沒有用火把照明，神秘鬼祟的，所以引起我的注意。」

江文清道：「劉爺的猜測該錯不到哪裏去。但卻不符我們所知道的，因為直至燕飛夜訪邊荒集，姚興仍未曉得『盜日瘋』的下落，而唯一的知情者呼雷方，在清醒後卻忘掉了『盜日瘋』的藏處，除非他是在說謊，並且出賣了我們。」

姚猛搖頭道：「呼雷方不是這種人，如果是的話，就不會中波哈瑪斯的邪術。」眾人都點頭同意，但又大惑難解。宋悲風對這事完全摸不著邊，須江文清向他解釋清楚。

劉裕道：「另一個可能性，是呼雷當家並不是唯一的知情者，另有他人在我們這裏當姚興的內奸，他一直沒有機會通知姚興『盜日瘋』的藏處，直到這幾天在鳳凰湖安頓下來，又見呼雷方失去那段有關『盜日瘋』藏處的記憶，始敢放膽通知姚興。」

龐義色變道：「如此這內奸豈非已把我們的虛實和作戰計畫盡告敵人？」

劉裕微笑道：「我早猜到會有內奸，對此已有防備，全盤的作戰計畫只在我的腦子裏，大家只是清楚某部分。」

江文清最明白劉裕這番話，分析道：「此內奸肯定是羌人，還是呼雷當家的左右手，大有可能是他助呼雷當家把東西藏起來，所以清楚毒香藏處。」

卓狂生神色凝重的道：「這人並不難找，不過他既是呼雷當家的心腹，而呼雷當家又有權參加鐘樓會議，他自然可從呼雷當家身上打聽會議的詳情。證諸敵人擴展防禦線至夜窩子外的區域，便知敵人對我們奪取鐘樓的計畫有所防備。而敵人再不會派出奇兵突襲鳳凰湖，反會集中全力守衛鐘樓和迎頭痛擊我們的主力部隊，又會以毒香於關鍵時刻癱瘓我們的戰鬥力。」

姚猛沉聲道：「我已猜到這個內奸是誰。呼雷當家最信任的人是呂明，他是呼雷當家的小舅子，最巧的是他在呼雷當家回復神志後的第二天，自動請纓到邊荒集去作探子，時間上非常吻合。」

陰奇雙目殺機大盛，道：「一直以來我們都想不通，爲何我們躲到巫女丘原，仍避不過敵人的追捕，只有我們之中有內奸，方可以解釋此點，他可沿途留下記號。幸好天公作美，降下大雪，否則我們已難逃劫數。」

姚猛道：「我並不是隨意猜測，呂明此人一向對羌族忠心耿耿，所以我特別留意他，更曾私下提醒呼雷當家，不要對他透露會議的事。」

劉裕道：「我要找呼雷方私下說幾句，如證實呂明是敵人奸細，我們可反過來利用他。」

卓狂生皺眉道：「可是如何應付毒香呢？敵人只須派十來個高手，便可以施放，這種東西是防不勝防的。」

姬別道：「要施放毒香，必須在上風之處。如果我沒有猜錯，姚興這麼看重這東西，它該是類似花妖的護身迷霧，釋出的毒煙會聚而不散，隨風籠罩廣闊的地方，如此方可起作用。」

席敬道：「最怕是不知道敵人有此手段，知道了總有應付的方法，也從而可以推測出敵人的戰略，至少他們會等我們聚在一起時才使用，又或配合毒香於黑夜以奇兵突襲我們的營地。」

方鴻生道：「毒香當然有特別的氣味，即使藏在箱子裏，仍會沿途留下氣味，只要給我嗅過，我有把握把毒香找出來。」

姚猛大喜道：「如果可以先一步在集內燃燒毒香，敵人豈非大亂？」

宋悲風猛地起立，道：「我帶方總去。」

姚猛跳起來道：「事關重大，不容有失，我也一道去。」

方鴻生起身道：「我只是隨口說說吧！我的鼻子肯定辨得到，可是如何到集內找毒香呢？姚興當然會把毒香藏在守衛最森嚴之處。」

卓狂生笑道：「一般人當然辦不到，但我們的小燕飛又如何呢？他會有辦法把你老兄送入邊荒集去，進行我們以毒攻毒的大計。如果能以毒香來破對方的鐘樓防禦，一切仍可依原定的計畫進行。」劉裕曉得卓狂生腦子想的同是即將降臨的大霧。黑夜配上濃霧、加上燕飛無敵的身手，不可能的事也會變成可能。

當方鴻生目光往他投來，詢問他的意見，劉裕微笑道：「愈快愈好，趁氣味未散的當兒，多吸幾下，然後立即趕回來。」宋悲風、姚猛和方鴻生興奮的去了。

人人目光集中在劉裕身上，沒有說話，只有柴枝在烈燄裏燒得劈啪作響。劉裕專心的吃手上鹿肉，吃得津津有味，微笑道：「所以說邊荒集是氣數未盡，本來我們會輸個一塌糊塗，現在反過來掌握了眞正的主動。最有利的是姚興和慕容驎以爲勝券在握，不會用上我們最害怕的焦土策略。」

陰奇道：「我們應如何改變策略呢？」

劉裕道：「甚麼都不用改，只是有所修正。」又微笑道：「我有個好主意。」

翌晨，劉裕終於按捺不住，找了個借口，策騎疾風離開鳳凰湖，沿潁水西岸奔往壽陽。只要找到胡彬，或許可以弄清楚王淡眞現在的情況。北府兵的主基地遠在建康東面近海的廣陵，其勢力卻緊脅大江，籠罩整個淮河區域。壽陽更處於數條大河交匯處，扼潁口，是北府兵在西面最前線的重鎮，嚴密監察邊荒和荊州兩方面的情況。有甚麼風吹草動，都瞞不過胡彬的耳目。雖然他曾救過胡彬一命，兼之胡彬是何無忌之外，北府將領裏最清楚謝玄心意的人，可是要胡彬這個北府重將，視他劉裕爲領袖卻絕不容易。還好發生了白雲山區的異事，無形中幫了劉裕一個大忙，令胡彬誤以爲天降警兆，以爲他就是那應災異而生的眞命天子，受到上天的寵幸來改朝換代。

劉裕心中苦笑。他寧願沒有聽過燕飛說的話，盲目相信自己是天命所歸，那會大添他一往無前的無畏信心。只可惜，他曉得事實完全不是胡彬或其他人所想的那回事。他並非眞命天子，只是一場美麗的誤會。他也不能向別人解釋，縱然說出眞相也不會有人相信，只好讓誤會繼續下去。劉裕心中不由生出荒謬的感覺。現在王恭已死，以司馬道子一向趕盡殺絕的行事作風，會對王恭一家千方百計的迫害，王淡眞會變得孑然一身，孤立無援，但也再沒有家族的負擔。假如自己不趁此時將她救出桓玄的魔掌，怎對得起她呢？這正是他苦苦壓制對江文清的慾念的背後原因。現在桓玄忙於對付建康，他只要找到胡彬弄清楚江陵的情況，大有可能在反攻邊荒集前，拯救王淡眞於水深火熱之中。他不會計較王淡眞的過去，對她的愛已超越一切。他會盡心盡力愛護她，以彌補她家破人亡的傷痛，讓她幸福、快樂和自由。想到這裏，劉裕的心像一團烈火般燃燒著，恨不得身有雙翼，直飛往江陵桓府去，懷抱玉人，飛返邊荒來。一切苦難快成爲過去。

劉裕快馬飛馳，頗有騰雲駕霧的感覺。驀地一艘小風帆出現在下游，劉裕認得那是燕飛和高彥的船，連忙勒馬停下，揚手呼叫。小風帆往岸邊靠近，已可清楚看到確是從兩湖回來的燕飛和高彥。

燕飛早看見劉裕，笑道：「劉爺要到哪裏去？」

劉裕欣然道：「我正往壽陽去找胡彬，你們比預計中差不多早了三天回來，不是撲了個空吧？」說罷跳下馬來，接過高彥拋來的船纜，縛到岸旁大石去，把船固定好。

高彥跳到岸上，繞著疾風轉了一轉，讚嘆道：「好馬！在邊荒集也可值二十兩黃金，賣到建康更不得了。」

劉裕躍落船頭，道：「有興趣借牠的腳力回鳳凰湖嗎？」

高彥識趣的爲他們解纜，道：「速去速回，老子也想獨個兒想點問題。」

燕飛笑道：「你還有別的事好想嗎？小心單思症。」風帆立即掉頭，順水而下，眨眼把高彥和馬兒拋在後方。

燕飛見劉裕神色有異，道：「有甚麼事找胡彬找得這麼急？不過你不用到壽陽去了，他正親自在潁口巡邏，還和我們打過招呼，客氣幾句後便放行。」

劉裕點頭道：「胡彬確實是個有責任感的人，難怪玄帥讓他打理壽陽。」

燕飛同意道：「北府兵猛將如雲，你和胡彬都是好例子，淝水一戰的勝利並非僥倖。你還沒回答我的問題。」

劉裕低聲道：「劉牢之眞的殺了淡眞的爹。」

燕飛一呆道：「劉牢之爲何如此不智？他可以將王恭生擒活捉，然後關起來。殺了王恭對他有何好處？王恭始終是當朝名士，劉牢之此舉會令建康的世族對他不滿。」

劉裕緊張的急喘了幾口氣，道：「照我猜應是司馬道子逼他這樣做的，這是司馬道子最愛玩的政治手腕，把劉牢之趕上絕路，不得不倚賴司馬道子。走著瞧吧！司馬道子對付他的手法還會陸續不斷，這蠢材將被他玩弄於股掌之上。」

燕飛心中一動，問道：「你找胡彬是否想探聽淡眞小姐的情況？」

劉裕沉聲道：「我要到江陵去。」

燕飛愕然道：「在現時的情況下，你怎可能抽身到江陵去？一來一回，最快也要五天的時間。」

劉裕嘆道：「你該明白我的心情。」

燕飛同情的道：「見過胡彬再說吧！幫得上忙的，我定不會袖手，反攻的大計如何呢？」

劉裕道：「有些想不到的情況出現，須改變策略，不過一切仍在掌握中，形勢對我們仍然有利。」

燕飛正要細問情況。劉裕道：「宋悲風沒事了，還帶來了可以決定戰事成敗的珍貴情報。安姑娘也沒事，回家見爹娘去。」扼要解釋清楚後，問道：「此行有何成果？看高小子的興奮模樣，該不會是空手而回。」

燕飛輕鬆的道：「我和老聶交過手。」

劉裕大訝道：「怎會遇上老聶的？」

燕飛把情況道出，道：「到兩湖後我才明白以桓家的實力，屠奉三的精明老練，仍沒法奈何兩湖幫的原因。老聶居無定所，隨時可以化整爲零的策略，確令人有無從入手的感覺。」

劉裕道：「只要我的力量足夠，根本不用去碰他，只須斷他的財路生計，便可逼得他動手反擊，然後將他逐步削弱鏟平。」

燕飛佩服的道：「你老兄腦子一動全是妙計，小弟望塵莫及。」

劉裕道：「因爲你是光明正大、胸懷磊落的人，所以不會像我這樣不擇手段，只求打擊敵人。不過我說的是知易行難，老聶在兩湖的勢力已生了根，不容易動搖，支持他的叫『民怨』。要根絕像兩湖幫或天師道這一類的禍患，必須從政治入手，令百姓歸心，否則一切只屬空談。天下烏鴉一般黑，亂事始終難平。」

燕飛點頭道：「南方渴望的正是像你老哥這般人物，深悉民間疾苦，又沒有高門大族陋習的束縛，可以放手追求心中的理想。這或許正是安公和玄帥看中你的原因。」

劉裕苦笑道：「我當你是知己才說。甚麼想效法祖逖北伐，只是人云亦云的門面話，你試試隨便抓起個北府兵來問，十個有八個會給你同樣的答案。我從來不是個有大志的人，直至遇上玄帥，我的想法才逐漸改變。」

燕飛淡淡道：「現在呢？」

劉裕雙目亮起來，凝望燕飛半晌，沉聲道：「在邊荒集，我學會甚麼叫自由、平等和公義，如何令人上下一心。假如有一天南方由我統治，我會把一切不公平的情況改變過來，或許這是不可能辦到的，但我會盡力而爲。」燕飛點頭沒有說話。

周圍景觀忽然開展，原來已到了潁口。三艘北府兵的水師戰船，沿淮水上游朝他們駛來。劉裕起身向著胡彬的帥艦，揮手打出北府兵水師慣用的手勢。雙方迅速接近。胡彬出現船首處，示意他們靠近。燕飛操控風帆，與帥船擦身而過之際，胡彬飛躍而下，落在風帆處。

劉裕笑道：「又見面了！」燕飛把風帆駛離帥艦，好讓兩人對話。

胡彬先和燕飛打個招呼才坐下，道：「我正想去找你，見過詠之嗎？」

劉裕隨他一起坐好，點頭表示見過，順口問道：「建康戰況如何？」

胡彬道：「最新的消息是桓玄知難而退，眞正情況怕要過兩三天才清楚。唉！劉牢之這回令我們北府兵蒙上刺殺名士大臣的污名，教人心裏很不是味道。」

劉裕深吸一口氣，說出最想問的問題，道：「王恭的女兒王淡眞有沒有消息呢？」

胡彬愕然道：「難道流言是眞的嗎？北府兵內盛傳你和王淡眞有一段情呢！」

劉裕道：「王小姐對我劉裕有救命之恩，所以我關心她。唉！她如曉得親爹遇害，一定非常難過。」

胡彬露出惋惜的神色，道：「這樣柔弱的美人兒，先是被桓玄強納爲妾，接著又面對喪父亡家之痛，怎撐得住呢？兩個時辰前我收到江陵傳來的消息，王淡眞聞得她爹的噩耗後，服下暗藏的毒藥，自殺身亡了。」

劉裕全身抽搐，雙目熱淚泉湧，狂叫道：「不！」燕飛亦聽得全身發麻，呆在當場。胡彬則完全不能置信地瞧著劉裕。

劉裕眼神發直的朝前看，卻看不到任何東西，積鬱在心中的悲痛山洪般暴發，令他在絕望的洪流裏沒頂。劉裕再一陣痙攣，自責、悔恨、悲傷如潮水般往他襲來。一切都完了，所有希望都灰飛煙滅。他聽到自己的心跳聲像戰場的戰鼓般怒吼，一下緊過一下，渾身乏力，天旋地轉。胡彬似乎正向他說話，可是他卻完全不曉得對方在說甚麼。彷彿聽到自己在號哭，又似天地寂然無聲。仇恨從內心深處湧出來，再不受任何控制。現在他只想殺人。第一個要殺的是劉牢之，然後輪到桓玄，天下間再沒有任何人事能阻止他這麼做，他立誓要以這人的鮮血，來洗刷自己最心愛的人曾受過的苦難和恥辱。

〈卷八〉

第四章◆好大喜功

第四章　好大喜功

由潁口回到鳳凰湖水程的船行中，劉裕沒有說過一句話，一直背著燕飛呆坐在船尾。燕飛明白他的心情，不敢打擾他，只默默為他難過。不論燕飛如何「看破」世情，想起當年王淡眞在烏衣巷謝府綽約動人的風姿，而今落得悽慘的下場，心中也充滿憤慨不平之氣。

直到船隻轉入通往鳳凰湖的支流，出乎燕飛意料之外，劉裕平靜的道：「我沒事了！」

燕飛很想問他眞的沒事嗎？話到嘴邊卻說不出口，只點頭表示明白。人世間太多令人無可奈何的事，假如當日他和劉裕強行把王淡眞帶走，如今會是怎樣一番境況？盡量壓下心中的情緒，道：「船上還有半罈燒刀子，是我在巴陵途中買的。」

劉裕淡淡道：「我身為主帥，卻躲起來喝酒，成何體統呢？」

燕飛別頭後望，見劉裕仍背著他呆坐，一時說不出話來。劉裕像曉得燕飛在瞧他，道：「姚興找到了『盜日瘋』。」

燕飛完全摸不著頭緒道：「甚麼？」

劉裕解釋清楚，然後道：「毒氣煙火，是守城戰慣用的手段，我們的姬公子便是製造這類火器的專家，不過只能在特定的環境發揮威力，用在空曠的戰場上的作用始終有限，可是姚興卻如此重視這批毒物，可知『盜日瘋』不是一般尋常毒器。」

燕飛不得不佩服劉裕的堅強，聽他說話思路清晰，表面看來一點察覺不到他剛受到最沉重的打擊。道：「這方面你有沒有請教呼雷方呢？」

劉裕道：「當然問過，奇怪的是他完全失去了有關『盜日瘋』的任何記憶，每用心去想『盜日瘋』一事，就頭痛欲裂，可見波哈瑪斯向他施展的是迷心術一類的邪法，令他只有在某一種情況下，才能記起有關『盜日瘋』的事。可惜現在再沒有時間去追捕波哈瑪斯。」

燕飛道：「如在一個封閉的空間內，這種毒香確是效力驚人。楚無暇便是憑毒香令彌勒教六大高手失去反抗力，一一殺害。」

劉裕道：「姚興遠道把『盜日瘋』運來，當然認為這種毒香最能在邊荒集內發揮威力，類似楚無暇在斗室內使用。照我猜『盜日瘋』是他們當時攻打鐘樓廣場的秘密武器，一旦施放，可以完全癱瘓廣場上的戰況，破壞我們高樓指揮的優勢，令我們失去頑抗的力量。」

燕飛道：「到現在我仍不明白，姚興該是先把『盜日瘋』送到呼雷方手上，由他藏在集內某處，好在適當時機施放，怎會被呼雷方拿到集外藏起來呢？」

劉裕緩緩起立，經過燕飛身旁，伸手用力按了他肩膀一下，移到船首處，迎著河風深吸一口氣，徐徐道：「姚興是把『盜日瘋』送到邊荒集附近，交給呼雷方。呼雷方為了保密，只領一個心腹手下去接收，這個心腹就是出賣我們的呂明。接著呼雷方覓地收藏『盜日瘋』，準備在適當時機運回邊荒集。豈料我們已看破陰謀，把呼雷方和他手下的人隔離監視，使呼雷方再無暇去理『盜日瘋』的事。」

燕飛同意道：「你的推測合乎情理，應該是這樣子。」

劉裕轉身坐下，面對燕飛，露出深思的神情，道：「姚興這般緊張『盜日瘋』，而呂明更一有機會，竟冒著暴露內奸身分之險也要通知姚興，可見『盜日瘋』對邊荒集的攻防戰有關鍵性的作用。」

燕飛不解道：「『盜日瘋』眞的這麼厲害嗎？對高手來說，一般毒煙毒霧，都難構成威脅，他們氣脈悠長，既能長時間閉氣，又可調節呼吸，且有能力把毒素迅速由皮膚排出體外。所以這類東西都被視爲下三濫的門道。」

劉裕點頭道：「我也不相信『盜日瘋』可比得上楚無暇用的無色無味『萬年迷』，不過我們終究不清楚『盜日瘋』的眞正威力，只能猜測。即使是『萬年迷』，如給彌勒教的妙音等人足夠時間，他們也可以復元過來，當然楚無暇不會給他們這個機會。這類毒香對像你老哥般的高手肯定不會有任何影響，但對一般戰士，卻是無可抗禦的超級武器。想想看如我們讓整個鐘樓廣場毒煙瀰漫，會出現怎樣的情況呢？打從部署反攻邊荒集，我便一直在憂慮，如何可以在敵人重兵布防下攻佔鐘樓，這是最困難艱苦的部分，反不擔心如何可以死守鐘樓。」

燕飛道：「只要有幾名眞正的硬手，又有火器毒氣助陣，在箭矢火器用罄前，我可以保證敵人沒法踏入鐘樓半步。」

劉裕道：「這就成了！二十名高手由你親自挑選，只要我們先一步把『盜日瘋』弄到手，便有可能單憑這支高手部隊，攻佔鐘樓。」

燕飛苦笑道：「儘管曉得『盜日瘋』的藏處，恐怕要挖地道直通該處才偷得到。」

劉裕道：「姚興如想在戰場上使用『盜日瘋』，必須隨軍帶著『盜日瘋』到集外，更須在戰場上風處施放，最佳的施放時間不是在兩軍對壘的時候，而是在我們紮營休息的當場，我會令姚興誤以爲有這麼一個好機會，那將是我們奪取『盜日瘋』的時刻。」

燕飛皺眉道：「有『盜日瘋』在手又如何呢？我們如何在敵人嚴陣以待的情況下，不但要把幾大箱『盜日瘋』運到廣場，還要在適當位置點燃使用？」

劉裕道：「在一個重霧籠罩全集的黑夜又如何呢？」燕飛一對銳目亮了起來。

篝火燒得劈啪作響。慕容寶和一眾隨軍大將圍火坐著，聆聽手下們的報告。營地設於大河北岸重城黎陽西面，八萬大軍在此停留了三天，以集結物資和運糧的船隻。大燕國佔領邊荒集後，得到大批戰船和商船，大增水運的能力。此行輔助他的將領，一半由慕容垂挑選，一半由慕容寶親自推薦。來自王族的將領有慕容農、慕容精二人，其他是苻謨、眭邃、封懿。史仇尼歸則是慕容寶親兵團的統領，此人是慕容鮮卑族的著名高手，奉慕容垂的命令貼身保護慕容寶，防範像燕飛般的超級刺客。

聽罷負責情報的苻謨講述有關拓跋珪把平城、雁門讓予慕容永的情況後，慕容寶大罵道：「狡猾的小賊。」

個子雖不高，但結實粗壯的慕容農忙道：「拓跋珪正是希望我們不要節外生枝，放過平城和雁門，他是蓄意激怒太子殿下。」

慕容農比慕容寶長五歲，今年二十九歲，乃慕容寶的堂兄，爲人穩重，頗有識見，由慕容垂親自點名任命他作副帥，是想借他來平衡兒子急於求勝的缺點。鮮卑族最重戰功，如果慕容寶這次能凱旋而歸，他作爲慕容垂繼承人的地位，將可穩如泰山。慕容垂正是怕他求勝心切，忘掉了「沉穩」是唯一擊敗拓跋珪的「竅門」。所以慕容農趁慕容寶尚未說出心中所想的事前，提醒他一切必須依慕容垂頒下來的策略進行。眾將均曉得慕容垂早爲慕容寶定下大要的戰略方針，都不敢說話。

慕容寶胸有成竹的微笑道：「戰場形勢瞬息萬變，如我們不因應變化採取不同策略，定會痛失破敵良機。我明白拓跋珪這個人。由當馬賊開始，到與窟咄的高柳之戰，從來沒有勇氣和對手硬撼，徹頭徹尾是個無膽的鼠輩。他愛用計嗎？我便和他鬥智鬥力，給他一個意想不到的驚奇。」

軍師眭邃道：「西燕國現正被皇上壓制得動彈不得，根本無力保住兩城，只派出一支二至三千人的部隊，虛應故事的進佔雁門。只要我們大軍壓境，保證慕容永的軍隊望風棄城而逃。」

慕容寶冷哼道：「我從小便認識拓跋珪這小子，他最愛耍陰謀詭計。表面看來拓跋珪是棄城逃走，可是觀乎拓跋珪甫棄城便被西燕兵進佔，可見拓跋珪和慕容永之間有秘密協議，準備聯手夾擊我們，將我們大軍牽制雁門。我偏不中他的奸計。」

慕容農大吃一驚道：「皇上早有指示，此仗必須穩紮穩打，先收服平城雁門，再沿往盛樂的補給線設立軍事據點，與拓跋珪打一場持久戰，孤立盛樂，摧毀其附近牧場農田，令拓跋珪亡國滅族，此爲最上之策。」眾將無不點頭同意，在這批將領心中，慕容垂的地位有如天神，故對他的策略堅信不移。

慕容寶從容道：「父皇的命令當然不可違背，但我們卻可加以變通，改由中山出兵收復雁門、平城，然後設立補給線。哼！當拓跋珪曉得中計，我們已從水路開往河套，直撲盛樂，把根基未穩的拓跋族連根拔起，把盛樂夷爲平地。」

慕容農還要說話，給慕容寶先一步截著道：「我意已決，三日後我們乘船北上，你們須作好準備。」

眾將轟然應喏。

船抵碼頭，迎接他們的是慕容戰。劉裕問道：「兒郎們情況如何？」

慕容戰是操練戰士的負責人，聞言答道：「兒郎們士氣高昂，狀態絕佳，甚麼陣法都很快上手，我卻幾乎累垮了，晝夜不停地訓練他們各種戰術。哼！現在誰還敢說我們是烏合之眾。」

燕飛心中一陣感觸，自苻堅南來，邊荒集屢經戰亂，飽受災劫，各幫會派系種族間的關係不住變化，由猜疑對立變得團結一致，到了今天，荒人再不是各自為戰的一盤散沙，而是發展成為一支荒人的勁旅。當收復邊荒集後，肯定沒有人敢輕視荒人的力量。

慕容戰又道：「老紅回來了，正在帳內睡覺，我去派人喚他來。」接著吩咐身邊的戰士去找紅子春。

劉裕皺眉道：「讓他多睡一會兒吧！」

慕容戰笑道：「他睡了足有三個多時辰，該是時候醒來了。」

三人朝帥帳方向走去。劉裕壓低聲音道：「掌握了羌人的指揮方法了嗎？」

慕容戰欣然道：「這次是重施故技，不過不是扮作北府兵，而是冒充羌人。呼雷方說作用不大，他這般認為，是因我沒有告訴他有濃霧掩護此一絕招。」

劉裕道：「我們只須在羌軍間製造一點混亂，再把混亂如漣漪般擴展開去，到波及敵人全軍，我們將可以完全操控局勢。」

三人來到帥帳前，停步說話。慕容戰道：「我已精選了五百人，負擔此擾敵的任務，劉爺可以放心。」此時紅子春來了，陪他一道來的尚有卓狂生和高彥，慕容戰則為繼續練軍告辭離開。

五人進入帳內。坐下後，紅子春道：「幸不辱命，我看過邊荒集附近的天色雲霞，又弄清楚低地草木的濕氣露水，可以斷定五天內會有一場大雨，然後連續數天大霧。」

燕飛道：「你有多少成把握？」

紅子春道：「八、九成準保沒問題，在過去的幾年，於初春之際，首場大雨過後總是水霧連天的日子。對是否下雨我有把握得多，判斷的方法清楚容易，只須觀察蟲蟻是否會搬遷巢穴，又如野蜂群起採蜜、蜻蜓低飛等情況，均可以旁證會不會有大雨降臨。」

卓狂生點頭道：「邊荒集的霧確實春天常見，最妙是大霧來前沒有半點跡象。」

高彥皺眉道：「若大雨不止一場，而是連下數天又如何呢？」

紅子春道：「春天的雨勢絕不能與夏天相比，一場起兩場止，大雨後水氣在低地積聚，歷久不散，如果繼續下毛毛細雨，將更爲理想。」

劉裕道：「我們就定在三天後的日出時分出發，由水陸兩路行軍，走陸路的是全騎兵隊伍，船載的是我們攻打鐘樓的高手團和作戰物資，如此只要兩天時間，我們將可在鎮荒崗北面集結大軍，引姚興出集來戰。」

話剛說完，江文清揭帳而入道：「方總回來了！」跟在她身後入帳的有方鴻生、姚猛、宋悲風、龐義和陰奇。人人神色沮喪，不用問也曉得方鴻生無功而返。

宋悲風頹然道：「方總嗅不到任何特殊的氣味，那幾箱東西或許是兵器、弓矢一類沒有氣味的東西。」

方鴻生羞慚的道：「是我沒有用。」

劉裕沒有露出任何失望的神色，道：「我要立即舉行鐘樓會議，以決定全盤的戰略，呼雷當家必須出席，每一個有資格的人都要出席。」眾皆愕然。

拓跋珪獨坐帥帳外，想的是楚無暇。這個女人很特別，有種狠辣厲害的勁兒，令他想起在戒備狀態下的蠍子，可以在任何一刻以有毒的尾巴突襲敵手，置目標物於死地。她又是如此麗質天生，極盡誘人的能事，堪稱蛇蠍美人，集美麗和邪惡於一身。拓跋珪自信看人很有一套，所以絕不會錯估楚無暇，這是個危險的女人，非常善變，隨時可翻臉無情。可這也是她最吸引他的地方，也只有她夠資格使他投入如此危險的愛情遊戲，光是那種刺激感已非常誘人。拓跋珪的確需要一點刺激，把他的注意力轉移少許，不用整天想著如何去爭雄鬥勝，可以忙裏偷閒輕鬆一下，調劑一下。

他本來打定主意對她採取逢場作戲的態度，玩厭了便棄如敝屣，橫豎她也不過是彌勒教訓練出來專事迷惑男人的工具。你情我願下，他是不會有任何心理上的負擔，她更不會介意生命中多個男人或少個男人。對他來說，世上沒有任何事比復國興邦更重要，爲此他可以做任何事，更可作出任何的犧牲。他不願給夾在楚無暇和燕飛之間，左右爲難。楚無暇動人的風情色相，遠比不上燕飛在他心中的分量。可是這女人的厲害處，就像能看穿他的心意似的，並不急於以肉體迷惑自己，而先向他獻上彌勒教的寶藏，這對他建國是絕對雪中送炭的一件事，使他可以在不擾民的情況下，大肆擴軍，還可以把國都遷移到平城，與大燕國進行持久戰。

另有一個拓跋珪不願承認的原因，就是他因燕飛而引起對煉丹術的憧憬和追求，或許可以在此女身上實現。她不但是煉丹術的能手，更是男女採補的高手，本身等於一個取之不盡的寶庫。他能駕馭她嗎？他不知道，且沒有半分把握。不過，他願意去嘗試。

鳳凰湖基地臨時議堂內，正舉行來此後第一個流亡鐘樓會議。人人均有事不尋常的感覺，一方面由於反攻邊荒集的行動隨時展開，二是事發突然。坐在議堂人聲鼎沸中的燕飛，心中隱隱感到劉裕已完全拋開了一切，放手部署這場反擊戰。劉裕的著眼點並非一集的成敗，而是牽涉到他在南方的奪權爭霸戰。沒有人能阻止劉裕向桓玄和劉牢之作出報復。所有有資格出席議會的人，除外出未返的屠奉三外，全體在場。旁聽者則受到嚴格規限，連龐義都被拒於門外，只有高彥、席敬、丁宣、宋悲風、方鴻生五人加入，愈顯今日會議的特殊性。

身為議會主持的卓狂生坐在一邊，另一邊是這次行動的主帥劉裕，其他人分坐兩旁。卓狂生宣布會議開始，然後請劉裕發言，堂內立即鴉雀無聲，呈現緊張的氣氛，荒人雖然士氣高昂，可是敵人兵力在荒人一倍以上，又佔有邊荒集之利，以逸代勞，兼之荒人受內奸困擾，所以信心雖有，事實上卻是勝敗難料、吉凶未卜。這場仗荒人是輸不起的，輸了將沒有翻身之望，過去所有血汗努力盡付東流。

劉裕雙目精光閃閃，神態從容自信，眞的一點覺察不到，他剛受到喪失至愛的沉重打擊。微笑道：「入正題前，先來兩句閒話。我們的邊荒第一高手燕飛，陪我們的高少到兩湖去尋找小白雁，豈知卻踏入了聶天還布下的陷阱去，高少還被老聶生擒活捉。幸得燕飛在敵人高手盡出下，仍能救回高少，且逼老聶答應以後不干涉我們高少和小白雁的交往，這是我們荒人的光榮。」

卓狂生首先帶頭鼓掌喝采，眾人應和，一時議堂內盡是喝采和歡呼聲，熾熱的情緒，把先前緊張懷疑的氣氛一掃而空。燕飛環視眾人，其中卓狂生向他頷首示意，表示劉裕這招用得好，激勵了士氣，令每個人都感到荒人可把不可能的事變成事實。高彥滿面春風在燕飛身後站起來，抱拳答謝各人對他的支持，盡顯荒人率性行事、不守成規的作風。

高彥坐下後，劉裕向呼雷方道：「呼雷當家情況如何？可否參與戰事呢？」

所有人的目光落在呼雷方身上，後者眼中露出感激的神色，道：「我的氣力回復了七、八成，參戰沒有問題，不過為避嫌疑，我願與手下兒郎負責後勤支援的任務，而不會怪劉帥嫌棄我們。」

程蒼古點頭道：「呼雷當家的確是明白事理的人。」此語一出，眾老江湖即刻明白，程蒼古很不放心讓呼雷方和他的羌族戰士直接參與戰事。

劉裕微笑道：「這方面容後再討論。」轉向姬別道：「假設你製造出一批毒香，須一段日子後才會使用，會怎樣處理？」

燕飛和宋悲風交換個眼色，均看出對方心中的驚異。劉裕變了，變得更厲害。事實上劉裕早心中有數，只是不動聲色，直至此刻才在眾人面前，透過這方面的權威姬公子的金口說出來，效果當然遠大過他說的任何猜估。

方鴻生「啊」的一聲叫起來。大部分人都不明白劉裕為何有此一問？包括呼雷方在內。

姬別愕然道：「任何藥製的成品，都要防潮防透氣，以免效用減退。時間愈長，問題愈大，所以如何盛載是門學問。陶製容器是個好的選擇，但運載須非常小心，否則陶罐破了會出岔子。」

卓狂生拍腿道：「明白了，難怪運送時要如此小心翼翼，因為怕打爛東西。劉爺真行，這都給你想到了。」

劉裕向各人扼要解釋一遍。呼雷方並沒有為此驚訝，因為內奸的問題，劉裕曾向他打過招呼，也因此呼雷方主動提出參與支援和後勤的任務，以避嫌疑。

姬別如數家珍的道：「我曾為北方一個買家製造了三百個，我名之為『萬火飛砂神炮』的厲害火器，用燒酒炒煉石灰末、砒霜、皀角等十四種藥料而成飛砂藥，就是以陶罐盛載，完全密封，罐頂特薄，敲碎後插入火信，點燃從高處投下，火起罐破，毒氣瀰漫，令敵人失去作戰能力，是守城的好拍檔。今趟如非時間不容許設立火窰，我也會製一批出來。」

高彥道：「如果先擲火油彈，然後再把你那娘的甚麼炮投往火海，豈不是更威力驚人，連燃點火信也省掉？」

姬別點頭道：「一般的毒煙毒霧，對人只有短暫的影響，令敵人不得不閉氣急退，且一陣子便會被吹散，必須配合投石勁箭等重殺傷力的遠程武器。不過姚興如此重視『盜日瘋』，可見此毒火器與眾不同，不但殺傷力強，又可歷久不散。」

江文清皺眉道：「縱然我們能在集外，於敵人使用前奪得『盜日瘋』，但仍沒法拿到夜窩子去助攻，在外圍施放則效果有限。」

燕飛心中一動，問道：「假設『盜日瘋』確如姬大少所言，是盛載在密封的陶罐裏，那存放這幾箱東西，有甚麼特別需注意的地方？」

姬別道：「只要不碰撞它們便成，當然最好放在乾爽通風、便於提取的地方。」

陰奇道：「姚興不惜百里的把這批東西運來，又失而復得，肯定會藏在夜窩子內守衛最嚴密處。」

費二撇笑道：「最安全的地方該是姚興的臥室，不過恐怕沒有人願意和毒物睡在一塊兒吧！」

燕飛接口道：「更不會搬放到樓上去，因爲有違方便運送和避免碰撞的宗旨。」

眾人目光全集中到燕飛身上。燕飛從來不說廢話，卻連番推測「盜日瘋」的藏處，顯然是已成竹在胸。

劉裕道：「你是不是猜到了敵人藏放『盜日瘋』的地點呢？」

燕飛點頭道：「我想到的是採花居，位於鐘樓廣場的邊緣，是敵人防守力量最強大的地方，赫連勃勃和他的戰士又剛撤走，人去樓空，最適合放置毒器，其他樓房都住滿了人，姚興該不會任由採花居空置著。而把毒器放在樓內的另一好處，是不用驚動其他人，這種事當然愈少人知道愈好。」

紅子春長笑而起，道：「若真是放在採花居內，我們便有救了！」眾皆愕然。

卓狂生斜眼睨著他道：「採花居與你有甚麼關係呢？老闆不是莫子方那傢伙嗎？這沒膽的東西現在不知躲到哪裏去了。」

紅子春神色興奮的來到議堂中間，欣然道：「莫子方根本是我的手下，由我和老姬兩人暗中支持他，這手法並不是我發明的，像以前二撇爺和漢幫便是蛇……嘿！暗裏勾結。請恕小弟用詞不當！採花居是我另一個巢穴，必要時可以溜進去，又可從那裏的秘道逃走。」

眾人聽得精神大振。在邊荒集，所有幫會的總壇，都有地庫、密室、地道一類設施，只不過沒人想過採花居底下也有逃生秘道。佔領軍肯定已查出各幫總壇的密室和秘密地道，尤其吃過上一回荒人利用密室秘道反攻成功的大虧，可是採花居只是一所青樓，該沒人想到會有問題。

紅子春顧盼自豪的道：「我這條秘道設計巧妙，除非把樓下的地面翻開來看，否則休想發現秘密。」

程蒼古道：「出口在哪裏？」

紅子春道：「出口在夜窩子外東大街，靠近夜窩子專賣海產的盛豐海味，那是我旗下最不賺錢的生意。」

劉裕吁出一口氣，拍腿道：「如此可省去我們很多工夫。」

卓狂生的眼睛亮起來，夢囈般的道：「各位兄弟，我們試想想以下一種情況……嘿！還是別高興得太早，先弄清楚再說。」

燕飛斷言道：「我立即起程到邊荒集去，看看我是否所料不差，其餘配合工夫，由姬大少負責。」眾人都是久經風浪的人，立即掌握到燕飛所謂的配合工夫是怎麼一回事。

宋悲風道：「我陪你走一趟，多個人把風也是好的。」

縱然入口不是在夜窩子內，可是敵人已把防禦線擴展到整個邊荒集，此事又勢不能打草驚蛇，少點斤兩的人絕不敢去嘗試。

劉裕道：「再商量妥一件事後，兩位可以立即動身。」他的話令所有人留神，有甚麼事比弄清楚「盜日瘋」的藏處更重要呢？

劉裕目光緩緩掃過眾人，忽然停頓在拓跋儀處，漫不經意的問道：「拓跋當家的一批手下昨天是否已啓程北歸呢？」

拓跋儀若無其事的淡淡道：「他們負責送馬，既已完成任務，我族又在用人的當兒，所以我讓他們及早回去。」

燕飛心中暗嘆，以劉裕的精明，對此肯定生出警覺，特別是其中有多名高手，而用這批精銳來押運戰馬，實是大材小用。

劉裕神色不變的點頭道：「原來如此。」接著正容道：「我們今天在鳳凰湖聚義，準備反攻邊荒集，是只許成功不許失敗的一役。沒有了邊荒集，我們也失去一切，變成無家可歸的人。或有小部分人是例外，例如我劉裕或拓跋當家，不過如反攻失敗，結果仍沒有分別，我將永遠不能回歸北府兵，拓跋當家的族人則須獨自抵擋慕容垂的大軍，完全失去邊荒集的支援。」

拓跋儀與燕飛交換個眼色，兩人心照不宣，明白劉裕看破拓跋珪要對付他的手段，所以特別點出拓跋儀的情況，說明邊荒集於拓跋珪的重要性。不過劉裕礙在燕飛的顏面，點到即止，並不說破，也不會借此興波。

姚猛雙目射出狂熱的神色，道：「我們是絕不會輸的。」

慕容戰冷哼道：「不是我們全體戰死邊荒，就是反攻成功，再沒有別的情況。」形勢變化下，原本「有家可歸」的慕容戰、呼雷方等人，也變成唯邊荒是家的荒人。

大家都曉得劉裕說的是開場白，接著來的才是石破天驚的正題。劉裕稍停片刻，讓各人仔細咀嚼他這番話後，沉聲道：「邊荒集已非以前的邊荒集，而我們的團結必須持續下去，令荒人成為一支不但能保衛邊荒集，且可以轉戰南北，拯救千千小姐主婢的勁旅。」

卓狂生大喝道：「贊成！事實上我早有此意，現在得劉爺提出來，我是第一個贊成。」

江文清柔聲道：「劉爺有甚麼好提議呢？」

劉裕目光投往燕飛，露出深刻的感情，道：「燕兄對我的話有甚麼意見？」

坦白說，直至此刻，燕飛仍有點弄不清楚劉裕的心意。這麼一支邊荒勁旅，事實上已日漸成形。不過有一點他是明白的，劉裕正為他的救美行動盡力。而自己的態度會對整件事有決定性的影響力。劉裕是荒人的臨時主帥，自己則是所有荒人心中的英雄。點頭道：「完全同意。」

議堂內無人發言，人人靜待劉裕闡述他的主張。劉裕雙目閃動奇光，道：「我提議在反攻之前，趁此良機，打破一切派系、幫會的對立和區限，渾融併入而成新的夜窩族，由鐘樓議會作最高的決策組織，可以決定任命像小弟般的統帥，也可決定誰是公敵，要驅逐某人或接受某人，乃至調解糾紛，一切皆以邊荒集的利益爲依歸。」

議堂內眾人忽然都噤口結舌。早有人提出過人人參加夜窩族，邊荒集將會永遠團結在一起，不過大家都知道這只是一種理想。各幫派有己身的利益和目標，劉裕的提議等於要各派系領袖交出權力給鐘樓議會。江文清首先發言道：「此事可否容後再作商議？」

誰都料不到第一個反對的是最支持劉裕的江文清，她雖然說得客氣，卻是以另一種溫和的方式拒絕劉裕，把事情無限期的拖延。光復邊荒集後劉裕不得不離開，此事亦會不了了之。燕飛心中翻起滔天巨浪，他比任何人都清楚劉裕的心態，有一半是爲了邊荒集長遠的利益，另一半則是爲自己的「救美行動」作出部署，令荒人成爲一支勁旅。他心中感激，但又曉得劉裕很難說服江文清。

慕容戰附和道：「劉帥的提議極具創意，不過卻牽涉到非常複雜的利益問題，例如各幫會派系一向各自爲政，自有其收入的來源，必須從長計議。」

姚猛興奮的道：「我卻有不同的看法，有甚麼不妥當的，現在便談個妥妥當當。邊荒集以前出的岔子，大多因幫派民族間的矛盾衝突而起，只有大家都成爲一族，邊荒族也好夜窩族也好，邊荒集才能避免第三次的失陷。卓館主怎麼說呢？」

卓狂生喘息道：「我太緊張了，不知說甚麼好，只清楚邊荒集的得失成敗就在眼前，錯過了永遠不會再出現。」

姬別低聲道：「要不要等老屠回來再商量此事呢？」形勢登時明顯起來，身爲一幫之首者，又或手上有一盤生意的，都不願改變現狀。

陰奇代屠奉三表態道：「我可以全權代表屠爺在任何事上說話，這是屠爺的吩咐。」

拓跋儀淡淡道：「劉帥的提議涉及邊荒集每一個權力集團，故必須議會成員一致通過，始可落實。」

紅子春、呼雷方、費二撇、程蒼古等紛紛點頭同意。燕飛心中苦笑，心忖原來以劉裕現在的威望，想改變邊荒集仍這般困難。

劉裕仍是神態從容，微笑道：「各位首先要明白，我並不是要大家解散幫會，又或放棄手上的利益和生意，一切依舊，只是夜窩族擴大了，更重要是夜窩族的精神充溢全集，邊荒集的整體利益置於派系之上，一切要事由鐘樓議會作決定，而議會成員必須是夜窩族人。」接著站了起來，來到堂內中心位置，面向卓狂生道：「大家現在該清楚，邊荒集已成天下不同勢力必爭之地，我們首要是求存，否則一切休提。有一個事實是我們不得不承認的，就是單憑邊荒集任何一個幫會派系，其力根本不足挑戰集外的敵人，可是聯結成一個整體後，將是另外一回事。我們眼前的大敵，首推慕容垂，還有姚萇、桓玄、聶天還、孫恩、司馬道子和數之不盡的勁敵。誰得勢，誰就會來圖謀邊荒集。此爲不爭的事實，我們必須拿出勇氣來，面對現實。」

卓狂生動容道：「說得好！」

劉裕轉而面向拓跋儀，道：「貴族現在最大的敵人是慕容垂，過不了他的一關會是亡國滅族的大禍。慕容垂也是邊荒集最大的敵人，因爲他奪去了我們最尊敬的千千小姐。如果邊荒集仍是以前的局面，我們如何發動全集與慕容垂進行生死惡鬥？每一個幫會派系首先須照顧切身的利益。只有新夜窩族的成立，才是解決的辦法。」

拓跋儀乏言以對，劉裕的話一針見血，指出此爲對拓跋族最有利的方案，他本人也清楚劉裕說的事實，問題在他不能不顧慮拓跋珪對劉裕的態度。

燕飛插口道：「敢問劉帥一句，在這由鐘樓議會凌駕的新夜窩族內，劉帥是甚麼身分？」

過往的鐘樓議會，只是代表集內各勢力的鬆散組織，與劉裕新提議的議會有頗大和明顯的分別。劉裕微笑道：「我沒有任何身分或席位，除非得議會過半成員同意，否則我連列席的資格也沒有。」眾皆愕然。

拓跋儀卻曉得燕飛爲自己解開了最大的心結，同時也看出燕飛是支持劉裕的。點頭道：「明白了！」

劉裕轉向紅子春和姬別兩人道：「兩位老闆的情況跟以前並沒有分別，生意照做錢照賺。議會只管大方向，不會理會個別貿易上的發展，一切本著公平競爭的做生意原則，但卻比以前多了保障，再不用你防我，我防你的。」紅子春和姬別交換個眼色，均點頭表示明白，眾人都看出劉裕的解釋，去除了他們利益會被削減的疑慮。

慕容戰嘆道：「我明白劉帥是爲邊荒集著想，可是不同民族的存在，是邊荒集的特色。而我和呼雷當家，又或拓跋當家的收益，是因我們能對自身的族人提供保護，故得到回報。這與劉帥的構想不是有矛盾的地方嗎？」

劉裕道：「在以前的邊荒集，這樣的矛盾確實存在，因爲集內的幫會，會因本身的血緣關係受集外同族勢力的影響。可是如所有不同的種族，現在都變成理想一致的荒人，種族的對立將再不復存。各自管轄本地或外來的同族人，是有效和可行的方法。幫會不是不存在，只是變得像一盤生意。經歷過多次出生入死後，誰還會因意氣而在集內鬥個你死我活呢？一切遵從議會的決定。總而言之，一切如舊，只是改變了遊戲的規則，尤其是在對付外敵的情況上，邊荒集是互相扶持的。」

呼雷方發言道：「既然如此，和以前又有些甚麼分別呢？」人人露出關切的神色，可見呼雷方的疑問，也是大多數人心中的疑問。

劉裕回到帥位坐下，微笑道：「最大的分別，是從以前的被動變爲主動。邊荒集之所以成爲當今之世最興旺的地方，因爲它是南北貿易的唯一樞紐。要保持最賺錢的淘金所美譽，它必須有一支人人畏懼的勁旅，且誓要把千千小姐主婢迎回邊荒集來，這才得人尊重，顯示出荒人是以大義爲先不怕死的。也只有千千小姐可把荒人不分種族派系地團結起來。」

姚猛大喝道：「說得好。能在古鐘場聽到千千小姐的和琴唱曲，是我們夜窩族每一個窩友的心願，爲此我們願作出任何犧牲，包括我們的性命在內。」

燕飛心中一陣感動。仙門離他更遙遠了。劉裕亦使出他的撒手鐧，祭出紀千千，誰敢說不？沒有紀千千，荒人便沒有今天。果然慕容戰喝道：「劉帥說得對，只有這樣才可以化被動爲主動出擊，進行拯救千千主婢的行動。」

燕飛目光移往江文清，看她的神情，顯然尚未被說服，他當然明白她的心事，更曉得劉裕有方法說服她。

劉裕沉聲道：「邊荒集既成爲一個整體，鐘樓議會考慮的事，將是整體的利益，任何不利邊荒集的事，都不該插手。可是必須認清楚敵人。眼前大敵，除慕容垂外，還有桓玄和聶天還。以桓玄狂妄自大的性格，我們屢次擊退他的荊州軍，已結下解不開的仇恨，終有一天他會大舉進攻邊荒集。與其坐以待斃，不知主動出擊。」接著揮拳大喝道：「大家還不醒覺嗎？邊荒集根本是守無可守的，只有以攻代守，把邊荒集的影響力，往南北擴展，才是唯一求存的方法。」

卓狂生彈跳了起來，振臂高呼道：「劉爺句句金石良言，我們還猶豫甚麼呢？眼前是唯一的機會，一等光復邊荒集，我們又會走回老路子去，那只是一條死路。這次如敵人再臨，邊荒集將被夷為平地。」

呼雷方神情堅決的點頭道：「對！以攻為守是唯一可行的策略，由今天開始，我立誓加入夜窩族，永不反悔。」

紅子春熱血沸騰的道：「老姬你怎麼看，我也豁出去了。失去邊荒集，我們也失去了一切。」

姬別道：「還用說嗎？只為了千千小姐，我甚麼事都去幹。」

最後所有人的目光全集中在江文清身上，她的決定，直接影響費二撇和程蒼古的意向。燕飛卻於此時向拓跋儀道：「小儀如何決定呢？」

拓跋儀露出一絲帶點苦澀意味的表情，然後斷言道：「拓跋族決定加入，一切以邊荒集的利益為先。」姚猛、高彥同時怪叫歡呼。

費二撇欣然道：「請大小姐決定。」

江文清一雙秀眸淚花滾動，她終於曉得劉裕借此千載一時之機，為她向桓玄和聶天還的討債復仇行動搭橋鋪路。而從她點頭的一刻起，邊荒集再非一盤散沙、烏合之眾，而是可影響天下形勢的發展，擁有最多人才，而且財雄勢大的勁旅。「加入了！」議堂爆起震天喝采聲。

燕飛心中泛起洶湧澎湃的情緒，謝玄確實沒有看錯人，劉裕使盡渾身解數，不但把荒人的士氣於大戰前驅上頂峰，更徹底改變了邊荒集，化解了派系間的矛盾，使人人利益一致，鞏固了飽經磨難、得來不易的團結精神。由這一刻開始，邊荒集將在浴火裏重生，變成美麗的火鳳凰。

風娘的聲音在帳外道：「皇上著老身通知小姐，明早他會來領小姐到太行山去。」

紀千千向小詩眨眨眼睛，應道：「詩詩呢？」

風娘沉默片刻，嘆道：「小詩姐須留在營地內。」

紀千千心中湧起怒火，旋又硬壓下去，淡淡道：「麻煩大娘告知皇上，我不去了！」

慕容垂的謹慎亦令她訝異，事實上她是用了心計，試探慕容垂肯不肯讓她主婢出遊，這種事有一次自然有第二次。那當她百日築基功成，可以與燕飛作心靈交流時，如再遇上這麼一個機會，便可通知燕飛，請他率高手來救她們主婢，現在顯然此法不通，心中不由充滿失望的情緒。

風娘揭帳而入，瞥了移往一角的小詩一眼，在紀千千身前坐下來，道：「小姐令我很爲難，我該如何向皇上交代呢？」

紀千千聳聳香肩表示沒法幫忙，順口道：「皇上這幾天到了哪裏去呢？」

風娘道：「每次大戰來臨，皇上都愛巡視戰場的環境，該是與這方面有關吧！」

紀千千的心直沉下去，慕容垂至今未輸過一仗，不是由於幸運，而是他從不鬆懈輕敵，儘管對手是他看不起的慕容永。淡淡道：「大娘只是傳話的人而已，一切如實轉告皇上，大娘便完成任務了。」

風娘苦笑道：「皇上會非常失望。」

紀千千心中暗忖他失望是活該的，我和小詩失去了自由，還嘗盡與燕郎兩地相思之苦，這筆賬又如何計算。忽然心中一動，問道：「燕飛長得像他娘嗎？」

風娘雙目露出淒迷落寞的神色，似記起久被遺忘的事般，不堪回首地輕柔道：「他長得更像他爹。」

紀千千興致盎然的道：「他爹？」

風娘像從夢裏清醒過來，輕震而起，垂頭道：「我要去回報皇上。」說罷逃難似的匆匆離開。

燕飛和宋悲風藏身於一株老樹枝葉茂密的橫幹上，看著沉往西山的夕陽，後方距離兩里許處就是邊荒集。

宋悲風閒聊道：「聽說你打算光復邊荒集後，立即北上，助你的兄弟拓跋珪應付慕容垂，有沒有用得上我的地方呢？」

燕飛道：「這次只是與慕容寶周旋，用不著你老哥出馬。我已決定一個人去與拓跋珪並肩作戰。慕容垂在短期內將無力再犯邊荒集，你們應該全力經略南方，令邊荒集的戰船，可以暢通無阻地駛往南方任何一個角落去。」

宋悲風道：「除非劉裕真的當上大統領，這樣的好日子仍是遙不可及。光復邊荒集後，我會返回建康，我很擔心謝家的情況。」

燕飛聽得心中難過。想起以前謝安、謝玄在世，烏衣巷謝家詩酒風流的日子，已隨著他們的逝去煙消雲散。在新的局勢下，最顯赫的烏衣豪門王、謝二家，是首當其衝。沒有了謝安和謝玄，謝家是不是由此走向衰微？在南方大亂的動盪多事之秋，謝家子弟如何作出抉擇，他們的磊落衣冠是否無法倖免染上血腥呢？

宋悲風續道：「起程前劉裕告訴我，司馬道子任命二少爺代王恭之位，成爲劉牢之的頂頭上司。此著非常厲害，掣肘了劉牢之的軍權。劉牢之可以對任何人不客氣，可是對二少爺卻不得不留幾分情面，北府兵的將領也絕不容劉牢之排斥二少爺。」

燕飛想起謝琰，心中暗嘆。謝琰不但威望本領遠及不上謝玄，最要命是充滿建康高門自恃身分的習氣，沒有自知之明。淝水之戰他是與有榮焉，卻只增加了他自以爲軍功蓋世的氣燄。他可以說甚麼呢？縱然他燕飛與宋悲風一起回建康，仍沒有插手的可能性，只有劉裕取劉牢之而代之，方可以扭轉謝家的悲慘命運。心中不由浮現出謝道韞令人心儀的風姿，也想到謝玄愛女謝鍾秀。姑且不論謝安和謝玄於他有大恩，現在王淡眞已香消玉殞，他是絕不容謝鍾秀受到任何傷害。可是他能夠做甚麼呢？人生總是這般令人心碎無奈嗎？

宋悲風道：「說到玩弄政治手段，沒有人及得上司馬道子。他最卑鄙的一著是調了大姑爺去守會稽，如孫恩發動戰事，大姑爺將首當其衝。唉！司馬道子眞毒辣，大姑爺如有甚麼三長兩短，二少爺必全力討伐天師軍，劉牢之也不得不追隨，如此司馬道子可坐山觀虎鬥，趁勢增強建康軍的實力。」

燕飛皺眉道：「大姑爺是誰？」

宋悲風道：「便是大小姐的夫婿王凝之。」

燕飛震驚道：「甚麼？」

宋悲風慘然道：「隨大姑爺出征的還有他們的兒子和謝家子弟，這是大小姐告訴劉裕的，表面看來非常風光，事實則是司馬道子要他們到前線去送死。唉！大小姐還告訴劉裕，她也要到會稽去，寧願和丈夫兒子死在一塊兒。」

燕飛心中激起裂岸的洶湧波濤，如謝道韞有甚麼不測，他會與天師軍勢不兩立。這是他沒法向任何人解釋的心態，源於對娘親的孺戀愛慕，謝道韞便是娘在世上另一個化身。

宋悲風又道：「回建康後，如證實大小姐眞的遠赴會稽，我會去保護她。現在謝家値得尊敬的，只有她了。」

燕飛默然無語。好一會後，問道：「安小姐爲何趕著回家呢？」

宋悲風搖頭道：「儘管我和她相處了幾天，可是仍沒法明白她。安小姐是個很特別的人，對事物另有一套見解，似乎沒有甚麼人事可令她放在心上。對心珮也抱一種可有可無的態度，只要不是落在任妖女的手上便行。或許是她太驕傲吧。不過她確實是有大智慧的人，對事物看得很通透，不符她的年紀。」

安玉晴神秘的美目浮現燕飛心湖，若不是她那對令他印象深刻的眼睛，他敢肯定對她的記憶會漸趨模糊。她的眼神內似藏著一個有別於任何人的天地。數度相遇，她都是說走便走，來得瀟灑，去得輕鬆，似乎正如宋悲風看到的，沒有甚麼人事能令她牽掛。每次接觸，她總保持在某段距離外，若即若離。

燕飛忽有所感，目光朝邊荒集方向投去。宋悲風亦生出警覺，望向邊荒集。大隊人馬從西門走出來，像在搬東西。

宋悲風訝道：「他們在幹甚麼呢？」

燕飛功聚雙目，全神觀察，一震道：「不好！」

宋悲風這時也看清楚是怎麼一回事，色變道：「竟然是要在集外布防，難道他們曉得大霧將臨嗎？」又道：「他們擺在集外的是甚麼玩意？」

燕飛道：「該是拒馬一類的障礙器械，這是最有效防止我們以快馬衝擊，保護沒有高牆的邊荒集的抵禦方法，配合長弓勁箭，可守得邊荒集穩如磐石。」

拒馬是以周徑數尺的圓木為主幹，在圓木上鑿十字孔，安上長達一丈的橫木數根，削尖上端，再以木樁粗索固定於地上，阻絕人馬通行。假如敵人有足夠的拒馬，布於北、西、南三方，將可倍數提升邊荒集的防禦力，以荒人的兵力，連攻集的資格都沒有了。

燕飛迅速攀上樹頂，遠眺邊荒集南北地區，下來後苦笑道：「敵人也在為南北兩面布防，這招非常厲害，是掌握到我們會於短期內反攻邊荒集，遂把防禦線進一步擴展至集外。不論集外戰況如何，只要敵人退集固守，我們便沒法奈何他們。更因我們的戰船沒法越過邊荒集，加上我們的兵力又不足圍困邊荒集，事實上敵人已立於不敗之地。」

宋悲風亦頹然無語，敵人有效地運用地利，達到先守而後能攻的優勢，盡顯姚興超群的軍事策略。問題在即使能攻佔鐘樓，如荒人大軍被拒於集外，佔領鐘樓的部隊將落得全軍覆沒的結局。肯定有內奸。

燕飛嘆道：「唯一欣慰的是敵人沒有採用焦土之策。唉！恐怕我們得繞個大圈，改由潁水而行，方有機會潛入集內。」

宋悲風道：「找到『盜日瘋』又如何呢？破不了對方集外的拒馬陣，攻打鐘樓的部隊只是去送死。」

燕飛斷言道：「天下間並沒有攻不破的城集，我們入集再說吧！」兩人從樹上躍下來，望北而去。

劉裕在鳳凰湖西面開闢出來的空地看慕容戰練兵，姚猛則作他的助手。劉裕看得心中訝異，慕容戰就像天生要在戰場上打滾的人，面對大群戰士，簡直變成另外一個人似的，舉手投足，均具大將之風，充滿使手下效死命追隨的魅力。且調度有法，數以千計的戰士，在他的號令下進退有序，如臂使指，劉裕便自問辦不到。劉裕最擅長的當然是做探子，所以在地理形勢和觀敵強弱兩方面最有心得。練兵卻非他本行，心忖如請得慕容戰這個胡人的戰爭天才助他培訓北府兵，會不會有一番全新的氣象呢？不過這只能在腦海中空想，一方面因北府兵還輪不到他掌權，更因爲北府兵的將領沒有一個是胡族。

太陽下山，天地暗沉。慕容戰解散操練了近兩個時辰的手下，與姚猛來到他左右兩旁。

慕容戰道：「兒郎們的表現不錯吧！我自認比較拿手的是馬戰，幸好戰馬充足，否則我將無從發揮。」

劉裕道：「你打過攻城戰嗎？」

慕容戰道：「在苻秦時期，打過幾場攻城戰，但沒打過守城的兵多過我們的。」

姚猛道：「在苻秦的各族戰士裏，最擅長守城的是我們羌人，攻城則以慕容鮮卑族稱霸。」

慕容戰笑道：「那長安既入姚萇之手，豈非沒有人能攻克，只是現在輪到他去攻別人的城，不成功便沒法獨霸關中。」

劉裕皺眉苦思道：「我們之中誰最長於攻城呢？」

慕容戰欣然道：「若攻打的目標城池是長安、洛陽、建康那種大都會，我便不敢說。可是現在是沒有城牆的邊荒集，我敢擔保最佳人選是老屠。他長年與兩湖幫作戰，不論水戰陸戰都駕輕就熟，又一向以攻為主，肯定可勝任此責。」

姚猛興奮的道：「對！我們荒人要怎樣的人材有怎樣的人才，誰都鬥不過我們。」

劉裕問道：「姚興守城的功夫如何呢？」

姚猛道：「他這方面的本領如何，我不太清楚，不過他的老爹姚萇曾贏過幾場守城的硬仗，他該不會差到哪裏去吧！」

劉裕苦笑道：「若是如此，他大有可能根本不出集來迎擊我們，而是兵來將擋和我們打一場攻防戰。」

慕容戰糊塗起來，道：「我們不是已分析清楚了嗎？對方怕我們在集外取得立足點，採斷其糧道的戰術，所以必須主動出擊，好令這情況沒法出現。」

劉裕道：「問題出在內奸上。姚興從內奸處曉得我們兵精糧足、士氣高昂、戰馬齊備，對一個善守的統帥來說，當然曉得這樣的一支部隊，縱然兵員較己方少，也不宜在平原荒野硬撼，就算勝也是慘勝，何況邊荒是我們的地頭。更關鍵的是對方手上有『盜日瘋』，我們若想設營立寨，反正中他下懷。我們因應形勢而變化，敵人亦不住修正策略，此為兵家常事。」

慕容戰點頭道：「你老哥的顧慮非常有道理。這麼看，姚興和慕容驎固守不出的可能性非常高，待消磨我們的戰意士氣後，再以『盜日瘋』配合奇兵襲營，我們將難有勝算。任我們如何自負，仍是沒有能力攻入邊荒集，因為對方的兵力比我們多出一大截，且是以逸待勞。」

姚猛色變道：「那如何是好呢？」

劉裕回復從容，道：「首先要看燕飛和宋老哥此行收穫如何，但我們也必須著手準備，儘管沒有『盜日瘋』，也要想辦法應付。」此時手下來報，屠奉三回來了。

看到穎水碼頭區的情況兩人眉頭大皺。敵人夾岸設立三十多座箭樓，大部分置於西岸，其中十二座沿東岸依地勢高低而建。在離邊荒集下游數十丈處，有兩重攔河木柵，旁邊岸上各有一座石砌堡壘，配以陷坑拒馬，將水陸兩路完全封閉。此時碼頭區燈火通明，二十多艘貨船泊在西岸，數以千計的人正忙碌地卸貨，再以騾車把糧貨送入小建康。兩人在西岸一處高地遙觀敵況，均大感不妥當。

宋悲風倒抽一口氣，道：「這兩座堡壘是新建成的，我離開前還沒有。」

燕飛道：「敵人改變了策略，該是從內奸處得到最新的情報，所以採取守勢。更重要的原因是自恃兵力在我們三倍之上，又有『盜日瘋』這毒招，故而不怕我們在集外立寨與他們對峙。」

宋悲風道：「你的猜測很合理。唉！我們怎辦好呢？攻佔鐘樓的戰術已行不通。」

燕飛堅決的道：「攻佔鐘樓是唯一瓦解敵人力量的方法，也是對方唯一的破綻。當日如不是慕容垂以河水灌集，也難以破集成功。如今我們兵力遠及不上當日的慕容垂和孫恩聯軍，強攻邊荒集是以卵擊石。」

宋悲風道：「敵人運來大批糧資，顯是有長期固守的打算，而這正是我們最害怕的情況。」

燕飛道：「先找到『盜日瘋』的藏處再說吧！」

宋悲風嘆道：「敵人防範之嚴密，小鳥也難飛進去，我們如何入集？」

燕飛目光投往碼頭區，道：「變作一條小魚兒又如何呢？」

宋悲風道：「由這裏到小建康的碼頭區，足有一里之遙，還要穿過兩重木柵，更不能浮出水面換氣，你有把握辦到嗎？」

燕飛道：「只有五成的把握，可是如放棄嘗試，我們此仗肯定有敗無勝，兼且時間緊迫，再不容我們等待另一個機會。」

宋悲風苦笑道：「好吧！我在這裏等你如何？」

燕飛道：「入集如此困難，進去後又要冒險出來，太可惜了。宋兄先返鳳凰湖，告知劉裕這裏的情況，我如成功潛入集內，會留在那裏，直至你們進攻的一刻。」

宋悲風道：「我們如何曉得你的情況呢？」

燕飛目光掃過潁水東岸的十二座箭樓，道：「敵人在對岸的防禦力最薄弱，是我們力能攻克的，只要配有擋箭車，可輕易佔領東岸。小建康最高的樓房是梁氏廢園內的三層破樓，那也是我們進出邊荒集的秘道入口所在，現在該已被敵人封鎖。你們佔領東岸後，我可以在高樓頂憑暗號與你們通消息。」

宋悲風道：「天下間怕只有你有此本領，好吧！一切依計行事。」

兩人約好通訊的詳細方法後，燕飛把藏身的東西交給宋悲風，然後掠往岸邊，無聲無息的潛進水裏去。

帥帳內。劉裕聽罷屠奉三此行的經過，道：「桓玄喪心病狂，翻臉無情，屠兄請節哀順變。」提起桓玄，他恨不得拆其骨煎其肉，但又要把這種情緒隱藏起來。

屠奉三默然片刻，吁一口氣道：「與桓玄交手，絕不容婦人之仁，必須以狠對狠，否則一下疏忽，他會教你永無翻身之望。」又轉話題道：「這次最大的收穫，是爭取到侯亮生加入我們的一方，不可能找到比他更理想的內應，此人識見不凡，又有膽量，他更指出可行的方法。」

劉裕道：「信得過他嗎？」

屠奉三道：「這要待日後的事實來證明，但我是傾向信任他的。你可知自己成爲火石效應的最大受益人呢？」

劉裕心中苦笑，心忖知道事實的眞相未必是好事。除了燕飛和孫恩，自己便是第三個知道天降災異，與他劉裕是不是眞命天子全無關係的人。應不應向屠奉三說明眞相呢？

屠奉三訝道：「你的神情爲何這麼古怪？」

劉裕道：「火石效應？唉！可能與我沒半點關係呢！」

屠奉三道：「只要別人認爲有關係便成，天意難測，人心更難測。至少侯亮生和建康的高門，都認爲你是唯一與此兆頭有關的人，其他哪管得這麼多。對嗎？」

劉裕記起燕飛的話，與屠奉三如出一轍。遂打消了告訴屠奉三眞相的念頭。問道：「侯亮生有甚麼好提議？」

屠奉三道：「他的看法，是我們這些老粗想不到的。最有啓發性是他指出王恭與司馬道子之爭，事實上是改革派和保守派之爭，而兩人分別是現時兩派系的代表人物。」

王恭教劉裕想起王淡眞，登時心痛如絞，表面又不可露出跡象，那滋味確不好受。點頭道：「這看法我還是首次聽到，甚麼叫改革派？又何謂保守派呢？」

屠奉三道：「此正爲侯亮生於我們的好處。上戰場打仗是我們的本行，但治國理念卻是我們最弱的一環，也是胡人最大的弱點。」接著把侯亮生的看法說出來。

劉裕同意道：「確有點道理，侯亮生是個可用之材，將來……嘿！將來……」

屠奉三道：「你仍不明白，這並非將來的事，而是眼前的事。由漢末開始，政治便是高門大族的政治，到晉室南渡，清談風氣大盛，人人只尚空談，能拿出具體治國方法的只有王導、桓溫和謝安三人，而他們都屬改革派。王恭、王珣、殷仲堪等人，均屬支持這種治國理念的人。你是謝玄親手挑選，而謝安點頭默認的繼承者，自然而然被視為改革派的人。只要你肯堅持改革的理念，不但會得到民眾的支持，還會得到高門裏所有開明人士的支持，直接影響你的成敗。」

劉裕皺眉道：「我仍是不明白。」

屠奉三道：「先答我一個問題。為何荒人肯為你這個主帥賣命呢？」

劉裕拍腿道：「明白了！因為人人曉得我是為他們的利益辦事。可是在現今的情況下，我就算說破喉嚨表明我是個改革派，只會是個笑話。唉！坦白說！我真的不知如何治理國家。」

屠奉三欣然道：「老侯會為你起草一個治國大綱，到時只要你拿出來說便行。」

劉裕訝道：「拿到甚麼地方去說呢？」

屠奉三微笑道：「我會安排你和殷仲堪、楊佺期兩人先見個面。」

劉裕愕然道：「你在說笑對吧？」

屠奉三道：「沒有甚麼事是不可能的，此正為侯亮生的一個有用提議，誰比他更清楚桓玄與殷、楊兩人的關係呢？這方面你不用分神多想，一切待收復邊荒集後再說。」

劉裕心忖假設能透過殷、楊兩人對付桓玄，當然理想，他願為早日手刃桓玄而付出任何代價，不論要冒多大的險。登時擔心起侯亮生的安危，問道：「那個要殺侯亮生的女刺客究竟是何方神聖？」

屠奉三道：「我曾深思過這問題，這女刺客當然清楚侯亮生對桓玄的重要性，該是桓玄身邊的人，可是對侯亮生的生活習慣卻是一知半解，否則該選在侯亮生獨自駕舟思考時進行刺殺，而非在侯府下手。」

劉裕雙目亮起來。屠奉三道：「你想到了！」

劉裕道：「該是任青媞！究竟是怎麼一回事？」

屠奉三道：「任妖女和桓玄是怎樣勾搭上的呢？」

劉裕醒悟道：「對！該是聶天還從中穿針引線，撮合這對狗男女。」

屠奉三笑道：「說得好！桓玄加上任青媞，正是不折不扣一對狗男女。」

劉裕感到和屠奉三的關係拉近了，是因爲大家同仇敵愾，均與桓玄有傾盡大江之水也洗不清的深仇大恨。

屠奉三道：「任青媞是個心毒如蛇的女人，最初或有從桓玄之意，可是卻因失寵因妒成恨，遂下手殺害桓玄的首席謀臣以洩憤，怎知反無意中幫了我們一個大忙。我已將推測告訴侯亮生，要他提防，他也同意我的猜測。」

劉裕聽到「失寵」兩字立刻聯想到王淡真，心中一痛，不敢追問。岔開話題道：「找到桓玄弒兄的罪證嗎？」

屠奉三道：「據侯亮生的分析，此事該與桓玄另一心腹謀臣匡士謀有關係。此人武技平平，卻醫術高明，而在桓沖過世前，他便消失了，應是桓玄殺人滅口。以桓玄的行事作風，我們很難在這方面抓著他的尾巴。好啦！現在該輪到你告訴我反攻邊荒集的最新情況。」

劉裕不假思索的解釋了現在的情況，道：「因內奸洩露軍情，此人又是呼雷方的心腹，可旁敲側擊掌握到軍機秘密，姚興一方遂改變戰略，使我們反陷於不利的處境。」

屠奉三沉吟片刻，問道：「呼雷方怎樣看這事？」

劉裕道：「他非常憤怒，如不是我開解他，他肯定會把呂明五馬分屍。」

屠奉三欣然道：「我們仍是氣數未絕，竟被宋悲風無意撞破姚興起回『盜日瘋』，最妙是他並不曉得我們清楚此事。『盜日瘋』究竟是甚麼厲害毒火器？竟可令姚興改變整個作戰計畫。」

劉裕道：「希望燕飛能有好消息，否則攻打邊荒集將是非常艱苦的戰役。」

屠奉三道：「如姚興改採守勢，反對我們有利，因爲發動攻勢由我們決定。坦白說，如果沒有濃霧，我們是必敗無疑。但在大霧瀰漫的時候，我們將變成天將神兵，可以虛實奇正之法，製造出從四面八方攻集的假象，令敵人兵力分散，而我們事實上則集中在一點狂攻猛打，只要突破一個缺口，便可以長驅直入沒有城牆護河的邊荒集，在這樣的情況下，能否奪得鐘樓的控制權，其效用更關鍵。」

劉裕大喜道：「給你這般分析，如撥開障眼的迷霧，看到光明。對！如果敵人不敢出集迎戰，而我們則在集外站穩陣腳，大霧來時，主動之勢將全操在我們手上。」

屠奉三道：「我們尚有兩天時間作準備工夫。我方有多少台投石機？」

劉裕道：「老姬拍胸口保證，攻集時至少有三十台投石機可供使用，射程達二千步以上，投的是他設計的毒煙火油彈。」

屠奉三道：「在大霧裏，投彈機可推至集外五百步發射，只要有擋箭車便成，這是敵人沒有預估過會出現的情況，到目不能辨物時，悔之已晚。」

劉裕衷心道：「幸好你回來了。」

屠奉三笑道：「我是旁觀者清，劉爺你只是因執著了，腦子一時轉不過來。讓我去和我們的姬大少商量一下，看在攻集器械上有甚麼須補充的地方。劉爺你則好好休息，養精蓄銳，然後大展神威，領導我們攻克邊荒集，立威天下。」

屠奉三離開後，劉裕感到整個人輕鬆了，屠奉三的才智實不在自己之下，肯全力助他，是他的福氣。同時想起任青媞，對她仍有一份矛盾的感情，更對她令人難解的行爲感到心痛。她是否迷失了呢？

〈卷八〉

第五章◆紅顏禍水

第五章 紅顏禍水

燕飛貼著河床逆水潛游往邊荒集小建康外的碼頭區，從水底朝上方兩岸瞧去，火把光變成一團團的閃動光澤，予人超乎現實的感覺。雖是初春時分，清澈的河水寒涼舒爽，令人依戀。他並不擔心敵人會看到在二、三丈水深處潛游的自己，因爲他一身夜行黑衣，靠著岸壁，就像融入了凹凸不平的泥石裏去，更妙的是火光只能照進丈許的水深處，河水像鏡子般折射反映火光，反成最佳的掩護。燕飛展開胎息奇術，不一會兒便從攔河木柵與岸壁間的隙縫，逢闇過闇的來到敵人防衛森嚴的河段去。那種身在最危險地域，偏又有絕對安全的感覺，確實非常古怪。

此時離小建康的碼頭區已不到十多丈，倏地燕飛心現警兆。危險並不是外來的，問題出自他本身。他感到內息不繼。燕飛已無暇去思索，爲何可斷絕呼吸百日仍能活得好好的，現在只不過在水裏閉氣潛游半里許便捱不下去，忙兩手運勁，魚兒般快速滑行，眨眼間越過兩艘船黑壓壓的底部，然後在一艘船與碼頭間的空隙冒出水面。騾叫、吆喝、車輪、河水拍岸、火把燃燒的聲音，大合奏般潮水似的湧入雙耳，燕飛用力深吸兩口新鮮的空氣，頗有重返人世的清醒。敵人正忙於卸貨，沒有人注意到他這個入侵者。他的胎息法於陸上施展或水底運行，明顯是有分別的，問題或在陸上進行胎息法之時，皮膚可代替口鼻呼吸，至於實情是否如此，怕只有老天爺才清楚了。不過曉得自己仍未是眞的神仙，反令他有安心爲人的痛快。一天仍在生死之局內，根本沒有神仙這回事。

燕飛再回到水底，往上游潛去。尚有十多艘船在對岸等待這邊的泊位讓出空檔，敵人正忙得昏天黑地，自然疏於戒備，也讓他有可乘之機。當他來到位於上游最北的一艘船時，他終於掌握到機會。這條船剛卸下所有貨物，七、八輛騾車停在碼頭旁，準備開走。燕飛貼岸竄上去，同時發出兩股勁風，最接近的兩支火把登時明滅不定，像被狂風刮得快要熄滅的情景，四周陷進暗黑去。就於此明滅之間，燕飛竄上碼頭，迅如鬼魅的閃入其中一輛騾車的車底去，依附其下。外面一陣咒罵聲，火把復明。好一會後，騾車移動。燕飛暗鬆一口氣，知道已成功了一半，他更清楚憑他的身手，只要過得外圍這一關，集內將任他來去自如。

張袞奉召來到主帳見拓跋珪，後者正坐在帳外看著篝火，一臉若有所思的神色。這是拓跋珪一向的習慣，每當心有疑難，總愛凝望閃跳不定的火燄沉思。

依指示坐在拓跋珪身旁後，拓跋珪仍沒有移開看火的目光，淡淡道：「告訴我所有關於楚無暇和波哈瑪斯的事。」

張袞大感錯愕，沉吟片刻然後道：「波哈瑪斯是波斯來的宗師級好手，武功心法別走蹊徑，於苻秦當權的期間到達長安。開始時，苻堅對他頗爲看重，但不久後便因受到苻堅身旁的人排斥，被苻堅疏遠，但姚萇卻對他的占星術著迷，兩人的關係便是這樣發展起來的。至於他爲何與楚無暇敵對，這方面的事尚有待查究。」

拓跋珪像沒聽到他的話般，道：「看！火是多麼奇異和美麗，它時刻都在變化中，燃燒是一種損耗，把平凡不過的柴枝轉化成完全不同的另一種東西。」接著朝他望去，道：「爲何不先說楚無暇？」

張兗呆了一呆，答道：「因為我有點不敢提她。」

拓跋珪微笑道：「你是否認為我不該沾惹此女？老實回答我。」

張兗嘆道：「她令我想起紅顏禍水這句話。」

拓跋珪興趣盎然的道：「為何你會有這個想法呢？」

張兗道：「楚無暇是彌勒教著名的美女，在北方大有艷名，但其身分卻言人人殊。有人說她是尼惠暉千挑萬選的女徒，傳她以媚惑男人之術；亦有人說她是竺法慶的女人；更有人傳她是死於謝玄手上的竺不歸的情人。真相恐怕她自己才清楚。」

拓跋珪道：「她喚竺法慶作爹。」

張兗愕然道：「竟有此事？」

拓跋珪伸個懶腰，道：「確是如此，她還說要去取出她爹多年搜刮佛寺所得來的財物送我，她是看中我了！」

張兗皺眉道：「彌勒教始終是邪教，聲譽不佳，族主如與她有牽連，會影響族主的威名。屬下更怕她是包藏禍心，想利用我們重振她的彌勒教，又或想損害族主和燕飛的兄弟之情。」

拓跋珪搖頭道：「彌勒教早完了，再沒有東山再起之望。這女人就像一團烈火，不住反覆變化，卻總是那麼美麗，又是那麼危險。」岔開話題道：「我應於何時立國稱帝呢？」

張兗曉得他不願再討論楚無暇，只好道：「我們曾商量過這個問題，正想向族主稟上我們的想法，眼前正是大好良機，可以激勵士氣，振奮人心。」

拓跋珪目光又投往舞動不休的火燄，徐徐道：「立國稱帝，是慕容垂最難容忍的事。哼！他一向以鮮卑族的救星自居，既不容慕容鮮卑分裂，也不許我們拓跋鮮卑自立門戶。現在用這一招太浪費了，尚未是時候。回去好好休息吧！明天我們返盛樂去。」張袞知趣的告退。

聽著張袞離去的足音，拓跋珪忽然想起王猛，不過卻不是王猛助苻堅統一北方的功勞，而是王猛當年曾力勸苻堅殺死慕容垂，免成養虎之患。王猛的憂慮終於成眞。淝水之敗，部分原因是慕容垂按兵不動，否則如他肯全力援助苻堅，該不會有淝水的慘敗。而慕容垂更是第一個離棄苻堅的異族大將。自己爲何忽然想起這件事呢？楚無暇絕不是另一個慕容垂，她手上沒有實力，只要自己永遠不給她掌權的機會，她只能是私房裏的愛寵人物。他拓跋珪更非苻堅，只要楚無暇稍露背叛之心，他會親手處決她。張袞是過慮了。

劉裕進入卓狂生的營帳，這位產自邊荒的名士，正在木几上運筆如飛，爲他的巨著努力。劉裕想不到他仍有此閒情逸致，大感愕然。

卓狂生停筆笑道：「劉爺來得好，我正寫到你『一箭沉隱龍』那一章節。哈！劉裕取出五百石神弓，搭上破龍箭，拉成滿月，接著大喝一聲『去』，聲震新郎河兩岸，接著破龍箭離弦而發，破風之聲大作，風雲變色，敵人皆驚倒船上時……」

劉裕苦笑坐下道：「夠了……夠了！還有更誇大的嗎？你這本算甚麼史？」

卓狂生欣然道：「當然是邊荒之史，更是最有趣的史書。史書也有正史、野史之分，我這本是專用來說書的，自然以趣味爲主，全是爲娛人娛己，誇張失實點沒有問題，最重要是精神不變。任何人如沒有興趣聽這樣的東西，大可以給老子滾得遠遠的，去翻他奶奶的甚麼正史。老子寫我的天書，其他的便管他的娘。明白嗎？沒有人強逼你去聽去受苦的啊！」

劉裕發覺自己愈來愈喜歡卓狂生，這是個大情大性的人，熱愛邊荒集，比任何人更懂得享受生命，活得深刻動人。點頭道：「確實有點歪理！不過大弩弓不是比五百石的神弓更有說服力嗎？」

卓狂生道：「形象不同嘛！難道說你先坐在地上，窩窩囊囊的用腳把弩弓蹬開，再小心翼翼的把破龍箭固定在弩弓架上，唯恐出錯嗎？」

劉裕嘆道：「說不過你了！你愛怎麼寫便怎麼寫吧！」

卓狂生放下毛筆，道：「劉爺大駕光臨，未知有何吩咐呢？」

劉裕正容道：「我是想和你商量組織我們邊荒勁旅的諸般問題，以令權責分明。你對各人最熟悉，所以想向你老人家求教。」

卓狂生不解的道：「不是一切都分配妥當了？連費二撇掌司庫，程賭仙負責醫療，龐老闆主管物資糧草，方總管治安規矩，這麼微細的事務都分派妥善，還有甚麼好做的？」

劉裕道：「我想的其實是一個正式讓所有荒人參與的儀式，也是宣誓效忠邊荒集和加入夜窩族的大典，以此鼓勵士氣，加強荒人的團結，讓大家明白這一仗是爲邊荒集而戰。同時宣布各領袖的職銜，以此作爲我們邊荒勁旅將來運作的模式。」

卓狂生喜道：「好主意。還是你有治軍的經驗，我立即起草，這方面我最拿手，明天會把邊荒大典簡單而隆重的程序細節，送到你的主帳內，讓劉爺過目審核。」

劉裕欣然離開。他的心神已全投入反攻邊荒集的大戰裏去，以工作對抗心中的悲苦。他不會讓自己閒下來，直至劉牢之和桓玄垮台喪命的一刻。

慕容垂步入帳內，風娘和小詩連忙退避，剩下紀千千單獨面對這位大燕國的君主。寬敞通爽的方形帳幕內，紀千千神色平靜的坐著，清澈得不含任何雜質、又深邃莫測的澄明美目，絲毫不讓的迎上慕容垂銳利的目光，沒有半點退縮之意。

慕容垂在她對面坐下，嘆道：「朕要怎樣請求，千千才會改變決定，讓朕陪千千到太行山散心呢？」

紀千千神色自若的淡淡道：「除非皇上用強逼的手段，否則我絕不會作陪。」

慕容垂露出錯愕神色，苦笑道：「千千當清楚我慕容垂是怎樣的一個人，強把千千留在身邊只是情非得已，豈還會一錯再錯，徒令千千看不起我？明天詩詩可以隨行，一起到太行山遊玩，如此千千可否回心轉意？」

紀千千斷然道：「我決定了不去就是不去，沒有甚麼可以討價還價的。」

慕容垂目光變得更銳利了，靜靜凝視著她，好一會後，點頭道：「千千生氣了！」

紀千千神色不露半分情緒的波盪，悠然道：「我不是生氣，只是失望。慕容垂你算哪門子的好漢？當我紀千千是領賞或受罰的狗兒嗎？你自己反省一下吧！」

慕容垂給說得呆了起來，默然以對，接著啞然失笑道：「說得好！罵得一針見血。我慕容垂自落魄天涯，不得不投靠苻堅，備受冷眼和排擠，卻從未有人敢當面說我，豈知當上大燕之主，天下無人不懼之時，卻給千千指名道姓的當面直斥，感覺卻是非常痛快。對！是我不對！請千千原諒。」緩緩站起來，雙目透出愛憐神色，低聲道：「請千千體諒我求成殷切的心情，未免操之過急。過幾天待千千的氣平了，慕容垂再來向千千請罪。」說畢退出帳外去。

燕飛伏在採花居的瓦背上，環視周遭的形勢。眼前所見，有異於上次他潛入夜窩子的情況，處處燈火通明，亮如白晝，數以百計的騾車，把糧貨物資送往不同的區域及各處樓房。這或許是大戰前最後一次補充物資，所以敵人全體動員，務要在一夜之內把物資分配妥當。他可以感覺到敵人的士氣以前高昂，大批糧貨的到達，既解決了需要，更激勵了士氣和鬥志。採花居和左右相鄰數幢樓房的大門外，停著十多輛騾車，貨物卸下後立即被送進這七、八座本由匈奴軍進駐，現在卻空置的樓房內。赫連勃勃被遣走的理由更清楚顯現，一方面是姚興並不信任赫連勃勃，更重要的是又可以省回大量食糧，再其次是姚興和慕容驎聯合，已有足夠的兵力應付荒人的反攻。

燕飛在小建康偷下騾車，並於其中一座專放軍服的樓房，取得一套慕容鮮卑兵的衣裝換上，再憑絕世身法縱橫來去，大致摸清楚敵人的狀況。小建康成了糧倉，這是個聰明的選擇。小建康自成一體，容易防守，兼東靠潁水，南靠夜窩子，又位於邊荒集的東北部，由南面來的荒人，絕不會繞個大圈先進攻小建康。他也查探過位於小建康的梁氏廢園，秘道已被大石堵塞，再不能提供出入的通道，不過這是意料中事，燕飛沒有因此而失望。令他失望的是「盜日瘋」並不是藏在採花居內，裏面堆滿大批的弓矢，就是不見裝「盜日瘋」的箱子。位於大堂正中的秘道入口，被放滿箭矢的大籮筐覆蓋，由於人來人往，他不敢移開箭籮，檢視秘道。「盜日瘋」究竟放在哪裏呢？肯定不是採花居又或附近樓房，因爲他已趁亂搜索過每一幢建築物。燕飛大感頭痛。看來運糧配給的工作會持續到天明。一俟安置好物資，邊荒集回復正常狀態，即使他仍能以輕功飛來躍去，找到「盜日瘋」，但在戒備森嚴下，實在難以做手腳。所以今晚是唯一的機會，錯過了，便再難處於現在的有利情況。

一隊人馬吸引了他的注意力，十多輛騾車橫過鐘樓廣場，朝古鐘樓駛去，最後停在古鐘樓前卸貨。燕飛看得背脊寒氣直冒，卸下的不是武器或糧草，而是木材和泥石，堆成一座座小山般的模樣。燕飛心中喚娘，曉得敵人已清楚鐘樓在攻防戰中的關鍵性，甚至從內奸處得悉，他們有以奇兵突襲佔據古鐘樓的大計。泥石和木材是要建設環護古鐘樓的壁壘，如再守以高手和善射的戰士，即使全沒有其他阻礙，盡傾荒人之力要攻陷這麼一座堅堡仍不容易。幸好自己現在在這裏，否則等攻入廣場方知道面對的是甚麼時，將後悔莫及。在這樣的情況下，「盜日瘋」更起關鍵的作用。想到這裏，心中一動，記起費二撇說過的戲言，最安全的地方該是姚興的臥室。姚興會不會真的把「盜日瘋」藏在臥室內呢？

劉裕在回帥帳路上遇上江文清。她該是專誠來找劉裕的，在帥帳找不著，直尋到這裏來。

江文清有點不敢碰他的目光似的，輕垂螓首，走在他身旁，低聲道：「我們到海邊走走好嗎？」

劉裕瞥她一眼，身穿男裝的她是那麼嫵媚動人，神態平靜裏帶點羞澀，充盈著愛的活力。點頭道：「星空下的鳳凰湖特別美麗。」

江文清喜孜孜地瞧他，抿嘴笑道：「第一次在邊荒集見到你時，從沒想過你是這麼的一個人。」

劉裕訝道：「我是怎樣的一個人呢？」

江文清微笑道：「是個肯陪高小子去發瘋的人呵！竟然有這樣的情懷。」

劉裕有點摸不著頭腦的，說不出話來。兩人離開營地，直抵湖邊，夜風從湖上吹來，令他們衣袂飄揚，感覺寫意輕鬆。

江文清看著泊在湖心的七、八艘雙頭戰船，吁一口氣道：「我是來向你道歉的，誤會你了！」

劉裕道：「事實上文清的反應恰到好處，令人沒法懷疑我們是預先說好的，那樣說不定會有反效果。」

江文清目閃奇光，訝異地看他，道：「你是故意不和我先商量好的嗎？」

劉裕道：「也不完全是這樣的。我一直有這個念頭，就是建立一支邊荒勁旅，只有憑全集的力量，我們才有資格和南北的大敵周旋。聶天還在桓玄的支持下，勢力擴展得很快，每過一天，我們對付他的把握便少了些。幸好過去每次交戰，最後吃虧的仍是兩湖幫，這對我們的威勢有點幫助，不過仍不足將形勢扭轉過來。現在你若要重振大江幫的勢力，將會是事倍功半。南方的幫會，即使不懼兩湖幫，卻不得不顧忌桓玄。所以擊垮兩湖幫的大計，必須分階段進行，絕不可以操之過急。」

江文清欣然道：「原來你早有全盤計畫？」

劉裕心中生憐。大江幫從如日中天的聲勢，隨江海流的敗亡，面臨幾近全面崩潰的絕境，僅能退守邊荒集，又再遭沉重的打擊，失去據點。現在反攻邊荒集，成功失敗，全看眼前情況的發展，不容有失。大江幫的榮辱，也等於他劉裕的成敗。他與江文清的未來，難以分割開來。

劉裕道：「收復邊荒集後，我必須立即歸隊重返北府兵，否則我將失去重返北府兵的唯一機會，成爲被劉牢之放逐的人。」

江文清垂首道：「這是個聰明的決定嗎？劉牢之和司馬道子會不擇手段的逼害你，直至你人頭落地的一刻。」

劉裕冷笑道：「想置我於死地嗎？沒有這般容易的。這也是重振大江幫的唯一方法，如我不能在晉室崩潰前掌控北府兵，一切都完了。這是現實，我和你都沒有另一個選擇。」

江文清輕輕道：「你走了，文清怎辦好呢？」

劉裕劇震一下，目光投向她，露出有點難以相信的神色，說不出話來。江文清耳根紅起來。劉裕強壓下心中波盪的情緒，沉聲道：「文清你必須恢復信心和鬥志，我離去後屠奉三會全力助你，沒有甚麼可害怕的。你再不是孤軍作戰，邊荒集會作你的後盾。第一步的目標，是使邊荒集興旺起來。利之所在，自然會有人來和你做生意，孔老大是其中之一。邊荒集愈興旺，影響力愈大，大江幫會隨之擴展勢力。等到有一天我成爲北府兵的大統領，我們便可攜手向敵人討債。」

江文清低聲道：「明白了！」

劉裕仰望星空，吐出一口氣，道：「相信我吧！我會和文清共存亡，只要我們堅持下去，死不了的話，終有一天敵人會在我們面前下跪授首，沒有人可以阻攔我們。」

燕飛駕輕就熟的來到姚興在集內的臨時「行宮」，剛好見到姚興在十多個親衛高手簇擁下，策騎馳出洛陽樓的前院。姚興要到哪裏去呢？燕飛無暇深究，時間是分秒必爭，立即進行搜索。果如他的估計，偌大的洛陽樓僅餘七、八個羌兵在守衛，其他人都被派去幹活了。可以想像敵人的打算是辛苦一晚，配妥糧資武器，做好防禦的工程，然後放鬆休息，養精蓄銳，以逸待勞。

他由後院著手，憑著絕世身法和靈機，避過守衛的耳目，不到半炷香的時間，搜遍洛陽樓的五幢樓房，卻是非常失望，因爲摸不到「盜日瘋」的半點影跡。當他進入洛陽樓主樓的地下密室，最後一線希望亦告幻滅，裏面空空如也，對方顯然尚未發覺有此處所。在第一次反攻邊荒集的過程裏，他對邊荒集主要建築物的情況，包括密室和秘道，均瞭如指掌，以擬定反攻的策略。這方面的認識在眼前的情況裏發揮作用，至少可令他肯定「盜日瘋」不是藏在洛陽樓內。燕飛重返樓頂。「盜日瘋」究竟給收藏在何處呢？

燕飛愈來愈頭痛。就在此時，心中忽然浮現宗政良的形相，一閃即逝。跟著警覺地朝鐘樓瞧去，一隊人馬正繞過鐘樓往他的方向馳來，嚇得他連忙避往另一道瓦面，心叫好險。宗政良外號「小后羿」，以箭法名震北方，凡善射者眼力特佳，說不定會被他發覺自己。時間不住消逝，每過一刻，他的盜香大計便多添一分困難。燕飛蹲在主樓的瓦頂上，居高臨下，放目四顧。姚興既然不選擇最方便的採花居作收藏地點，當然是嫌採花居不夠安全，那更佳的選擇便是洛陽樓，可是事實卻非如此，問題出在甚麼地方呢？東西肯定是在夜窩子內，也不可能收藏在慕容麟的勢力範圍內，那便該是夜窩子以東西門大街爲界，夜窩子北的任何一座樓房，因爲南面是慕容鮮卑兵駐紮之所。

燕飛竭盡腦力，苦苦思索。有甚麼地方比洛陽樓更安全？他腦海裏浮現出小建康內的羯幫和匈奴幫的總壇。兩個總壇都不在夜窩子內，可是卻易於守護，故拿來作糧倉之用。想到這裏，燕飛靈機乍現，終於想通姚興不把「盜日瘋」藏在洛陽樓或採花居的原因。理由非常簡單，因爲姚興不曉得裏面有密室。最佳收藏「盜日瘋」的地點，莫過於一座有強大防禦力的建築物內的地下密室，只要以重物把出口堵住，阻塞了往來的秘道，「盜日瘋」便可以安靜地擺放在那裏，既容易看顧，又不怕受到騷擾，到應用時再把東西提出來，可以萬無一失。而匈奴幫或羯幫在小建康內的總壇，最切合這些條件。在第一次反攻邊荒集時，曾起過作用的密室地道，該全部曝光，所以梁氏廢園貫通穎水的秘道被敵人塞住了。姚興曉得兩幫總壇下的密室秘道，是理所當然的事，從呂明處他已可獲悉這方面的情況。

想到這裏，燕飛幾乎想立即開溜，離開邊荒集。找到「盜日瘋」又如何呢？難道他可以在敵人的眼皮子底下，把幾大箱「盜日瘋」從密室偷出來，再送往採花居的秘道密藏起來嗎？這是不可能的。以姚興的小心謹慎，肯定會派人日夜不停，十二個時辰的輪番守著密室的出入口，如此他便只有硬搶一法。

燕飛暗嘆一口氣，打消了立即離開的衝動，從瓦頂躍下，往小建康的方向掠去。

劉裕回到營帳，屠奉三坐在帳外，只向他點頭招呼，沒有說話。

劉裕在他身旁坐下，道：「你在想甚麼呢？」

屠奉三沉聲道：「大小姐似乎對你很有好感。」劉裕苦笑搖頭，不知該如何回答他。

屠奉三沉吟片刻，道：「我不是想干涉你私人的事，更沒資格去管，問題是這並不只是私人的事。」

劉裕坦然道：「沒有事是不可說的，我和你不單是共生死的戰友，更是好兄弟。」

屠奉三道：「我清楚你是怎樣的一個人，否則不會選擇站在你這一邊。我這個人決定了一件事便不會改變，希望你眞的明白我。」

劉裕道：「絕對明白。」

屠奉三道：「那恕我直言，公事和私事是不該混在一起的，男女間的感情更是複雜多變，一旦感情出了問題，會出現無法預料的變化，在目前的形勢下是有害無利。大江幫現在是我們手上重要的籌碼，不容有失。其他我不說出來你也應該知道。」

劉裕點頭道：「我明白了！在此事上我會有分寸的，不會教你失望。」

屠奉三道：「我只是順便提醒你幾句。論計謀勇氣，你實在桓玄之上，只有一點你及不上他，就是不擇手段和狠辣無情的作風。爲了成功，他可以做出任何事來。所以只要你落在下風，他會斬草除根，令你永遠沒有翻身的機會。」

劉裕不解道：「桓玄的行事作爲天下皆知，爲何屠兄忽然提出來討論？」

屠奉三道：「因爲光復邊荒集後，你便要重返北府兵，那時你只能依靠自己，去面對劉牢之和司馬道子等人的鬥爭逼害，所以我必須告訴你我心中的想法，好讓你心裏有個準備。」

劉裕道：「這和桓玄有甚麼關係呢？」

屠奉三不答反問道：「以司馬道子的爲人，你認爲他和劉牢之的關係，會朝哪個方向發展呢？」

劉裕答道：「司馬道子起用謝琰代替王恭出任兗州刺使，擺明是要壓制劉牢之，令他不能全面控制北府兵。」

屠奉三道：「此事對你有利無害，謝琰無論如何都應對親爹和堂兄挑選的人另眼相看，感到較爲親近，只要你肯忍受他自恃世家高門的驕橫作風，在無人可用的情況下，他肯定會重用你。他要提拔你，劉牢之和司馬道子亦拿他沒法。」謝琰是謝家淝水之戰碩果僅存的功臣，加上是天下人仰慕的謝家最重要的人物，得到建康高門的支持，其影響力是不容忽視的，即使權傾晉室的司馬道子，也不願開罪他。劉牢之更不用說，如他敢對謝琰不敬，會令北府兵的將士反感。

劉裕點頭道：「我也有這個想法。」

屠奉三道：「如在天下太平的情況下，謝琰看得起你又如何?你始終沒有機會。幸好孫恩起兵在即，你的機會也來了。司馬道子派王凝之去守會稽，是非常厲害的一著。如王凝之有甚麼萬一，謝琰定會請命出師討伐天師軍，劉牢之則無法推託，變成北府兵與孫恩硬撼的局面，在這樣的情況下，你將有機會崛起。」

劉裕同意道：「司馬道子確實卑鄙。有一件事我尚未告訴你，謝家大小姐道韞決定到會稽去與丈夫兒子共生死。唉！」

屠奉三道：「那將演變成北府兵與天師軍在南方沿海郡縣交戰，建康軍則與荊州軍在大江上下游對峙之局。桓玄是不會在這時刻攻打建康的，如我所料無誤，他會乘機收拾殷仲堪和楊佺期，這也是侯亮生的看法，所以他提議我們聯結殷、楊兩人。」

劉裕道：「這方面我倒沒有想及。對！以桓玄的爲人，臥榻之側豈容他人酣睡？」

屠奉三淡淡道：「因爲桓玄曉得不論是王恭或殷仲堪，都不會甘心臣服於他，只是利用他來打擊司馬道子。王恭和殷仲堪本是計畫周詳，只是千想萬想，想不到桓玄有借曼妙之手殺司馬曜的毒招，令王恭和殷仲堪頓失靠山，又是騎虎難下。不過有利也有弊，正因司馬曜橫死，令司馬道子有機可乘，策反了劉牢之，令桓玄功敗垂成。」

劉裕竭力不去想王淡眞，道：「屠兄的分析非常透徹，道盡桓玄目前的處境。」

屠奉三道：「楊佺期一向和殷仲堪親近，又深悉桓玄的爲人，所以只要有機會，他們會聯手對付桓玄。只可惜這兩個人都不是做大事的人，除非他們肯無條件的投靠我們，否則終不是桓玄的對手。」

劉裕苦笑道：「我現在算甚麼東西呢？他們卻是當朝名士，又位高權重，他們怎可能那麼看得起我呢？」

屠奉三道：「這就要看他們的心胸眼光了。我們成敗的關鍵，在於能拖延桓玄多久，他愈晚收拾司馬道子，對我們愈有利。在此事上我們必須想盡辦法，所以必須爭取殷仲堪和楊佺期兩人合作，令他們成爲桓玄攻入建康的最大障礙。這也是侯亮生提出的緩兵之計。」

劉裕開始有點明白了，道：「你這番話對我有很大的啓示，若我只顧著在北府兵奮鬥突圍，疏忽了桓玄，仍是一條死路。」

屠奉三沉默片刻，然後道：「你聽過乾歸這個人嗎？」

劉道：「有點耳熟，是否新近在巴蜀崛起的一個劍手呢？」

屠奉三道：「正是此人。」

劉裕訝道：「屠兄爲何忽然提起他？」

屠奉三道：「因爲他已投靠桓玄，成爲桓玄的得力手下。此人在巴蜀全無敵手，最愛挑戰名家，劍下從不留人，因而開罪了不少人。現在既然找到大靠山，當然再不用怕人尋仇。事實上他曾多次遭巴蜀武林高手聯合圍攻，他仍能安然脫身，由此可知他的本領。」

劉裕笑道：「由燕飛去幹掉他如何呢？」

屠奉三啞然失笑道：「我也希望事情可以如斯輕易解決，那不如請燕飛去幹掉桓玄，更一了百了。」

接著正容道：「桓玄是要找他來代替我。」

劉裕搖頭道：「桓玄只是痴心妄想，屠奉三豈是隨便可以找人替代的。」

屠奉三聳肩道：「可是他至少可以替代我，專幹刺殺目標人物的勾當。」

劉裕愕然道：「刺殺？」

屠奉三道：「這是桓玄心中的一個計畫，就是當他進佔建康後，便殺盡所有反對他取晉室而代之的將領大臣。所以桓玄秘密訓練了一批刺客死士，而乾歸便是這批刺客的頭子。現在你明白了嗎？對付桓玄必須比他更快更狠，否則將變成坐以待斃，到醒覺時，周圍再沒有能支持你的人。想想吧！若胡彬、何無忌這些站在你一邊的北府將領，都被人幹掉，你還憑甚麼對抗桓玄？」

劉裕倒抽一口氣道：「桓玄這招果然既毒辣又見功效。」

屠奉三冷笑道：「桓玄這麼想殺我，你現在該明白是甚麼原因吧！不過一天有我屠奉三在，我也不會教他得逞，桓玄有他的刺客團，我們邊荒集也有刺客館，就看看誰的劍鋒利點。」

劉裕忽然清晰地掌握到自己的處境，如他不能在桓玄權傾南方的一刻前，把北府兵權掌握在手裏，他不但洗雪不了王淡眞所受的恥辱，還會死得很難看。

燕飛把警戒心提至極限，監察著整個小建康的情況。一切似無任何異常之處，運貨的騾車仍是往來不絕，戰士則放下武器當腳伕，把卸下來的糧貨送入各幢建築物內安頓。其中以有高度防禦力的羯幫和匈奴幫總壇內，存放最多。如這兩個臨時倉庫能放滿糧貨，該足夠讓敵人的三萬多大軍吃上半年。不時有敵方騎士巡哨，卻又不像特別加強防備，遠比不上外圍嚴陣以待的緊張氣氛。可是他心中不安的感覺，仍是揮之不去。這感覺由之前心中忽然浮現宗政良的形像開始。當時他心現警兆，直覺反應的朝鐘樓瞧去，卻給從鐘樓馳來的一個馬隊混淆了，以爲宗政良是其中一人，故令自己生出感應。嚇得他不敢再以輕功在高處掠過，只敢在橫街窄巷潛行。但不安的感覺卻不減反增，愈趨強烈。唉！自己可能已被敵人發現行蹤。

目擊他入侵的是宗政良。此人是北方著名的刺客，不單武功高強，更有「小后羿」的美號。善射的人眼力特別強，何況是宗政良這級數的神箭手。敵人此著的確高明，由宗政良這傢伙於古鐘樓最高處的「鐘樓觀遠」，將整個邊荒集盡置於其銳目監視之下，他燕飛便是因此敗露行藏，輸得非常冤枉，又不得不服氣。幸好他尚有靈應的超凡本領，否則到死都不知發生了甚麼。現在他該怎麼辦好呢？只要於集內任何一處給敵人截著，十個燕飛也必死無疑，強闖突圍是絕對行不通的。採花居的秘道有等於無，因為出口仍在集內，況且他也不可能不驚動任何人進入秘道。洛陽樓樓下的秘室又如何呢？進去豈非自困絕地，大違自己此行的原意。

就在此刻，他想起劉裕設身處地的思考方法。假設自己變成宗政良，忽然在觀遠台發現他燕飛，旋又失去蹤影，會採取甚麼行動？他會立即飛報姚興和慕容鱗，秘密調動人手，封鎖整個邊荒集，特別是潁水的碼頭區，因為那是現在情況最混亂、最容易被突圍的地方。敵人的行動應在不聲不響下秘密進行著。當部署完成，會來個甕中捉鱉，只要擒殺他燕飛，對荒人的打擊是無法估量的。敵人會組成一支「捕燕隊」，像對付花妖般搜捕他。這支最精銳高手的隊伍，首先會猜測燕飛潛進邊荒集來的目的，當然想不到他竟是來尋「盜日瘋」，只會猜測出他是來刺殺或搞破壞兩種任務。刺殺的目標不外姚興或慕容鱗兩個人，而搞破壞則莫過於燒掉儲糧的倉庫。想到這裏，燕飛已知這次是生是死，全看能否找到「盜日瘋」，那是他唯一的生路。且還要趕在敵人醒覺前辦妥一切，否則他只好硬闖突圍，全力一拚，殺一個夠本，殺兩個有賺。燕飛從藏身處竄出，朝匈奴幫總壇的後院牆掠去，靈覺感應提升至巔峰狀態。

江陵城桓府內堂。桓玄坐在地蓆上，滿臉陰霾。陪坐一旁的侯亮生、桓修和乾歸都不敢說話。

好一會後，桓玄淡淡道：「連一個人都看不住，是否該死呢？」

侯亮生等三人聽後，都心生恐懼，不知桓玄此話的矛頭指向那一個人？他們三人之中誰會大難臨頭？人說伴君如伴虎，侯亮生的感覺則像與毒蛇同眠，天才曉得甚麼時候會給他咬上一口。

桓玄有點疲倦的道：「給我把跟隨淡眞來的婢僕逐個勒死，這是他們應得的懲罰。」

桓修一聲領命，便要借辦此事乘機脫身，豈知桓玄打手勢阻止他，徐徐道：「這事乾歸去辦吧！」

桓修只好坐下來，看著乾歸離開。

侯亮生卻是整個背脊直冒寒氣，令他驚悚的是桓玄若無其事的冷漠語調、視人命如草芥的態度。王淡眞之死只能怪劉牢之，又或怪桓玄他自己，而桓玄卻遷怒於無辜的婢僕。王淡眞於隨身行裝裏密藏毒藥，顯然早有尋死之心，可見王淡眞的死，桓玄須負上最大責任。

桓玄目光投往桓修，像忘掉了王淡眞似的輕鬆地道：「剛才楊佺期來見我，說殷仲堪要上書朝廷，要求恢復荊州刺史的原職。說好聽點是徵求我的意見，難聽點便是逼我在此事上表態。你有甚麼意見？」

桓修方知桓玄要他留下的原因，忙道：「一切由南郡公作主，我沒有意見。」

桓玄笑道：「當不成荊州刺史，從兄你不覺得可惜嗎？」

桓修仍是同一句話，答道：「一切由南郡公決定。」

桓玄目光落在侯亮生身上，道：「我該怎麼辦呢？如我不肯點頭，殷仲堪仍敢上書建康嗎？」

侯亮生恭敬地答道：「這是司馬道子分化我們的手段，南郡公明察。」

桓玄冷笑道：「你以為我不知道是司馬道子的陰謀詭計嗎？不過這回我卻要感謝他，幫我試探出殷、楊兩人的心意，更使佺期露出他的狐狸尾巴。哼！」兩人再不敢說話。

桓玄沉吟道：「我會連署殷仲堪要求恢復原職的奏章。由今天開始，我要你們密切監視他們兩人，不容有任何疏忽，明白嗎？」兩人連忙答應。

時間忽然變得重要，假如他選擇錯誤，再一次猜錯收藏「盜日瘋」的地方，他的任務將告徹底失敗，甚至可能因此送命。如果姚興要把「盜日瘋」藏在集內某幢建築物的地庫內，小建康的鐵弗部匈奴總壇當然是首選。姚興可以從赫連勃勃處弄清楚建築物的確切情況，不用擔心會有尚未被發現的秘室和秘道。例如姚興便不曉得身居的洛陽樓也存在秘室。邊荒集失陷於慕容垂和孫恩之手，荒人戰俘被敵人集中在小建康，也是以兩幫的總壇爲主。當日部署反攻，燕飛等透過秘道，把武器糧食偷運入小建康去，便是藏於兩幫的地下秘室內。所以燕飛對匈奴幫總壇的地下情況，瞭如指掌。

在高起的院牆內，有十多座大小不一的建築物，主堂面向建康街，三進相連，規模宏大，本身便像座堡壘，也是匈奴幫總壇最堅固的建築物。第一次反攻邊荒集成功，屠奉三便要了去作他的新刺客館。主秘室和秘道都設於主建築物內，那也是現在最繁忙的地方，人來人往，糧貨不斷送進來，然後分散安置到其他房舍去。燕飛的目標卻是後院東北角的獨立倉房，在它下面有個糧庫，沒有接連秘道，是最適合收藏東西的地方。

借著房舍樹木的掩護，燕飛來到目標倉房外面的花園，蹲在草叢內，觀察形勢。整個舊匈奴幫總壇沸騰熱鬧，唯獨這一角卻寧靜無聲，沒有人踏足半步。燕飛幾乎要打退堂鼓，好及早到別處碰運氣。旋又決定進去看個究竟，一方面是時間再不容許他四處亂闖，更重要是他想到其中一個關鍵。表面看，姚興與慕容麟是合作愉快，事實上兩人之間肯定不免疑忌。姚興在「盜日瘋」一事上，大有可能瞞著慕容麟，這種毒火器能保持秘密，愈能發揮奇效。天才曉得姚興會不會在收拾荒人後，掉轉矛頭來對付慕容麟，這時「盜日瘋」便可派上用場，令姚興可以以寡勝眾。又或姚興怕慕容麟意圖獨佔邊荒集，故留下一著，免致屆時全無還手之力。不論從任何一個角度去想，姚興隱瞞「盜日瘋」一事是合乎情理的，所以故意不派人看守，以免引人注目，又捨採花居和洛陽樓，而取放置糧貨的地方收藏「盜日瘋」。

想通諸般問題後，燕飛哪還敢猶豫，從暗處竄出，來到倉房大門，就那麼拉開沒有上鎖的倉門。入目的情況看得他眉頭大皺。倉內塞滿一包疊一包的米糧，堆至離倉頂只有數尺距離的高處，僅餘近門處可容數人站立的窄小空間。這可說是最好的防衛，不搬開百來包米糧，休想可以進入秘道去。燕飛不驚反喜，他現在至少有八成把握，確定姚興是把東西藏在下面的密室。有救了！燕飛閃了進去，關上倉門。

雲龍艦在洞庭湖行駛，聶天還站在船頭，負手仰望星空，神情嚴肅。郝長亨來到他身後，垂手恭敬道：「幫主召長亨來有甚麼吩咐呢？」

聶天還道：「長亨是否仍對淮水之敗，耿耿於懷呢？」

郝長亨頹然道：「長亨感到很慚愧，很對不起幫主，辜負了幫主對長亨的厚愛。」

聶天還道：「勝敗乃兵家常事，最重要是贏得最後的勝利。這回出事，問題並不在你，而是被桓玄拖累，因他管不了劉牢之，致形勢逆轉，你和雅兒能安全回來，我已非常滿意。」

郝長亨嘆道：「可是失掉糧船一事，我卻是難辭其咎。」

聶天還微笑道：「換了是我，也會犯上同樣的錯誤，與姚興交易是正確的，問題出在我們低估了荒人。邊荒是他們的地頭，任何風吹草動，均瞞不過他們。所以你們在淮水失利，糧船自然落在他們手上，沒有甚麼好自責的。」

郝長亨感動的道：「幫主！」

聶天還和顏悅色的道：「你當我是桓玄嗎？有甚麼差錯便拿別人來出氣，也不看是如何出錯，問題在哪裏。我聶天還縱橫兩湖十多年，從沒有人能奈我何，正因我有大群肯爲我忠心賣命的幫手，沒有人會背叛我。」

郝長亨衷心的道：「只要幫主一句話，長亨願效死命。」

聶天還從容道：「事實上我們兩湖幫，從沒有過今天的優越形勢，江海流已死，大江幫名存實亡，只要我們加緊控制大江和其大小支流，大江幫將永無翻身之望。」稍頓又道：「這次桓玄攻打建康無功而回，司馬元顯更顯露猛將的本色，大大出乎所有人意料之外，恐怕連司馬道子都沒想過，往日沉迷酒色的兒子會浪子回頭，還這麼有本領。」

郝長亨點頭道：「桓玄會被逼更倚賴我們，而我們則可進一步擴展勢力，控制大江兩岸的幫會。沒有我們的批准，誰也不許和大江幫做生意。」

聶天還道：「這只是消極的做法，建康區和建康下游的城市，都在我們的勢力範圍外，我們須攻佔邊荒集，方能斬草除根，消滅大江幫的餘孽。在此事上，我們必須與桓玄合作，單憑我們的力量是沒法辦到的。」

郝長亨訝道：「在這次反攻邊荒集之戰裏，幫主竟不看好姚興和慕容驎嗎？」

聶天還苦笑道：「姚興等人的聯軍兵力在荒人一倍以上，又佔上地利，有集可守，且是以逸待勞，可是我仍看好荒人一點。看看燕飛吧！這樣的人才，到哪裏去找呢？在那樣惡劣的形勢下，仍可鬧了我們一個灰頭土臉的帶高彥揚長而去。我們是不得不承認，荒人裏集中了南北最有冒險精神和活力的精英人才，低估他們的誰不吃虧？」

郝長亨一震道：「幫主！」

聶天還雙目殺機大盛，緩緩道：「我不是長他人的志氣，而是想說明絕不可以再低估荒人。邊荒集的第二場反攻戰，勝負即將揭曉，便可以證實我有沒有錯荒人。」郝長亨欲語乏言。

聶天還微笑道：「荒人愈厲害愈好，強大的敵人，愈能激勵我們的奮鬥心。以前有江海流，還不是授首本人環下嗎？生命要有相當的對手才有樂趣，你才會珍惜成敗。長亨須永遠記著我這番話。」

郝長亨道：「長亨永遠不會忘記。」

聶天還眼神變化，露出慈愛神色，道：「雅兒那孩子怎樣了？」

郝長亨苦笑道：「她在發脾氣，把自己關在艙房裏。唉！我們逼她上船，她怎會高興呢？幸好她尚未曉得燕飛和高彥的事，否則眞不知道她會摔破多少東西。」

聶天還道：「你和她一向關係良好，照你看，她會不會眞的看上高彥那小子呢？」

郝長亨道：「如幫主以前問我這件事，我會肯定回答不可能。高彥這小子一無是處，貪財好嫖，口甜舌滑，吹牛不眨眼，正是清雅最討厭的那種輕薄少年，不賞他兩記耳光，已是非常容忍他。可是……唉！可是這次從邊荒回來後，她竟叫人留意，有沒有像高彥這樣的一個人到兩湖來，又不肯透露和高彥之間發生過甚麼事。眞叫人擔心。」

聶天還道：「你娶雅兒好嗎？」

郝長亨脫口道：「甚麼？」

聶天還道：「這是最好的解決辦法，一了百了。雅兒一向對你有好感。論美貌，雅兒肯定是兩湖幫第一美女，待她定性點，會是個賢妻良母。唉！賢妻良母，我眞的希望會是如此，這須看你馴妻的本領了。」

郝長亨急促的喘息道：「幫主！唉！幫主。我……」

聶天還不悅道：「你嫌棄雅兒嗎？」

郝長亨忙道：「我怎有資格嫌棄她？問題是我一向視她如妹子，她亦當我親如兄弟，從沒有涉及男女之間的情愛。唉！幫主可否收回成命呢？照我看她和高彥只是鬧著玩，不會是認眞的。」

聶天還啞然笑道：「你這小子一聽到要娶雅兒，立即改變說法，雅兒這麼可怕嗎？他媽的燕飛，這次眞把我害慘了。總言之雅兒嫁誰都可以，就是不可以嫁給高彥，你快給我想辦法，否則便由你娶雅兒算了。」

郝長亨道：「只要幫主清楚地向清雅說出心中的想法，清雅會聽幫主話的。」

聶天還道：「我豈非得告訴她和燕飛的賭約嗎？誰知她會如何反應呢？而且……唉！她反叛的性格你該和我一樣清楚。」

郝長亨點頭道：「好吧！我會想辦法。」

聶天還道：「不論用甚麼辦法，只要高彥那小子好夢成空便成，但也不可以令雅兒不快樂。那些說書的便有甚麼比武招親之事，若眞來個擂台比武，肯定在第一回合高彥便給人掃下擂台去。眞不明白高彥有甚麼可讓雅兒看上眼的。」

郝長亨道：「清雅怎肯任由我們擺布，如她要作台主，恐怕沒有多少個人敢上台，萬一她故意輸給高彥，我們便是作繭自縛了。」

聶天還苦笑道：「我只是打個譬喻，最要緊是想個好辦法，如她眞要嫁給高彥，我又無法違約出言阻止，我肯定會給氣得吐血。」

郝長亨再沒甚麼好說的，忙點頭道：「明白了！長亨會想出十全十美的好辦法。」

燕飛坐在糧包之上，頭差點碰到屋樑，陪伴他的是十六個高約尺半的小陶罐，有牛筋索捆緊，只要抓著索子的把手，點燃後可當手彈般向敵人目標投擲。他把過百袋米糧搬走，塡滿近門處的空位，打開地室入口，終尋得四箱「盜日瘋」，遂拆箱取寶，到糧包頂擺好陣勢，靜候敵人大駕。剛才敵人的搜索隊曾打開倉門，發覺無路入倉，登時觸動敵人的整個搜查網。現在糧倉已被重重包圍，敵人尙在不住增兵。他卻是心情輕鬆，因爲他試過用姬別傳授的方法，點燃了少許「盜日瘋」，立即產生一股濃黑如墨的毒煙，在地室內凝聚不散。以他的功力，吸一口後也感頭昏腦脹，有如火燒腦子想發瘋的感覺，實在非常厲害，難怪姚興這麼緊張這批毒物。十六個盛滿「盜日瘋」的陶罐，十個被揑破脆薄的罐頂，露出三寸寬的圓孔，可供燃火之便。他沒有燒熱的烙鐵，只好將就點從木箱撕下長木條，亦可達致同樣的效果。剩下的六罐寶貝被牛筋索串連起來，掛在背上。他當然一罐也不會留給敵人。

「燕飛！」燕飛聞言長笑道：「宗政良兄別來無恙，燕某人路經此地，忽然想起忘了帶點東西，所以回家來取，宗兄請多多包涵。」言罷雙掌上推，日月麗天大法全力施展。「轟！」倉頂像用紙糊似的不堪一擊，瓦片石屑木碎往上噴發，露出一個寬達半丈的大洞，聲勢懾人至極。燕飛從糧包頂上站起來，上半身伸出破洞外，居高臨下的環視糧倉四周的形勢。映入眼簾的是數以百計的火把照耀下的幢幢人影，遠近布滿箭手，糧倉周圍的空地是數不清的戰士，以盾牌和長短武器布成強大的陣勢，圍得糧倉水洩不通。如果沒有秘密武器，一百個燕飛恐怕也不能突圍而去。

燕飛在敵陣中迅快地找到領袖們的位置，在高手簇擁下，姚興、慕容驎、宗政良、狄伯友等人立在倉南空地的兵陣後，目光像利箭般朝他射來。他特別注意姚興的神色，正驚異不已，顯然在猜測「盜日瘋」是否在他手上，又不知該不該坦白告知慕容驎。不過無論他有何想法，已難改變即將發生的情況。敵方人數雖多，卻沒有人沉不住氣，人人嚴陣以待，沒有發出聲息，只有火把燒得劈啪作響，照得糧倉四周明如白晝。

燕飛欣然笑道：「燕某人眞感榮幸，竟連累各位勞師動眾，夜赴戰場，多謝各位這麼看得起燕某。」

慕容驎大喝道：「燕飛你死到臨頭，還要饒舌，識相的就束手就縛，也許尚有一線生機。」

燕飛暗裏取出火摺，打著後燃點木條，作好準備。心忖慕容驎如能活捉自己，送到慕容垂面前，肯定可討慕容垂的歡心。微笑道：「慕容垂怎會有你這般蠢的兒子？如你老爹在場肯定沒有這番廢話。不信的話問興太子便明白。」

慕容驎先是大怒，接著露出驚疑的神色，詢問的目光投向姚興。燕飛知道是時候了，抓起一個已開啓的陶罐。

宗政良冷笑道：「原來大名鼎鼎的燕飛也愛玩挑撥離間的手段。咦！太子的臉色爲何變得如此難看？」

姚興沒閒情去理會慕容驎和宗政良，厲喝道：「你在倉內幹過甚麼？」

燕飛的太陽眞火傳入燃著的木條，登時催發木條的火勢，木條再插入盛滿「盜日瘋」的陶罐內，發出只有他聽到的「吱吱」響聲。大笑道：「連太子也開始語無倫次了，我在倉內幹過甚麼呢？當然是搬運的粗重工夫啦！」

這時只要有眼睛的，都看到一股煙從燕飛身旁冒起，卻沒有直升上高空，而是纏繞著燕飛突出屋頂的上半身，由淡轉濃，情景詭異莫名。姚興第一個知道不妙，狂喝道：「散開！他手上有毒煙彈。」慕容驎、宗政良等愕然以對，在這種情況下，豈是說退便退。

燕飛嘆道：「遲了！」在眾人眼睜睜下，忽然見到燕飛舉手托著一個不住冒出濃黑煙霧，火花迸濺的怪東西。然後燕飛大手一揮，怪球化為紅芒，疾如流星，拖著黑色的長尾巴，兜頭蓋頂的往姚興擲去。姚興大駭後退時，罐子已擊中地面爆破，陶片激濺，濃黑的毒煙貼地向四面八方翻滾，瞬間已把倉房南面大片空地吞噬，還不住蔓延。驚叫聲、嗆咳聲震天響起，兵陣立時潰不成陣，亂成一團，更有人大叫「眼痛」。另三方面的箭手不待令下，千箭齊發，朝屋頂的燕飛射去。

燕飛也想不到「盜日瘋」威力如此狂猛難擋，暗叫好險，從容縮回倉房內，任由箭矢在上方掠過，又點燃另一陶罐。同時展開胎息之術，毒煙此時不但籠罩屋頂，更往下盈滿倉房沒擺放米糧的空間，以燕飛的目力，也沒法在煙內視物。第二個火器擲出，投往倉北空地。南面的濃煙已往倉房東西兩邊捲至，本是無懈可擊的包圍網立即崩潰，敵人亂竄亂撞的往外退開，希望能逃出災場，一時混亂至極點。局勢完全控制在燕飛手上。

如在廣闊的戰場上，「盜日瘋」雖然威力驚人，始終效用有限。可是在這麼一個屋舍重重圍繞的環境裏，卻把其威力發揮得淋漓盡致。陶罐一個接一個擲出，由近而遠，不一會整個匈奴幫總壇全被毒煙籠罩，敵軍只知爭先恐後的逃出總壇去。擲出七、八罐的「盜日瘋」後，燕飛的目標再不局限於匈奴幫總壇內，而是通往碼頭區的建康街。接著燕飛將以筋索連繫住的六個陶罐掛在背後，咬著燃燒的木條，左右手再各提一罐，從屋頂竄出，落到地上，趁敵我難分之際，冒著黑煙，朝碼頭區摸去。

鳳凰湖，議堂。宋悲風續道：「燕飛從穎水潛入邊荒集後，我怕他出事，不敢離開，留在原地等候他，好在必要時他可以有個接應。」劉裕、慕容戰、屠奉三、卓狂生、江文清至此方鬆一口氣。

卓狂生讚嘆道：「不愧是我們邊荒第一高手，在這樣的形勢下，仍可以神不知鬼不覺的偷入邊荒集去。」

江文清道：「現時在南方，水底功夫最好的應數聶天還，北方則是『龍王』呂光，不過即使是這兩個人，也還沒有不用到水面換氣，而能潛泳一里的本領，燕飛眞令人難以相信。」

宋悲風道：「昔日大少爺把他從邊荒救回烏衣巷，他便曾斷絕口鼻呼吸達百日之久，依然生機不斷。比起來，閉氣一里只屬小兒科。」

慕容戰道：「燕飛的武功每天都在進步中，如他不是有超凡入聖的本領，憑甚麼斬殺與慕容垂武功相當的漢族高手竺法慶，又如何能與有南方第一人之稱的孫恩鬥個旗鼓相當？燕飛是荒人的光榮，我佩服他。」

劉裕道：「聽宋老哥的話，似乎尚有下文。」

宋悲風點頭道：「我始終不能放心，燕飛再高明，一旦被敵人發現，怎都敵不過數以萬計的敵兵。多我一個人雖然分別不大，但我總算可幫他，所以一直守在穎水旁，不敢離開。」

卓狂生豎起拇指讚道：「好漢子，完全置生死於度外。」

宋悲風道：「不要誇我，我只是行心之所安，這是我從安公那裏學來的。」

屠奉三大感興趣的道：「究竟發生了甚麼事呢？」

宋悲風深吸一口氣道：「我等了半個許時辰，忽然聽見小建康喊聲震天，戰馬哀鳴，當我以爲燕飛遇險時，該處冒起一股股濃黑的煙，且不住擴散蔓延，最後連碼頭區也被黑煙籠罩，敵人則四散奔逃，情況混亂。」人人聽得瞠目結舌，沒有人想過會發生這樣的事。

卓狂生倒抽一口氣道：「『盜日瘋』？」

屠奉三恍然大悟道：「對！我們的小飛找到『盜日瘋』了！」

宋悲風道：「我也是這麼想，且還以爲燕飛會借毒煙遁回穎水去，於是耐心等待，豈知直等至天明，仍未見他回來，又怕被敵人發現，只好趕回來向諸位報告。」

劉裕忽然跳將起來，走出議堂外，一會後回來。見人人以詢問的目光瞧著自己，笑道：「我叫人去找呼雷當家。」

屠奉三拍腿道：「對！還是劉爺思慮周詳。」

慕容戰莫名奇妙道：「爲何忽然要找呼雷方來呢？」

江文清道：「因爲劉爺看破燕飛只是製造逃遁的假象，以惑敵人耳目，事實上他是反躲進採花居的地道去。而爲防內奸洩露燕飛沒有回來的消息，故須找呼雷方來，設法迷惑內奸，甚或立即處決他。」

劉裕欣然點頭，論智計，江文清實不在屠奉三之下，各有所長，但江文清因江海流慘死，大江幫潰敗，信心受挫，但現在她已逐漸回復過來，光芒漸復。

卓狂生皺眉道：「毒香都給他用光了，還冒險留在邊荒集幹甚麼呢？」

屠奉三道：「當然不是這樣。「盜日瘋」肯定不是藏在採花居，而是在小建康內，最有可能是原匈奴幫總壇的地下密室內。我不知道小飛是如何辦到的，但他肯定找到『盜日瘋』，然後引來大批敵人，任他們重重圍困，再以『盜日瘋』對付敵人，弄清楚『盜日瘋』的威力後，帶走剩下的『盜日瘋』，藏身秘道，好和我們來個裏應外合。」

卓狂生道：「如此膽大包天的人，天下間數不出幾個來。」

劉裕問宋悲風道：「『盜日瘋』多久後消散？」

宋悲風道：「說出來你肯定不相信，濃煙持續近一個時辰，方慢慢消散。照我隔遠觀察，吸入濃煙者都要躺在地上休息，還要用水洗眼，如果我們在這樣的情況下攻集，會容易很多。」

屠奉三拍桌道：「如此我們大勝可期，只要我們能攻入東大街，進佔盛豐海味，便可以與燕飛會合，再由採花居直取夜窩子的心臟古鐘樓，那時任敵人兵力在我們三倍之上，也要全面崩潰。」

慕容戰道：「這並不容易，現在敵人在集外廣置拒馬，正是要我們難作強攻。」

屠奉三冷笑道：「有高牆護河的大城不是一樣會被人攻陷嗎？何況是沒有城牆的邊荒集。濃霧再加上凌厲的遠程火器，我要逼敵人不得不退守夜窩子，那時主動權將完全控制在我們手上。在濃霧裏，有準備的一方將可佔盡便宜，而敵人將陷於因防線過長而全面挨打的劣局。哼！我是不會教敵人有翻身的機會的。」

慕容戰欣然道：「只要屠兄能打破一個缺口，我可以領兵長驅直入，佔領目標。」

劉裕道：「事情不會這麼簡單，姚興既是善守的人，又從內奸處清楚我們並非徒靠勇力，肯定有應付的辦法，例如在夜窩子外重重設陷布防，再以精銳的快速部隊和我們攻入集內的兄弟硬撼，那時將是入集容易出集難。如我們被強逐出去，將會牽連全局，兵敗如山倒。」

屠奉三道：「我們可恃的只有燕飛作內應和濃霧兩大優勢，所以必須人盡其才，物盡其用，才能打一場爽脆俐落，漂漂亮亮的勝仗。我們直到這刻仍沒有宰掉呂明，正是要透過他騙倒姚興，令他算計錯誤。」

江文清道：「可是現在尋得『盜日瘋』，姚興當然不曉得是宋大哥湊巧撞破，而會猜是呂明已被揭破內奸的身分，在嚴刑拷打下洩露秘密。」

屠奉三道：「所以我們劉爺才去找呼雷當家，因爲呂明再沒有任何用處，但我們已達到目的，使姚興誤以爲我們準備全面進攻邊荒集，故改採以逸待勞的守勢，而非令我們害怕的出集迎擊。現在姚興縱然想改變主意，也爲時已晚，只是徒亂軍心。」

卓狂生笑道：「敵人的軍心不亂才怪，只是燕飛一人，已弄得他們人仰馬翻，亂成一團，對他們士氣的打擊實不可估量。」又嘆道：「我這本天書肯定愈寫愈精采，自古以來，哪有一場戰爭是這樣打的呢？」

宋悲風道：「我們何時起程？」

眾人目光落在劉裕身上，他是主帥，此事當然由他決定。劉裕向屠奉三望去。屠奉三道：「最少尚須一天時間我們才準備妥當，不過可派出先頭部隊，使對方感到壓力，不敢隨意改變已決定的戰略。」

劉裕點頭道：「好主意！慕容當家的五千先頭部隊明天動身，直逼邊荒集，由姚猛作你的副帥，高彥負責情報和聯絡。切記避免與敵人正面交鋒，只宜採游擊戰術，你的戰略目標是要令敵人不得不退守邊荒集。」

慕容戰欣然領命，信心十足的道：「換了在別的地方我不敢大言不慚，可是在我熟悉的邊荒，慕容戰必不負所託。」

屠奉三道：「慕容兄的目的地是鎮荒崗，此崗易守難攻，在那裏設寨立營，加上姬大少的凌厲火器，足可鎮懾敵人，控制形勢。」

慕容戰道：「一切依計而行，我會有分寸的，不會因貪功而犯險。」

劉裕道：「爲了迷惑敵人，使他們兵力分散，我們在潁水東岸也須有些行動，屠兄認爲如何呢？」

屠奉三道：「我們眞正能投入戰場的戰士在一萬二千人間，所以只可以分出一支五百人的部隊負責這項任務，不過加上火器之助，對方的防禦又只是裝個模樣，該是勝任有餘。我提議由陰奇指揮這支突擊部隊，他特別擅長此種戰術，且在與兩湖幫的戰爭裏累積了豐富的經驗，不作第二人想。」稍頓續道：「另一支三千人的全騎兵部隊，於正午起程，由拓跋儀指揮，一方面支援慕容兄的先鋒部隊，一俟慕容兄站穩陣腳，便可以繞過邊荒集，到達潁水上游，斷其與北面的水陸聯繫。」各人均無異議，慕容戰和拓跋儀的部隊均以胡人戰士爲主，胡人最擅長馬戰，由他們擔當這些任務，是最適合不過了。

劉裕道：「剩下的三千五百戰士和五千名由工匠、醫士、腳伕等組成支援部隊合共八千五百人，於後天早上出發，我們反攻邊荒集的大計，將全面展開。」眾皆敬喏。此時呼雷方來了。

〈卷八〉

第六章◆集底臥龍

第六章 集底臥龍

燕飛在地道的暗黑裏醒過來，心裏一片平靜。地道空氣混濁，牆壁濕漉漉的，充滿霉爛的感覺。除了自己的心跳外，地道是沉凝靜止的安謐。他試著由胎息轉爲外呼吸，立即打住，地道裏的霉氣，可以致人於死。他並不驚慌，他當然知道在大白天，一出地道，被人發覺的風險會相對地增加，但他可以隨時從沒有敵軍留守的盛豐海味出口，去吸一吸新鮮空氣。他並不擔心如何報訊給同伴，因爲昨晚這裏所發生的事，必落入荒人探子的眼裏，回報劉裕。以劉裕的才智，會猜出他現在的處境狀況，再天衣無縫地和自己配合。這就是屢次出生入死，並肩作戰而來的默契。

如在正常的情況下，縱然荒人兵力多上集內敵人一倍，也沒法攻陷邊荒集，何況現在荒人部隊實力及不上敵人的一半。但燕飛已曉得勝券在握，關鍵處在於荒人再不用爲攻集部隊和進佔鐘樓的奇兵，兩者如何配合的難題而頭痛。最初的構思是當荒人的高手團成功佔領古鐘樓後，集外的部隊強攻入邊荒集內，可是如被敵人力抗於夜窩子外，高手團將變成孤軍，用盡火器箭矢後，便只餘待宰的命運。現在則形勢逆轉，攻集大軍可以從容攻集，只要能控制東大街，便可以從盛豐海味的秘道直指夜窩子的心臟地帶，加上威力驚人的六大罐「盜日瘋」，任敵人兵力如何強大，也要吃不完兜著走。燕飛緩緩站起來，朝盛豐海味的方向走去，該是出去透透氣的時候了，否則他會被悶死。現在該是晚上吧！又或許是日落西山的時分。

天剛入黑，紀千千主婢接到風娘通知，要立即起程。

小詩擔心的道：「是否有敵人來了？晚上騎馬很危險呢。」

紀千千微笑道：「你只要跟著我便成，我會照顧你嘛！凡事都可以從另一個角度去看，我反覺得黑夜行軍，驚險又神秘，蠻好玩的。」又笑道：「你更不用擔心安全，若要擔心便爲慕容垂要對付的人擔心吧！主動權全操在他手上，對方正被他牽著鼻子走。」

小詩更是愁容滿面，低聲道：「小姐很看得起慕容垂，唉！他這麼可怕，誰可以擊敗他呢？」

紀千千聳肩漫不經意的道：「可惜他有個命中注定的剋星，而那個人便是小姐我。終有一天你會明白我這兩句話，並不是只在口上說來洩憤的。」

小詩愕然道：「小姐原來是痛恨慕容垂的。」

紀千千輕輕道：「如不是他，我的小詩便不用受苦，我不找他算帳該找誰呢？」

小詩感動的道：「小姐對我眞好。」

紀千千道：「現在我們是到台壁去，因爲慕容永已中計，誤以爲我們要經太行大道進攻長子。哼！慕容垂，這次你被我看穿了。」

屠奉三和慕容戰在湖旁坐下，不約而同的叫道：「濕氣很重！」兩人相視而笑。

慕容戰啞然笑道：「事實上每個人都暗自擔心，老紅預測的大霧會不會如期降臨，更怕是來早了，我們便要進退失據。」

屠奉三道：「如果劉裕確實是南方的眞命天子，這場大霧便該來得恰是時候。」

慕容戰愕然道：「這種信心究竟是好是壞呢？若錯了豈非害了自己？」

屠奉三微笑道：「天命雖然難測，卻非無跡可尋，我愈來愈相信謝安沒看錯人，到最近的火石災異，更令我深信不疑。答案即將揭曉，我正拭目以待。」

慕容戰道：「劉裕在新郎河，一箭破『隱龍』那一手的確玩得很漂亮，最令人感動是他玉成了高彥的好事。你是否決定全力助他在南方爭天下呢？」

屠奉三道：「他是我報復桓玄的唯一希望，我還有另一個選擇嗎？」

慕容戰道：「桓玄的『斷玉寒』是不是眞如傳說般的厲害？」

屠奉三沉聲道：「桓玄自幼便顯露出練武的天分，他的刀專講氣勢，非常霸道狠毒，如單打獨鬥，我對戰勝他並沒有十足把握。」

慕容戰道：「聽你這麼說，桓玄確有眞材實料。」

屠奉三道：「九品高手不是用來唬人的，看謝玄能與慕容垂平分秋色，又輕易斬殺竺不歸，可推想排名僅次於謝玄的這另一玄，刀法不會差到哪裏去。」

慕容戰沉吟片晌，道：「我想問你一個私人的問題，可以嗎？」

屠奉三道：「我早當你是我的知己，有甚麼想問的，放馬過來吧！」

慕容戰有感而發道：「我和你在行事作風上比較接近，且沒有利益衝突，所以從一開始便談得投機。唉！事實上我們現在在很多方面都是同病相憐。」

屠奉三點頭道：「我只想到大家都有一批兒郎追隨，又都必須以邊荒集爲安身立命之所兩方面。」

慕容戰道：「千千又如何呢？」

屠奉三道：「你竟是要問這個問題？」沉吟片刻，道：「我眞的沒有妒忌燕飛，爲何會這樣子呢？或許是我被紀千千捨己爲人的精神感動了，又或觸動了內心久已被埋藏的情感。邊荒集是自由的地方，沒有能獨霸的強權，沒有門第之別，紀千千有她選擇的自由，有權挑選對象，而燕飛確實是令人欽佩的人，所有這些原因結合起來，我輕易接受了這既成的事實。」

慕容戰欣然道：「說得好！既成爲現實，只好接受。燕飛對千千不顧生死的眞情亦令人感動，使人拋開私心，只要千千幸福便成，其他都無關痛癢。」

屠奉三道：「你的族人已捨長安出關外與慕容垂正面交鋒，你有甚麼打算呢？」

慕容戰嘆道：「結果會是如何？不用猜也曉得。慕容垂會成爲我的桓玄，而拓跋珪則是劉裕，情況雖不盡相同，大致的形勢卻沒有分別。看！這不是同病相憐嗎？」

屠奉三問道：「拓跋珪是怎樣的一個人？」

慕容戰道：「據我們所知，拓跋珪是慕容垂最忌憚的人，一直想把他收爲己用。遠在當馬賊時，拓跋珪早顯露他的光芒，苻堅派人討伐他，沒有一次能佔便宜。他的騎戰在北方非常有名氣，看看拓跋儀便可推知其本領的一二，如給他站穩陣腳，北方恐怕只有慕容垂有資格作他的對手。」

屠奉三道：「他是個可以合作的人嗎？」

慕容戰道：「那須看他與燕飛的交情。此人心狠手辣，矢志恢復代國，是個以民族爲重的人。」

屠奉三微笑道：「這麼說，直至擊垮慕容垂之前，他會與我們同心協力，往後便很難預測了。」

慕容戰堅決地道：「只要能殺慕容垂，救回千千主婢，其他的事再不放在我的心上。」

屠奉三道：「此正是劉裕建立起一支全夜窩族邊荒勁旅的原因，只要邊荒集回復以前的興盛，我們的影響力會跨越邊荒，同時主宰南北的榮枯。只有這樣我們才活得有意義，活得轟烈。這更是歷史上從未出現過的情況，老卓的邊荒史會如他所說的，愈寫愈精采，對嗎？」兩人對視而笑，均感痛快。

拓跋儀揭帳而入，劉裕正用心研究攤開在地氈上，由卓狂生製作的邊荒地圖，邊荒集是圖心的一個紅點。劉裕抬頭瞥拓跋儀一眼後，目光回到地圖上，語調輕鬆的道：「我不理你用甚麼方法，都要把敵人牽制在邊荒集，令他們不敢冒險出集迎擊我們。」

拓跋儀在地圖另一邊面對劉裕蹲下來，雙目閃閃生輝道：「你給我多少人？」

劉裕迎上他的目光，微笑道：「三千騎兵如何呢？以你的族人為骨幹，副帥任你選，但最好不是鐘樓議會的成員。」

拓跋儀想起拓跋珪，劉裕在這方面與拓跋珪很相似，一副胸有成竹的神態，令人沒法懷疑他是否有必勝的信心。這種神態形成一股使人難以抵擋的風采魅力。他們都是天生的領袖，擁有可爭霸天下的天分才情。假若有一天正如拓跋珪所料的，兩人在戰場上交鋒，究竟會是怎樣的一番精采景況呢？拓跋儀從容道：「如我們從這裏晝夜不息的趕路，兩天後到達邊荒集，人馬將疲乏不堪，還如何和敵人進行比腳力的游擊追逐戰呢？」

劉裕道：「你忘了由這裏到邊荒集的水路，完全控制在我們手上嗎？水道的安全由大小姐負責，你該可放心。我們會送你一程，在最接近邊荒集的地方放你們三千精騎登岸。」

拓跋儀問道：「東岸還是西岸？」

劉裕道：「此時慕容戰的五千快騎，該已從陸路開抵鎮荒崗，你從東岸登陸，隔著潁水全速奔往上游，務要引起敵人注意，令敵人疑神疑鬼，不敢於慕容戰陣腳未穩之際迎頭痛擊。」

拓跋儀皺眉道：「敵人從內奸處得到確切的情報，對我們的兵力瞭如指掌。用你的方法吧！假設我是姚興和慕容驎，只須派出一支萬人部隊，擇弱噬之，在這樣的情況肯定會立即渡河追亡逐北，直至殲滅我們。而他們留守的軍隊，不但仍有足夠的兵力守穩邊荒集，還可分兵出集突擊慕容戰。」

劉裕不答反問道：「慕容驎是怎樣的一個人？」

拓跋儀答道：「慕容驎是慕容垂愛姬生的小兒子，自小狡詐多變，慕容垂一直不喜歡他，兼且做了幾件令慕容垂很惱火的事，所以一直對他疏遠，難得見他一面。因此慕容驎一直戰戰兢兢的夾著尾巴做人。到淝水之戰後，慕容垂叛秦立國，慕容驎於反秦戰爭裏屢立大功，才逐漸得到慕容垂的寵信，被任爲撫軍大將軍。慕容垂稱帝後，更被封爲趙王，聲望陡增。現在看他被派來邊荒集，可知慕容垂正重用他。」

劉裕道：「他用兵的本領如何？」

拓跋儀道：「慕容驎用兵頗有乃父之風，不在慕容寶之下，肯定勝過慕容詳，愛險中求勝，善用奇兵。正因我深悉他的行事作風，所以知道他不會對我的區區三千人坐視不理，任由我們封鎖上游，再前後夾擊邊荒集。」

劉裕道：「我正是怕他不出集追擊你們。而你的目標是要令敵人勞而無功，令他們摸不著影，你們甚至可逃進巫女丘原的沼澤區去，使追兵進退兩難。只要捱至大霧降臨，你便可以隨機應變，或反擊追兵，或撇掉敵人渡過潁水，從北面兵逼邊荒集。」

拓跋儀目射奇光，凝望劉裕好半晌，點頭道：「明白了！」

劉裕微笑道：「在擊敗慕容垂救回千千主婢前，我們該是合作無間的戰友，對嗎？」

拓跋儀聽出他話中有話，暗嘆一口氣，點頭應是。兩人商量好夾擊邊荒集等各方面的細節後，拓跋儀領命離開，去準備一切。此時屠奉三、江文清、姬別、紅子春、陰奇、呼雷方和高彥聯袂而至，開始另一個軍事會議。

燕飛呼吸著地面的新鮮空氣，體會著「做人」的滋味。在這一刻仙門的存在與否，根本不值得他費神去想。一隊騎兵在外面的東大街馳過，從盛豐海味的門縫瞧出去，看不到任何敵人。他仍然感受到邊荒集山雨欲來前的緊張氣氛。對姚興和慕容驎來說，這次是不容有失，一來很難向自己的老爹交代，二是攸關面子，更重要是失去邊荒集等於失去邊荒，會斷送掉南北的聯繫。荒人的反擊力和決心，都出乎南北各大霸主的意料之外，如歷史能倒流，恐怕沒有人想改變邊荒集。那時的邊荒集，各大勢力對峙制衡，不論慕容垂或姚萇，均可透過公平的交易從中獲益。可是若這次反攻邊荒集成功，慕容垂和姚萇不但難以從邊荒集得益獲利，還憑空增添一個在邊荒蓄勢以待、隨時撲出來的強大勁敵。邊荒的兵力遠比不上慕容垂或姚萇的大軍，可是卻有強大的經濟和最出色的人才作後盾，其能發揮的威力是無可估量的。

燕飛有種衝動，想趁敵人沒有防備之際，殺出邊荒集去與己方人馬會合。旋又放棄這個想法，倒不是他沒把握出集，只是怕敵人起疑，搜遍他現身的區域，發現「盜日瘋」的藏處，那就得不償失。所以他只能耐心靜候，等待大霧的降臨。那是約定了「動手」的最好信號。當大霧來臨，反攻邊荒集的行動將全面開展，而自己在這種情況下，又有「盜日瘋」在手，可以發揮驚人的力量，把整個攻防戰的形勢扭轉過來。又一隊人馬從東門的方向馳來，隱隱聽到兩人對話的聲音。燕飛功聚雙耳，全神竊聽。悶氣一掃而空，在敵人以為他早已離集的情況下，他是否可以憑絕世的靈覺身法，作個神奇的探子，全盤掌握敵人的作戰計畫和情況呢？他知道的愈多，愈清楚集內的防禦部署，反攻時，會更有把握。

屠奉三首先道：「我們的賭仙兼醫神，到潁水去接收一批孔老大運來的刀傷藥，二擻爺則帶了一批好手，去肅清敵人派到這裏來的哨探，所以缺席。」

慕容戰道：「姚猛正安排明早起程的預備工夫，每人只帶十天的乾糧和食水，全由我們的龐大廚精製。可是戰矢和火器卻裝滿五百頭騾子。」

劉裕向卓狂生問道：「霧燈的製作和操練結果如何呢？」

卓狂生笑道：「兩天前已製成近百盞各式霧燈，燈號傳送的方式由本人繪圖說明，忘記了可在霧中檢看圖卷，保證萬無一失，只有呆子才會看錯燈號。最特別的地方是所有燈號手全由熟諳武功的女將負責，在這方面她們的表現比男性出色，至少打燈的手勢姿態便教人賞心悅目。」眾人無不莞爾，卓狂生就是這種標新立異的人，不過又令人不得不佩服他的大膽和創新。

劉裕道：「你老哥說的誰敢反對呢？就由你負責分派燈號手，安插到每一支部隊裏去。」

卓狂生：「早辦妥了！」

呼雷方嘆道：「我知道你們信任我，可是經呂明一事，我對屬下再沒有以前的信心，如我們直接參與戰爭，怕會出亂子。」

江文清道：「我們曾多次討論這個問題，結論是呂明只是個別的例子，想投降的早就在邊荒淪陷時向姚興投降了，其他隨大家逃出來的，都是經過時間考驗的。」

卓狂生道：「在這動亂的時代，邊荒集是最後的一塊淨土福地，它是超越種族的，夜窩族正代表著這大亂時代的一個理想，一個絕不可能在邊荒外實現的夢想。任何人來到這裏，都會被邊荒集的獨特之處迷倒，誰敢不同意我這句話？」帳內眾人默不作聲。卓狂生的話打動了每一個人的心。

劉裕打破沉默道：「這是呼雷當家和族人，證明你們對邊荒集忠誠的機會，否則邊荒集光復後，將沒有你們立足之地。」

呼雷方點頭道：「明白了！多謝各位肯給我們這個機會，我會回去和族人說清楚，讓他們自由選擇參與或退出。」

劉裕轉向高彥道：「派給你的任務幹得如何？」

高彥傲然道：「我手下一百二十名探子，已全體出動，形成以邊荒集為中心，籠罩縱橫達百里的精密情報網，任何風吹草動，都沒法瞞我。」

劉裕接著向呼雷方道：「呼雷當家請去與族人說明現在的情況，我想知道有多少人參與。」呼雷方領命去了。

紅子春對劉裕這一手非常欣賞，道：「無論我們如何信任呼雷方，可是此事關係到荒人的生死存亡，有所保留是聰明的。」

卓狂生摩拳擦掌道：「該入正題了，過了今晚恐怕沒有靜心思索考量的機會。」

劉裕笑道：「請屠館主賜示。」

屠奉三欣然道：「館主是我們卓名士的尊稱，我的刺客館早解散了。」說時從懷裏取出一個圖卷，平放在邊荒圖上，赫然是邊荒集的全圖，當然也是由卓狂生精製。屠奉三手指落在東大街秘道入口的盛豐海味，目光灼灼的打量眾人，沉聲道：「只要我們能攻佔這區域，我們便有機會大勝，再沒有更好的戰略。」

姬別道：「盛豐海味近處便是夜窩子，要攻至此處不但須突破敵人重重防禦，還要應付從中撲出來反擊力遠比我們強大的敵人，絕不容易。」

此時宋悲風和龐義來了，加入討論。宋悲風道：「如我們強攻邊荒集，縱然有火器之助，又有濃霧掩護，兵員折損必重，當我們兵力被大幅削弱，即使成功佔領鐘樓，仍擋不住敵人的反撲。」

姬別提醒道：「我這幾天趕製的火器，只夠一晚激戰之用，一旦被敵人強逐出集外，將無力作出第二回攻勢。」

高彥道：「刺激處正在於此，必須一戰功成，不成功便成仁。他奶奶的娘。」

屠奉三道：「如被敵人曉得我們的軍事目標，此戰必敗無疑，所以必須採取惑敵的手段，從敵人最意想不到的地方入手，方有可能達成軍事目標，加上燕飛這著厲害棋子的配合，在敵人強大的防禦網打開一個缺口，再把這缺口擴大，令敵人出現崩潰的現象。」

紅子春皺眉道：「何處入手才是叫敵人意想不到呢？」

慕容戰劇震道：「當然是敵人防禦力量最強大之處，那才是料想不到的，不過這不是以硬碰硬嗎？」

龐義道：「照現在的情況來看，敵人的防禦是堅不可摧，不論從東南西北哪個方向進攻，都是非常艱苦。」

江文清瞄劉裕一眼，輕輕道：「你會選從東門進攻嗎？」劉裕感到她瞄自己那一眼充滿能攝魄勾魂的魔力，又似乎在說明她也擁有同樣高超的智慧，猜到他和屠奉三的策略。

龐義老實地答道：「選東門等於送死，一邊是潁水之險，沿岸處滿布地壘箭樓，南面則是敵人的拒馬陣和守陣的箭手，說不定還有幾座投石機，我們傾盡全力恐怕仍摸不到東門。」

慕容戰道：「可是如攻陷東門，我們可長驅直入，敵人必然陣腳大亂，弄不清我們究竟是要攻東門還是小建康。」

屠奉三道：「所以潁水西岸的碼頭區是敵人必守之地，反之如我們進攻其他三門，敵人還可以誘我們深入，然後從夜窩子出擊，多方同時猛攻我們。」

紅子春擔心的道：「攻打東門會令我們付出沉重的代價，划算嗎？」

此時拓跋儀回來了，興致勃勃的加入會議。劉裕向拓跋儀解釋一遍後，微笑道：「邊荒集潁水東西沿岸一帶，防禦力似強實弱，是我們力能攻克的，只要我們完成兩個條件。」

姬別道：「甚麼條件？」

屠奉三道：「就是摧毀潁水東岸的箭樓和破壞攔河的兩重木柵。」

拓跋儀喝道：「好主意！我們比任何人都清楚，沒有城牆的邊荒集是很難同時應付前後夾擊的，當你們從南面發動攻勢，我可以由北面沿潁水壓逼敵人，令他們沒法集中力量抵禦你們。」

陰奇道：「潁水東岸的箭樓包在我身上，有擋箭車加上火器，清除它們是斬瓜切菜般的容易事。敵人肯定不會將大軍擺在東岸。」

劉裕欣然道：「前後夾擊太便宜敵人了，我要的是在濃霧的掩護下，四面八方的衝擊敵人，於敵人忙於應付之際，突然向沿岸區發動意想不到的猛烈攻擊，瓦解敵人本已低落的鬥志。」

江文清柔聲道：「我們的雙頭船是否可在這種情況下稍盡棉力呢？」

屠奉三代答道：「能否破關，全看大小姐精湛的水上戰術。」

劉裕心中百般滋味，隨著敵我形勢的變化，作戰計畫不住修改，最後的方案終於擬定。回想從前，開始時很多想法都是不成熟的。在這個戰略考量的過程裏，他學到當主帥的珍貴經驗。最使他有深刻感受的是眾人對他的信任，而這種對領袖的信心，建立於淮水之戰的大勝，令上下一心，人人爲共同目標奮鬥。假如有一天，北府兵出現同樣的情況，不論桓玄和孫恩，都不可能是他的對手。

江文清道：「明白了！兩重木柵根本不放在我心上，只要從水底加以破壞，我可以憑雙頭船的鐵製船頭破閘直上，從水上攻敵人一個措手不及。」

紅子春大喜道：「逆水而行仍辦得到嗎？」

江文清道：「人力加風力，再加上先暗中破壞木柵水底的部分，絕對沒有問題。至於如何令敵人措手不及，便要靠其他方面天衣無縫的配合了。」

陰奇道：「破壞木柵由我負責，以前我們振荊會爲對付兩湖幫，訓練了大批專事水底破壞的弟兄，此事由他們進行，應是綽有餘裕。」

江文清欣然謝道：「我們又再次並肩作戰了。」

劉裕心忖這也是異數，江文清和陰奇本是風馬牛不相關的兩個人，彼此性格作風均截然不同，但因一次生死與共的並肩作戰，建立起深厚的交情，所以陰奇樂意提供協助。此時他更有信心江文清和屠奉三聯合起來的作用，會超過其實力的總和，因可互補不足。最微妙是在形象上，江文清因是江海流的女兒，得到南方幫會的尊敬；而屠奉三則是惡名遠播，人人驚懼的人物。兩人合作，當然令人又敬又畏。

屠奉三道：「現在大家該清楚掌握這次反攻計畫的重點，剩下的就是如何配合和細節小問題。幸好尚有一晚時間，我們可以從長計議。」

卓狂生道：「計畫不要定得太死太精細，臨場發揮，能隨機應變，才是最佳策略。」

屠奉三笑道：「卓館主言之成理，我們可以開始了。」

「荒人善用火器，我們第一次攻打邊荒集便曾吃過大虧，所以我特別囑人在北方搜羅火器，以毒攻毒，讓荒人驚奇一下。哈……」燕飛認得是慕容驎的聲音，心中暗忖，他手上究竟有什麼厲害火器呢？邊荒集是個沒有城牆護河的城池，其攻防戰的方式亦與其他城池有別，必須憑仗障礙陷阱，配以巨大殺傷力的火器，方有穩守的可能性。邊荒集的第一場大戰，充分顯示出荒人的創造力，爲城池攻防戰寫下新的一頁，同時也啓發了敵人。

另一人道：「太子不可不知，這批西瓜皮炮威力驚人，且有千個之多，如我們採取誘敵之計，誘敵人主力深入，肯定可一舉擊垮敵人，絕無僥倖可言。」說話的是宗政良。燕飛大訝，慕容驎和姚興似乎已「和好如初」，再不因「盜日瘋」而心存芥蒂。

慕容驎意氣風發道：「政良！東西是你找回來的，就由你向太子和狄將軍解釋西瓜皮炮的威力和用法。」

由於人馬不住接近，聲音更爲清晰。宗政良道：「這批火器我是從東萊的火器廠買回來，形似大西瓜，故名西瓜皮炮。外殼是用二十層紙製成，再包兩層麻布，內裝火藥。厲害處是每個放入一百五十枚小鐵蒺藜，頂上安引信，用時像爆竹般點燃拋送，紙殼爆裂時，蒺藜四射，防無可防，如擊中眼睛面門，更可立即重創敵人。」

姚興大笑道：「如此將可補『盜日瘋』之失。」

姚興、慕容驎、宗政良、狄伯友和十多名將領，來到盛豐海味外的東大街附近，勒騎停下，掉轉馬頭，朝東門方向瞧去。車輪聲自遠而近。燕飛按下刺殺姚興及慕容驎的衝動，一來因沒有得手的把握，更因想到除非能同時殺死姚興和慕容驎，否則作用不大，而這是不可能的。最怕是對方生出退意，來個焦土大撤退，那便弄巧成拙了。同時捫心自問，敵人確實窮竭心力地應付這次荒人的反攻，只是這批厲害火器，已足以粉碎荒人的反攻美夢。假如大霧沒有如預測般出現，此仗將以荒人的全軍覆沒告終。不過縱然大霧降臨，敵人有火器助陣，加上可固守高樓林立的夜窩子，仍是佔盡上風。

慕容驎道：「荒人兵力遠及不上我們，故只有採取惑敵之計，裝作從四面八方攻打我們，事實上卻集中力量在我們防線的某一點作突破。所以政良這誘敵深入之計，是上上之策。」

宗政良得慕容驎讚賞，興奮的道：「我很清楚荒人，他們說話是語不驚人死不休，行事則不守常規，猜測他們會用甚麼戰略，等於猜測瘋子的行爲。我認爲應付他們的方法，是在夜窩子部署應變的部隊，那就不論荒人猛攻何處，我們也可以狠狠還擊。這正是誘敵主力深入險地的戰術。」

慕容驎欣然道：「太子有何高見？」

姚興領頭策騎移往對街的行人道上，好讓裝滿西瓜皮炮的輜車通過，一時街上充滿車輪摩擦地面的聲音和護行騎士戰馬踏地的啼聲。混亂的雜音絲毫不影響燕飛一對靈耳的收聽能力，一顆心卻不住往下沉，敵人守中帶攻的戰術確實無懈可擊，不容易破解。最大的問題是敵人兵力在己方一倍以上，又有險可守，防禦重重。己方除靠一場濃霧外，在很多方面都比不上敵人。自己是否仍要留在這裏發呆呢？

姚興道：「假如敵人水陸兩路夾擊邊荒集又如何呢？在水路上，我們絕非擁有十二艘雙頭船，戰鬥力強盛的大江幫對手。」

慕容驎道：「我一點都不擔心，還希望他們蠢得從水路攻來。潁水西岸不但是我們重兵所在，且有地壘箭樓大幅加強防禦力。如果太子還不放心，我們可以在小建康和東門分別部署兩支輕甲兵，配以投石機和火箭，一定可殺得敵人船毀人亡。」

宗政良也道：「我們佔有上游之利，可放逐淋上火油、裝滿易燃物的火船順流克敵，任他們的雙頭船如何厲害，也難以抵擋。」

姚興沉聲道：「伯友認為我們採取這些方法，可守得住碼頭區嗎？」

狄伯友沉吟片刻，道：「敵人兵力遠及不上我們，以硬碰硬，敵人必敗無疑。如他們水陸兩路來攻，必須將主力投入西岸的戰鬥去，如此我們便可以西瓜皮炮和精兵一舉克敵。火船的提議非常好，只要敵人成功破柵，我們便用火船之計，配合狂擊猛打，此戰穩勝無疑。」

姚興道：「就這麼決定。」

最後一輛輜車駛過，姚興等策馬追在車隊後，進入夜窩子去。燕飛長長吁出一口氣，讓腦袋冷靜下來。現在仍未是離開的時候，因他有更重要的事要辦，就是要設法毀掉這批火器。首先，他得弄清楚敵人把西瓜皮炮藏到哪裏去，至於如何破壞，可以慢慢想辦法。這次反攻邊荒集絕不容易，因為敵人全是戰場經驗豐富的戰士，在防守上算無遺策，且思慮周詳，一個不好，荒人就不是來反攻而是來送死。想到這裏，燕飛重返地道裏去。

拓跋珪有個秘密，從沒有告訴任何人，包括燕飛在內，就是他害怕進入城市。他並非怕城市人多，而是怕被城牆團團圍起來的感覺，只有在一望無際的曠野草原，他才感到安逸自然。而且城市各處目標明確，身處其中，會使他產生出像被箭鋒瞄準了般的不安全感。自懂事以來，他一直過著東奔西逃的生活，也養成了不被敵人盯上的習慣，成為馬賊後，這種戰略更被他發揮到淋漓盡致。換作任何人，絕不肯放棄平城、雁門這種軍事重鎮，他卻毫不惋惜的做了。現在離盛樂只有兩里路，可是他仍選擇在城外立營，尤其在此未知慕容寶會不會中計的緊張時刻。

從小他便是個有豐富想像力的人，每晚躺在帳幕裏，都要沉醉在幻想的國度裏，想像馳騁於奇異的地方，遇上千奇百怪的事物，甚至如何重建代國，成為無人能與爭鋒的霸主，即使夜夜難以成眠，仍苦中有樂。過度的聯想力，是要付出代價的。他會想到別人想不到的情況，也多了不必要的顧慮和恐懼。身邊的人或敵人只看到他堅強的一面，事實上他也有脆弱的地方。

張袞的聲音在帳外道：「族主！有天大的好消息。」

拓跋珪站了起來，揭帳而出。十多名親信將領聚集帳外，人人面帶喜色。拓跋珪沉聲道：「是否慕容寶中計了？」全體將士下跪。

張袞大聲道：「敬稟族主，慕容寶在黎陽集結船隻，第一批二十多艘船已於三天前逆流而上，朝盛樂駛來。」

拓跋珪心中一陣激盪，湧起連自己都沒法明白的濃烈情緒，熱血直衝腦門，全身沸騰。慕容寶中計了。多少年來，拓跋族一直在生與死的界線間掙扎求存，從不得不爲馬賊，到重奪盛樂，其過程冷暖自知，難對人言。多年的堅持不懈，艱苦奮鬥，巧妙部署，現在終取得一個不容有失的千載良機。拓跋珪暫時放下心頭大石、肩上的千斤重擔，似聽到自己喃喃自語道：「我們立即回盛樂去。」

由攻克平城那一刻開始，他便曉得自己在進行一場豪賭，對手是自謝玄去後，天下無人能敵的霸主慕容垂，賭的是他拓跋鮮卑族的榮辱存亡。到慕容垂派出兒子率八萬雄師來討伐他，拓跋珪仍是如履薄冰，因爲只要慕容寶懂得只和他比拚實力，以穩紮穩打的方式來和他進行一場不求有功，但求無過的持久戰，逐分削弱拓跋族的戰力，逐寸地侵佔他的土地，此戰必敗無疑。現在慕容寶終於中計，以盛氣凌人之勢，直撲盛樂，擺出誓將盛樂夷爲平地之態，於是變成深入敵境的孤軍，再難保持一面倒的優勢。眼前成果，豈是容易得來？攻克平城後，他每天都盼望這一刻的來臨，他一直在等，等候任何事情會朝這方向發展的徵兆，那種感覺就像在接受命運的考驗，看看究竟老天爺會不會關照他，還是和他開個可教人欲哭無淚的玩笑。夢想終於變成現實。

「族主！族主！」拓跋珪像從一個夢裏醒過來般，茫然回頭，方發覺自己在揭開帳幕，準備步入帳內去。「甚麼事？」

張衮低聲道：「公羊信和他的手下從邊荒集回來了。」

拓跋珪愕然道：「甚麼？」張衮又重複一遍。

拓跋珪一時間仍沒法掌握張衮說的話。公羊信？邊荒集？想了想後，終於記起派遣公羊信到邊荒集的秘密使命。可是一切都變得非常遙遠，比起慕容寶的魯莽行事，是那麼的不關痛癢。好一會後，拓跋珪道：「叫公羊信來見我！」

在鮮卑族女騎的簇擁下，紀千千和小詩策馬疾行，風娘形影不離地追在後面，穿林過野。大燕軍像淹沒大地的洪水，朝西南方推進，火把光照得遠近林野一片明亮。紀千千心忖，如果不是慕容垂曾和她討論過對付慕容永的戰略，此刻將會如在夢中，不知道發生甚麼事。究竟要到哪裏去？又或去幹甚麼？總是這般的晝伏夜行，所為何由？慕容垂的兵法詭奇莫測，天下間確難有能與他爭鋒之人。自己眞能在擊敗他一事上出一份力嗎？尤其當敵人變成燕郎和拓跋珪，慕容垂當然不會和她討論，還會千方百計隱瞞實情。在那樣的情況下，她能發揮的本事更是有限。所以她必須在慕容垂尚未對她有戒心前，盡量了解他，掌握他軍隊的實力，做到見微知著，令慕容垂無法瞞她。號角聲在前方響起，節奏明快，充滿生氣的感覺。紀千千心中一動，暗忖就憑自己對音律的造詣，由燕人的號角聲入手，先掌握對方整套憑號角傳達訊息的方法。如此一點一滴，終有一天，她會對大燕軍的行軍方法瞭如指掌。

地面上傳來物件移動的聲音。燕飛喜出望外，卻又患得患失，心忖老天爺竟如此關照自己，敵人竟把西瓜皮炮搬到採花居地道出口處的大堂來。又怕是一場誤會，敵人只是搬來其他東西，使他坐失從秘道外出追蹤西瓜皮炮藏處的良機。不過他還可以做甚麼呢？只好坐下來苦候在大堂內搬東西的敵人離開。閒著無聊，燕飛拋開一切疑慮，全神貫注上方大堂的動靜。人聲傳來。以燕飛的本領，仍沒法聽到對方在說甚麼，忙站立起來，走到石階頂，把耳朵貼在地道出口較薄的石蓋處去。

「燕飛是否眞的已離開了呢？」因隔了一重石板的關係，聲音空洞古怪，不過燕飛仍認得是宗政良的聲音，暗叫一聲謝天謝地，放下心頭大石。西瓜皮炮眞的被送到這裏來，安置妥當後，敵人的領袖順道在這個好地方繼續商議。

狄伯友道：「事後我們曾遍搜邊荒集，包括所有地庫秘室，仍不見燕飛的蹤影，應該早已離去。」

慕容驎嘆道：「換了是別人，我敢肯定早夾著尾巴有多遠逃多遠，但燕飛嘛！卻很難說。他是個可怕的刺客。」

宗政良道：「荒人行事不依常規，只看燕飛在邊荒集失陷後，仍有本事斬殺竺法慶，便令人不敢對他掉以輕心。事實上的確沒有人目擊他離開。」

慕容驎道：「太子在想甚麼呢？」

姚興道：「我在想邊荒集這麼多廢棄的空樓房，說不定還有尚未被我們發現的秘室或秘道，令燕飛可輕易找到藏身之所，問題便非常嚴重。」燕飛暗叫不好，如對方由採花居開始找尋秘室秘道，自己只好殺出邊荒集去。

宗政良道：「若他躲在夜窩子外的廢墟，我們反而容易對付，我們已在夜窩子扼要的樓房高處，派人輪更放哨，任他身法如何高明，仍難避我方耳目。」

狄伯友道：「這個燕飛眞害人不淺，搞得我們費盡工夫精神，到現在仍有三百多人尚未復元。」又嘆一口氣道：「至於秘道地室，更令人頭大，我們難道要搜遍夜窩子的數百幢樓房嗎？」

慕容驎道：「不搜索清楚怎能安心，說不定在我們腳下便有秘室秘道，如此便糟糕至極點。」下面的燕飛聽得大吃一驚，心呼不妙。這條秘道的入口，雖設計巧妙，可是對方如出動精於此道的工匠，肯定再難遁跡潛形。

姚興道：「這個倒可以放心，這座樓房前身是著名妓院採花居，只是個風花雪月的場所，沒有人會弄間秘室又或開闢秘密通道。反是我所居住的洛陽樓，以前是邊荒集名人紅子春的大本營，必須仔細查察。」

宗政良道：「對！我們只須專挑邊荒集有頭有臉的荒人居所搜查，當可不用白耗人力。」

慕容驎咒罵道：「若給我找到燕飛，我會割下他的肉來嘗嘗，始能洩我心頭之恨。」

姚興道：「事不宜遲，我們立刻去辦，希望再忙一晚，可一勞永逸。我操他娘的燕飛。」

足音遠去，然後回復寧靜。燕飛在石階坐下來，暗抹一把冷汗。敵人將會忙碌一晚，自己何嘗不是如此。哈！

反攻前最後一個軍事會議圓滿結束，劉裕提醒各人道：「明天天亮前我們全體在湖西的練兵場集合，於第一線曙光出現時舉行出征誓師大典，這是我們卓名士揀選的良辰吉時。」眾人轟然答應，氣氛熱烈。

高彥道：「請恕小弟要缺席，因爲老子我必須連夜立即趕赴前線，偵察敵情。」

龐義笑罵道：「你究竟是小弟還是老子？」

屠奉三道：「理你是老是嫩，必須特別留意潁水東岸的情況，查清楚除了箭樓石壘外是否另有伏兵，此事至關緊要。」

陰奇笑道：「你如辦事不力，第一個遭殃的將是你老子我。」眾人放聲大笑，陰奇很少和人說笑，所以忽然說起笑來，特別有趣和親切。

拓跋儀動容道：「對！以姚興的善守、慕容驎的狡猾，絕不容東岸如此輕易落入我們手上，必有防備。」

紅子春笑道：「日防夜防，大霧難防，伏兵有屁用！」他的話又引起一陣哄笑。高彥怪叫一聲，打個觔斗出帳去了。

卓狂生追在他身後出帳，搖頭嘆道：「這小子愈來愈愛耍猴戲，該是因追求小白雁不遂，愈來愈猴急，顯露出猴性。」

笑聲中，眾人紛紛離開。劉裕道：「屠兄、文清請留步。」

等帳內剩下他們三人，江文清道：「還有甚麼事要商量的？」

屠奉三道：「此戰現在的成敗，已繫於潁水的爭奪戰上。敵人始終佔有上游之利，像我們以前便有以檑木對付敵船之法，所以必須計畫周詳，方可以奪得潁水的控制權。」

江文清沉吟片刻，道：「水戰最厲害的手段，首數火攻，敵人夾岸設箭樓，放置投石機，正是要以火箭投石對付我們闖關的戰船，假如我們沒有陸上的配合，與送死沒有分別。」

劉裕道：「照紅老闆的預測，大霧來前會有一場豪雨。」

江文清欣然道：「如此敵人將沒法以火攻對付我們。」

屠奉三道：「我敢肯定，屆時敵人在東岸的密林區裏會藏有伏兵，以敵人雄厚的兵力，不如此做便是大蠢材。所以我們必須於大雨降臨前先收拾這支部隊，否則我們姬大少精製的毒火彈便無用武之地。」

劉裕道：「這支埋伏的部隊對我們的計畫是很大的威脅。雖然據探子的回報，潁水東岸的密林區不見敵蹤，不過這該是合理的，過早部署只會暴露行藏，照我猜測那送糧資到邊荒集的二十多艘貨船，可輕易運送大批兵馬到上游遠處登陸，再偷偷的折回來，埋伏在選定的秘處。」

江文清動容道：「如每船可連人帶馬載送百名戰士，這支部隊將有三千之數。」

屠奉三道：「第一批出發的並不是慕容戰的五千先鋒軍，而是陰奇的五百人突擊團，高彥會和他們一起上路，乘坐司馬道子送的三艘戰艦，在離邊荒集十里處登上東岸，然後繞往敵人伏兵的北面。憑高小子的風媒本領，必可摸清楚敵人伏兵的情況。」

劉裕補充道：「這五百人全是原振荊會的兄弟，最擅長打這種突擊戰，配合火器，又攻其不備，肯定勝任。」

江文清訝道：「這麼重要的事，爲何剛才不提出來討論？」

劉裕微笑道：「我們荒人情況特殊，在某些關鍵地方不得不留有一手。」

江文清諒解地點頭，表示明白劉裕的爲難處。然後秀眉輕蹙道：「敵人的伏兵該不會聚在一處，而是分散布防，火攻能起的作用始終有限。」

屠奉三淡淡道：「當敵人群集而出，追擊拓跋儀奔往上游的部隊又如何呢？」

江文清道：「原來你們早有定奪。」

屠奉三道：「攻入東大街的計畫分幾個步驟進行，首先必須佔領東岸，如果時間拿捏得好，大小姐便趁大雨滂沱之際，破閘闖關，殺敵人一個措手不及。」

江文清搖頭道：「我眞的不明白，大雨既影響敵人，同時也影響我們，令我們的毒火器沒法發揮威力，我們能破關又如何呢？」

劉裕笑道：「這正是最精采的地方，破關後文清只須驅船隊直達上游，已可穩得潁水的控制權。」

屠奉三接下去道：「到達上游後，大小姐與拓跋儀的部隊會合，從水陸兩路配合我們於大霧籠天之際，夾擊邊荒集的穎水西岸。其時大小姐已佔得上游之利，更是如虎添翼，教敵人難以抵擋。稍頓續道：「敵人要守的戰線長達一里，東門和小建康更不容有失，而我們則是集中全力，只要攻入東門，功過半矣。」

江文清想到「老謀深算」四個字，不久前她還曾和劉裕討論過反攻的戰略，但都遠及不上這個最新的反攻大計，可見屠奉三對劉裕的助力有多大。屠奉三長期和兩湖幫作戰，令聶天還的勢力無法擴展出兩湖半步，當然是有眞材實料，幸好與他化敵爲友，否則他肯定是可怕的勁敵。更想到劉裕喚自己留下來，告知此事，並非隨意之舉，而是表明她是他們最親密的戰友，榮辱與共。江文清心底一陣溫暖，深覺感動。柔聲道：「假如豪雨久候不至，又或大雨後沒有霧又如何呢？」

劉裕道：「如此我們將會輸掉此仗。」江文清想不到他如此坦白直接，愕然無語。

屠奉三笑道：「雨霧接踵而來是必然的事，我們是託劉爺的福氣，荒人也是沾劉爺的光。這叫氣數已定，不是任何人力能阻撓。」

江文清欣然道：「說得好！否則就不會有火石從天降的災異。」

劉裕再次感受到「火石效應」的威力，只能在心中苦笑。起身道：「我要去找拓跋儀談話，剛才屠兄提起東岸伏兵一事，該令他心中生出疑問。」

屠奉三也起立道：「我也要去找慕容戰，讓他清楚全盤計畫。」

江文清隨他們站起來，開懷的道：「那我該做甚麼好呢？」

劉裕笑著走出帳外，道：「文清該好好睡一覺，過了今晚，恐怕想好好的睡一覺也很困難了！」仰望夜空，只見星光點點，心忖如果兩天後的夜空仍是如此美麗燦爛，他劉裕便肯定不是眞命天子，而是等著戰死邊荒集的可憐蟲。

秘道外一片漆黑，門窗緊閉。樓外守衛森嚴，樓內則完全不設防。誰會想到有人從地底鑽出來？盛載箭矢的大籮筐，被移往靠近廣場的一邊，騰出來的空間被二十個大木箱填滿，而秘道出口恰好在兩者之間，彷如天從人願。燕飛先移到窗旁，往外窺看。數百名工匠正以泥石築起一道高牆，把鐘樓圍住，這工程完成後，鐘樓將成爲一座有強大防禦力的石堡，最厲害是設有射箭孔，由堡內以弩箭禦敵，配合高樓，幾可立於不敗之地。燕飛心忖，如能奪得古鐘樓，守個八、九天絕無問題。在正常情況下，即使以他的身手，要攻入這麼一座石堡亦是痴人說夢，除非在控制廣場後，以重型武器例如檑木之類攻城，或可達到目的。可是大霧再加上「盜日瘋」，則完全是另一回事。只要他能接近鐘樓，敵人不但視野不清，還被「盜日瘋」擾亂神志，誰都擋不住他先攻佔觀遠台，然後逐層往下殺去。這想法令他更珍惜眼前身處的位置，暗自慶幸沒有衝動離開。

樓內的暗黑對他完全沒有影響，弄清楚外面的情況後，燕飛來到裝載西瓜皮炮的大箱子前。箱子高度齊胸，以每箱裝五十個計算，每個皮炮該是眞正西瓜一半的大小。這是合理的，過重的話便不利拋擲。燕飛頭痛起來，不是因箱子太多，而是箱子不但上了鎖，還有箱蓋處黏上封條，教他無從下手。對如何破壞這批皮炮，他已有好主意，就是拔掉引信。由於火藥內藏，再不可以用火紅的烙鐵使之起火，這樣一來敵人得物亦無所用。製造新的引信雖非難事，可是在兩軍交戰的當兒，哪還有時間去辦，臨時張羅材料更是大難題。究竟該怎麼辦呢？敵人既然這麼看重這批皮炮，定會按時派人來檢視，如發覺封條損毀，自己勢將暴露行藏，得不償失。不過，假如他燕飛能瞞著敵人暗裏毀掉這二十箱皮炮，到敵人搬到戰場上解封準備使用時，方發覺皮炮被「廢掉武功」，引起的混亂和突然而來的打擊，可以想像。燕飛伸手輕撫封條，心中忽然靈光一閃，想到一個辦法。立即退陰符，太陽眞火從手掌輸出，隨著手掌的移動，封條立即變熱起來。燕飛以試驗的精神，緩緩提升熱力，最重要是防止封條因過熱而焚燒。封條和木箱間的樹膠開始遇熱融解，燕飛見好就收，成功將完整的封條揭開來。燕飛鬆了一口氣，解決了封條的難題，鎖頭更不礙事，該是作手腳的時候了。

公羊信神態恭敬地解釋了回來的原因後，氣憤難平的道：「我們是一心一意爲族主辦事，置生死於不顧，可是儀爺卻沒有半句解釋的話，便把我們遣回來。」

拓跋珪神態出奇地平靜，道：「你說拓跋儀與燕飛在帳內密談後，忽然改變態度，令你們立即返回盛樂，對嗎？」

公羊信點頭道：「正是這樣，請族主爲我們作主。」

拓跋珪沉吟片刻，問道：「你有沒有和燕飛交談過？絕不可以對我有任何隱瞞，否則你該清楚後果。」

公羊信嚇得俯伏在地氈上，道：「小人怎敢隱瞞族主，我眞的沒有和燕飛說過半句話。不過……」

拓跋珪有點不耐煩的道：「不過甚麼？我最不喜歡人說話吞吞吐吐的。」

公羊信不敢抬頭，戰戰兢兢的道：「燕飛來找儀爺時，我正在儀爺帳內，離開時與燕飛打了個照面。」

拓跋珪釋然道：「你清清楚楚的給我道出那時的情況。」

公羊信道：「當時他仔細的打量我，眼神非常銳利，令我感覺到他想對我動手，我不得不暗中防備，接著我頷首打個招呼就走了。」

拓跋珪啞然笑道：「燕飛確是燕飛。」公羊信欲言又止，終沒有說出來。

拓跋珪嘆道：「你被燕飛看破了。」

公羊信發誓道：「我確實沒說過半句話。」

拓跋珪輕鬆的道：「正因如此而出了問題。」又道：「給我坐起來，我並不是要責怪你，只是想弄清楚事情的眞相。」

公羊信依他吩咐坐好，卻不敢面對拓跋珪，側坐一旁，垂著頭。在拓跋族裏他雖是一流的高手，可是對著權威日增的拓跋珪，仍不由心生敬畏。他更發覺拓跋珪今夜心情極佳，似乎沒有把刺殺劉裕失敗的事放在心上。

拓跋珪雙目露出濃烈的感情，道：「我明白燕飛，從小他對人便有超乎常人的觸覺，你這麼暗懷鬼胎的不敢和他說話，更一副戒備的姿態，怎瞞得過他？唉！這小子太清楚我了！你露出這麼大的破綻，而他又從小儀有諸內形於外的矛盾神色察覺端倪，所有事情加起來，立即測知我的心意。」

公羊信惶恐的道：「小人該死！」

拓跋珪苦笑道：「謝安的九品觀人之術，眞的是這般厲害嗎？若他尚在世，我眞的希望給他看看，瞧他有何評語。」

公羊信又露出欲言又止的神情。拓跋珪道：「你想說甚麼呢？」

公羊信的頭垂得更低了，沉聲道：「燕飛這樣偏幫漢人，究竟置族主於……」

拓跋珪大喝打斷他道：「閉嘴！」公羊信愕然一震，眼中露出不解的神色。

拓跋珪臉泛怒容，喝道：「沒有人可以在我拓跋珪面前說燕飛的不是，他永遠是我最好的兄弟。現在給我滾出去，好好反省。滾！」公羊信暗鬆一口氣，站起來躬身退出帳外去。

剩下拓跋珪一個人，忽然笑了起來，搖頭嘆道：「唉！我的好兄弟，為何你不可以因我而改變一下你的固執呢？」

燕飛筋疲力盡的挨著地道的石壁休息，陪伴他的只有六罐「盜日瘋」，他忽然有後繼乏力的感覺。他的內氣可以生生不息，但卻受到體能的限制，過度的勞累，會令他的身體不勝負荷，反過來影響他眞氣的強弱。眞氣便像拖車的駿馬，身體是馬車，如在崎嶇的山路奔馳，車輪也會因碰撞而損毀，縱使馬兒健步如飛，也無法拖動。捱了一個晚上，使他深切體會到自身的情況。幸好工作已完成了。他曾想過偷一些皮炮藏到地道裏來，卻因感到使用皮炮太過陰毒，有違他的作風，終於放棄這個念頭。一想到皮炮在敵群中爆開，小鐵蒺藜朝各方激射，嵌入敵人面門眼睛的情景，他便有不寒而慄的感覺。拓跋珪常指自己的心太軟，他也知事實確是如此，但有甚麼辦法呢？

現在該是破曉的時候，姚興等在大規模的搜索後勞而無功，會不會斷定他早已離集，安心下來？他聽著自己逐漸放緩的喘息聲，嗅著地道教人窒息的霉味，克制著噁心的感覺，想到了紀千千。燕飛閉上眼睛。千千現在怎麼樣呢？她的百日築基是否正逐步完成？築基成功後，是否可以任意透過心靈感應撫慰相思之苦？一切仍是未知之數。他又記起娘親嚥下最後一口氣的情景，由那一刻開始，他一直活在仇恨之中，照亮他生命的，只有娘親臨終時要他堅強活下去的囑咐。當仇人在他劍下授首的一刻，他清楚感到過去的生命已告一段落，從此再沒有甚麼事可令他放在心上。於是他到了邊荒集，過著醉生夢死的頹廢生活，直至遇上紀千千，生命忽然又到了新的轉折點，將他徹底改變過來。然後仙門出現。唉！他奶奶的仙門！生命究竟是怎麼一回事？是甚麼力量令自己到這生死之局來，嘗盡人世間的悲歡離合、生老病死。這一切究竟有何意義可言？

在邊荒集一整年的冷眼旁觀，他看盡人性的美麗和醜惡。強權就是一切，部分人更以將別人踐踏在腳下為快。人與人間的衝突和鬥爭似乎是不可避免的事，因為世上與人有關的事物，從來不會是完美無瑕的，換一個角度去看，會得出截然不同，甚至相反的結果。這絕不是非黑即白的事情，要弄個眞相大白、水落石出是不可能的事，於是人們各自捍衛自己的觀點，致演變成意氣之爭。對於這一切，他感到非常厭倦，更感生無可戀，只好憑杯中之物渾渾噩噩的過日子。當時最令他沮喪的是對成敗的看法，到頭來，一坏黃土會埋葬一切，生和死是任何力量都改變不了的。沒有人明白他，包括龐義和高彥。但紀千千卻像一道燦爛的陽光，穿過蔽天遮日的烏雲直射進他心坎去，撫慰他因娘的死亡和愛情路上受到重創的脆弱心靈。由見到紀千千那一刻起，他告別了以前頹唐失意的燕飛，開始生命另一段多姿多采的旅程。上方傳來重物移動的聲音。燕飛從沉思裏驚醒過來，心叫好險。敵人是要把皮炮移走，分配到各戰略要點，好用來應付荒人的反攻。同時他曉得敵人已收到荒人開始發動攻勢的情報，作最後的部署。燕飛伸手撫摸放在身旁的蝶戀花，劍出鞘後它會飽飲敵人的鮮血，這種逼不得已下似乎永無休止的殺戮，究竟何時方可告終呢？

在晨光下，荒人不論男女老少、上戰場的戰士或支援的人員，數萬人齊集在鳳凰湖西的曠地，舉行由卓狂生主持的誓師大典，儀式莊嚴隆重。接著慕容戰率領由五千騎士組成的先鋒隊伍，離開鳳凰湖，踏上征途。吃過午膳，十二艘雙頭船和八艘貨帆駛出鳳凰湖，載的是拓跋儀的三千戰士和馬兒，逆上潁水，直趨邊荒集。至傍晚時分，在姬別的監督下，工匠們終趕起三十台性能卓越的投石機。此時火器、藥物、糧草、後備的兵器和弓兵，連同投石機，亦開始送上泊在碼頭區二十多艘大小貨船上去。湖區燈火處處明如白晝。女兵全體出動，好讓戰士可以提早入帳休息，爲了邊荒集，不論如何辛苦，沒有人有半句怨言。初更時分，三百架由龐義指揮的騾車從陸路沿潁水北上，盛載的是物資糧草，以支援前線的大軍。一切安排井然有序，每個人都明白自己的責任，清楚所處的位置。在淝水之戰前，如果有人預測荒人可以如此同心協力攜手合作，肯定會被認爲壞了腦袋發了瘋。

天尚未亮，劉裕偕同屠奉三、卓狂生、宋悲風、程蒼古、費二撇、姬別、呼雷方、紅子春等人，立在湖北山坡高處，等待江文清的船隊完成首個任務後歸隊。姬別見紅子春不停望天，擔心的道：「不要告訴我你看錯天氣。」

費二撇也皺眉道：「他奶奶的！天氣好得出奇，說是萬里無雲都沒誇大。」

程蒼古嘆道：「我寧願不使老千手段的和你賭一局，唉！今天還似特別熱似的。」

紅子春冷哼道：「製兵器火器我比不上你姬大少，玩財技拍馬追不上老費，賭錢更絕不會找我們的程賭仙，可是看天氣嘛！請你們全體靠邊站著。既無雲又特別熱，正是大雨將臨的現象，這正是古聖賢人說的甚麼娘的物極必反，我現在幾可準確預言兩天內有場大雨，如所言不兌現，我會刎頸自盡以贖前愆。哈！不過如眞的下雨，你們三個傢伙須在夜窩子擺酒向我賠罪。」

呼雷方笑道：「不要說擺酒賠罪這般小事，以後每逢見到你打躬作揖，斟茶遞水，行弟子之禮又如何呢？」

卓狂生忽然振臂怪叫，嚇了各人一跳。卓狂生見弄得人人側目，卻若無其事的欣喜道：「大家都很興奮雀躍，對嗎？大家盼望的大日子終於來了！接著便是好日子。坦白說，當日我被逼宣布放棄邊荒集，敲響聖鐘，心裏難過得想哭，更想留下來殉集。」

姬別笑道：「為何你還沒死呢？」

卓狂生撫鬚微笑道：「因為我不想壯志未酬身先去。他娘的！我更不想我的天書以悲慘的結局收筆。你奶奶的！你明白嗎？在這個天下大亂的時代，人世間還缺慘事嗎？來聽說書的人，都希望聽得開開心心的，誰希望最後得到的竟是慘劇一場。想受苦嗎？離開我的說書館便成，保證你的期望不會落空，所以我決定繼續活著，為我的邊荒集的圓滿結局奮鬥，成功失敗都無所謂，最重要是我曾經努力過。」

屠奉三想起桓玄，點頭道：「對！成又如何？敗又如何？最重要是奮鬥的精神，那才是生命的真諦。」

劉裕看著太陽露出東山，照亮了湖面一角，金光浮閃，深吸一口氣道：「世上沒有絕對的事，既沒有絕對的成功，也沒有絕對的失敗，有時甚至成功和失敗間的界線也很難畫分。說不定成功的後面便是失敗。」如燕飛在場，會明白他這番話的含意。可是現在包括最了解他的屠奉三在內，都不明白他在說甚麼。

卓狂生道：「對我來說，光復邊荒集便是絕對的成功，毫不含糊。」

呼雷方質疑道：「真是絕對的勝利嗎？千千小姐主婢仍在慕容垂手上，光復邊荒集只是一個起點，距離成功尚遠。」

卓狂生想起紀千千主婢，沉默下來。呼雷方則被勾起心事，有感而發的道：「一直以來，我對本族忠心不二，從沒有異心。可是千千小姐的自我犧牲，視各族如一家人的精神卻深深打動我。沒有她，我們早命喪邊荒集，不會有今天的好日子。姚萇父子逼死苻堅，也是我不認同的事，說到底苻堅並沒有半點薄待他們，如此恩將仇報，令天下人齒冷，這種事怎可以自己動手呢？慕容垂比他們聰明多了，明明有殺苻堅的大好機會，仍明智的放過了。現在姚萇在關內遇到激烈反抗，正是自食苦果，由此也令我看清楚他們父子的本質，根本不配作我們羌人的最高領袖。到姚興來逼我作卑鄙小人，更令我產生強烈的不滿。縱能霸佔邊荒集又如何呢？我還有顏面繼續充好漢嗎？」

卓狂生豎起拇指讚道：「我們沒有看錯你，是好漢子的永遠是好漢子。」

姬別道：「坦白說，我以前也是渾渾噩噩的過日子，拼命賺錢，拚命花錢，天天風花雪月，只希望眼前的情況永遠不變。說活得痛快嗎？又似非如此，還常感心有不足。到慕容垂和孫恩大軍聯手夾攻我集，才忽然從一個迷失的夢驚醒過來似的。這幾天來忙得頭昏腦脹，既要看緊工作進展，又要派人到壽陽採購材料，一輩子從沒這麼辛苦過，卻感到生命充滿意義，幹得痛快，沒有一滴血汗是白費的。昨晚當製成品送上船時，雖肯定賺不到半個子兒，卻有前所未有的滿足感。你們說奇不奇怪？」

紅子春道：「奇不奇怪，最好請教我們的卓名士，建康已失去了天下第一名士謝安，幸好我們還有自己的特產卓名士。」

卓狂生老氣橫秋的道：「這種問題，只有我這深悉人性的專家才能解答。人是需要變化的，任你天天大魚大肉，夜夜笙歌，可是當每一天都是昨天的重複，最安分的人也會生厭。邊荒集的兩次失陷，正提供了生命中最需要的刺激和變化，那種得而復失，失而復得的感覺最是動人。告訴我，你認爲一個人出生於大富大貴之家，和一個從一無所有，至白手興家、創業立幫的人相比，誰快樂一點呢？誰更滿足呢？」

劉裕心中一陣感慨。他正是從一無所有到擁有少許成就的人，不幸的是得到的或許永不能填補他所失去的。對於成功失敗，他比任何人有更深刻慘痛的體會。

費二撇道：「老卓的話確有道理，我便是窮光蛋出身，賺得第一兩黃金時，那種快樂眞是沒法說出來。可是對一個不用絲毫努力，只因老爹關照即坐擁金庫的世家子弟來說，多一百兩、一千兩又如何呢？」

宋悲風舒一口氣道：「計畫進行順利，船隊安然回來了！」

看著船隊神氣地進入鳳凰湖，眾人放下心頭大石，曉得至少反攻戰的初步計算沒有出現失誤。他們等於失去一切的人，現在多賺個子兒，都會爲他們帶來喜悅。

燕飛透過盛豐海味的門縫往外窺視，敵人的一隊騎兵剛經過鋪外。由昨天開始，敵人軍隊便調動頻繁。他怕打草驚蛇，功虧一簣，不敢離開盛豐海味到外面偵察，但可以肯定一件事，至少敵人仍未發覺西瓜皮炮被他作了手腳，否則早把採花居的地面拆開了來找他算賬。「隆隆」聲響。燕飛用心觀看，出現的是一輛投石機車，接著是另一輛，如此十輛過去後，便是二十多台擋箭車，一長串的朝東門開去。

燕飛靠在門旁牆壁趺坐地上。是甚麼一回事呢？

敵人正把部署在其他地方的防禦工具，調往東門外的碼頭區，以加強水岸的防守能力。難道他們從蛛絲馬跡，察覺到己方要先攻取東大街嗎？以劉裕和屠奉三等人的智慧，怎會如此不智。又或姚興等人的智計，高明至可看穿己方的惑敵之策。不過他仍是對劉裕信心不變，或者他是故意令敵人錯覺他主攻東門，事實上卻採聲東擊西之計。無論如何，他會穩守此處，學習拓跋珪的耐性，雖然並不容易，他心中同時有個聲音，催促他出集去與劉裕會合，好告訴他們邊荒集的虛實。唉！等待眞令人費神，虧得拓跋珪那小子偏擅長這玩意兒。尤其今天的陽光特別猛烈，熱得反常，但又熱而濕，令他更不願意回地道去。

就在此時，他聽到撞門的異響，不是來自盛豐海味的大門，而是鄰近的鋪子。心中暗罵一聲，迅速回到地道去，剛關上入口的蓋板，盛豐海味的店門已給硬撞開來。燕飛心中明白，敵人正作最後的布防，四條主大街的鋪子都會被徵作街巷戰之用，可以想像屆時逐街逐巷的爭奪戰會是如何激烈。他會毫不留情地對付敵人，不會有任何婦人之仁，在他體內流動的，有一半是悍勇善戰拓跋鮮卑族的鮮血。敵人的強橫，已完全激起他無懼生死的戰意。

星野覆蓋的潁水兩岸，特別迷人。劉裕獨自站在船首，任由河風吹得衣袂拂揚。離邊荒集已不到四十里，經過一天半夜的航程，邊荒集的反攻戰已近在眼前。敵人現在該有所警覺，大幅加強潁水的防衛，而這正是屠奉三整個戰略最精采之處。由於敵人兵力是他們的三倍，不論如何強攻猛打，最後吃虧的只會是他們。唯一的方法是先動搖對方的軍心，削弱敵人的鬥志，使對方空有渾身蠻力，但偏是使不出來。本來這是近乎不可能的，可是邊荒集恰好提供了這麼一個理想的環境。實質的戰略早擬好，只要加上臨場的靈活應變，便可逐一付諸實行，直至攻入有燕飛潛伏的東大街。燕飛是邊荒的一個神蹟，膽大心細，能人所不能，必可和他們配合無間。

對荒人來說，能光復邊荒集，已是非常了不起的成就；但對他來說，只是個起點，未來的道路仍是漫長而艱困，充滿不測的變數。有時他眞的感到肩上的重責令他負擔不起，可是當想到謝玄，想到北府兵無助的兄弟，想到屠奉三、江文清，還有淡眞，他會立即拋開一切疑慮，振起鬥志，堅持下去。最後的勝利何時才會降臨到他劉裕身上呢？這是無從估計的事。可是他絕不會忍辱偷生，縱使他仍有邊荒集這退路。寧願戰死，他也不會做逃兵，否則怎對得住看得起他的人。更何況已失去了王淡眞，只有在復仇雪恥的路上一步步掙扎前行，生命才有意義。眼前等待著他的是邊荒集的反攻戰，他是不會退縮的，直至最後一兵一卒，他仍要作戰到底。轟轟烈烈的戰死，怎麼都勝過屈辱含恨的活下去。可是一旦收復邊荒集，他爭霸天下的大業將全面展開，他會清除所有擋路的人，直至最後的勝利牢牢地緊握在手上。

〈卷八〉

第七章◆傾吐衷曲

第七章 傾吐衷曲

慕容垂到達時，風娘正指揮女兵爲紀千千主婢搭起營帳，好讓她們休息。紀千千面無表情的看著慕容垂來到身旁，不發一言。小詩施禮退到風娘身邊。

慕容垂微笑道：「千千仍怒氣未消嗎？」

紀千千淡淡地道：「有甚麼好生氣的？皇上不累嗎？」

慕容垂向風娘使個眼色，待後者領小詩避到遠處，苦笑道：「我是來向千千送禮賠罪的。」

紀千千訝然瞧著慕容垂，秀眉輕蹙道：「送禮？」

慕容垂流露出誠懇的神情，嘆道：「我這份賠禮與眾不同，是有關邊荒集的最新消息。」

紀千千「啊」的一聲嬌呼。慕容垂喝道：「牽馬來！」

親兵們連忙把兩匹戰馬送至兩人身前。紀千千踏鐙上馬，隨著慕容垂策騎出營地，直抵附近一道小河旁，然後沿河奔往上游，穿過一片疏林後，前方忽然出現一個小湖，在晨曦剛露的時刻，湖岸樹木茂密，一片蔥蘢，掩映入湖，格外清幽。於奔波一夜後，驟然見到眼前漣漪泛碧，浮光躍金的動人湖景，實在令人心曠神怡、渾忘塵俗。慕容垂放緩馬速，打手勢要追在馬後的親兵散往四方把守，然後偕紀千千下馬來到湖岸旁。輕風徐徐拂過小湖，吹得兩人衣袂飄揚。慕容垂嘆了一口氣。

紀千千走到露出湖面的一方平滑大石坐下，伸個懶腰，道：「皇上似是心事重重呢！」

慕容垂坐在她左後側的石塊上，苦笑道：「如果我能夠分身爲二，當不會有任何煩惱。」

紀千千望著湖水，一群魚兒正無憂無慮的在水裏追逐嬉戲，她不由想起「子非魚，焉知魚之樂」兩句話。心忖雖然不曉得魚兒們是否眞的沒有憂愁，可是牠們的自由自在，卻是自己最渴望的生活方式。道：「邊荒集之戰是否有結果了？」

慕容垂搖頭道：「戰事雖尙未開始，但卻有新的變化。」

紀千千道：「新的變化？」

慕容垂面向湖水沉默不語，紀千千可肯定他不是在看湖裏的游魚，而是陷入沉思之中。她可以想像到慕容垂內心的矛盾和爲難處，因爲他們是處於對立的位置，她的好消息便是慕容垂的壞消息。不過她清楚慕容垂的胸襟，要不就完全瞞著她，否則必會坦誠相告。同時心中奇怪，天下間竟有他慕容垂解決不來的事。荒人在兩次遭劫後，仍有可令他擔心的反擊力嗎？

慕容垂心情沉重的道：「最近邊荒發生了一件轟動南北的異事。」

紀千千別頭往他望去，慕容垂剛仰望晴空，在晨光裏他的面容特別清楚，輪廓像崇山峻嶺般起伏，如若自亙古以來便存在的山岳，禁得起風雨的考驗。慕容垂目光朝她迎來，露出令人心折的深情。

紀千千暗嘆一口氣，避開慕容垂的注視，輕輕道：「有甚麼事可令皇上心煩呢？」

慕容垂道：「在邊荒集東南面潁水東岸的山區內，一塊火石從天而降，把一座破寺化作飛灰，撞開一個深廣數十丈的大坑穴，令整個邊荒震動起來，火光直衝天際，威勢驚人至極點。」

紀千千愕然道：「竟有此事？天降凶兆，地有災劫，眞不是好兆頭。」

慕容垂道：「晉室新皇爲此下詔罪己。」

紀千千皺眉道：「皇上竟爲此事憂心嗎？」

慕容垂嘆道：「此事發生的時間地點，均耐人尋味，當時荒人在劉裕的指揮下，正與荊州和兩湖聯軍，在淮水和其北岸，水陸兩路全面交鋒，最後以荒人大勝作結，千千對此有何聯想呢？」

紀千千聽得心中忐忑，卻沒有答他。慕容垂催促道：「千千？」

紀千千柔聲道：「我該怎樣回答皇上呢？天意難測，誰都說不清這是怎麼一回事。」

慕容垂露出笑意，道：「千千是南方第一名士的乾女兒，該比任何人都有資格談論此事。劉裕不是謝安慧眼挑中的人嗎？」

紀千千往小湖對岸瞧去，岸邊長著高矮不一的蒼老古樹，夾雜著野花芳草，値此春初時分，湖水花木互映，更有樹木亭亭玉立湖水之中。山色、樹影、白雲、藍天倒映在水面上，妙趣天成。紀千千別轉螓首，秀眸無畏地迎上慕容垂灼灼逼人的眼神，從容道：「皇上相信有天意這回事嗎？」

慕容垂雙目精光閃動，冷哼道：「歷史是由人創造出來的，至於是否有天意暗中支配朝代的更迭，是我謀畫之外的事，也由不得我去擔心。可是此事對邊荒之戰卻有決定性的影響，令我不敢掉以輕心。」

紀千千搖頭道：「我不明白。」

慕容垂看著她能傾國傾城的如花玉容，忽然又嘆一口氣，道：「尤有甚者，是傳出火石撞地的一刻，正是劉裕一箭沉『隱龍』的刹那，令天降災異一事與傳說新朝崛起的效應，更與劉裕畫上等號，再加上你乾爹的九品觀人之法，認定他是謝玄的繼承人，對劉裕聲勢的助長力，簡直無可估量。」

紀千千忍不住地露出心中的欣悅，興致盎然的道：「甚麼一箭沉隱龍？皇上可否說清楚點？」

慕容垂道：「這是荒人們自編的風言，因爲容易琅琅上口，故傳播得衆口一詞。『隱龍』是兩湖幫第二號人物郝長亨的座駕舟，外表看與一般的商貨船沒有分別，其實性能極佳，與兩湖幫幫主聶天還的帥艦『雲龍』，都是稱霸水道的超級戰船。『隱龍』於較早前更在建康的大江上大顯神威，於建康水師的重重包圍下，突圍而去，轟動南方。現在被劉裕以特製火箭一箭擊沉，一舉弄垮兩湖幫的遠征軍，加上災異凶兆一事的渲染，頓然令劉裕成爲荒人的英雄、南人的希望。此事影響之大和深遠，會在將來逐漸呈現。我敢肯定現在南方沒有人敢不把劉裕放在心上。」

紀千千強壓下心頭的興奮，裝作漫不經意的問道：「荒人怎會在淮水與荊州軍和兩湖軍交戰呢？」

慕容垂道出來龍去脈，然後道：「現在荒人在邊荒集南面潁水西岸集結，準備大舉反攻邊荒集。請恕我直言，如以表面的情況計算，荒人此戰必敗無疑。因爲不論實力和形勢，荒人均處於絕對的下風。」

紀千千道：「皇上口中的表面情況，指的當是兵力的比較和你們一方有據集固守的優勢，可是皇上卻擔心劉裕是天意所指的眞命天子，所以有患得患失之心。對嗎？」

慕容垂啞然笑道：「天意虛渺難測，誰敢肯定？何況這只可能是荒人附會之談，而我根本不信這一套。可是我卻不能低估此事對荒人戰士的影響力。就像彌勒教徒盲目相信竺法慶是再世活佛，荒人現在亦完全絕對地信任劉裕，認爲劉裕可以領導他們收復邊荒集，這種沒有理性的信念，令荒人的鬥志和士氣處於巔峰狀態，假設劉裕懂得加以利用，荒人會發揮驚人的戰力，這才是我關心的問題。」

紀千千強掩飾住心中的震駭，慕容垂再次表現出他對人性的認識，及掌握對手心理狀態的超卓能力。在他的指示下，守衛邊荒集的聯軍會針對此點作出部署，除非劉裕確實是老天爺挑選的眞命天子，否則荒人眞是凶多吉少。

慕容垂又道：「此事對荒人有利也有弊，驅使荒人不顧生死地對邊荒集發動全面的反擊，只要我們抵得住他們第一輪的猛攻，荒人以寡敵眾的兵力將無以爲繼。在軍事上，這是孤注一擲的冒險行爲。」

紀千千的心直沉下去，荒人能再次創造奇跡嗎？紀千千欲言又止，最終沒有說話。

慕容垂凝望著她，忽然像軟化下來似的嘆了一口氣，沉聲道：「還有另外一個消息，千千想聽嗎？」

紀千千白他一眼道：「你該清楚我的答案，何用多此一問呢？」

以慕容垂的老練和修養，也幾乎被紀千千的媚眼勾去了魂魄，再無暇計較紀千千只有在談起荒人才會恢復「常態」，一顆心「霍霍」的躍動。道：「是關於燕飛的。」

紀千千嬌軀沒法控制的輕顫，情不自禁地叫道：「燕飛？」

慕容垂神色不變地道：「燕飛二度決戰孫恩，從南方直打至邊荒，最後以不分勝負完結。此戰不但令燕飛盡雪前恥，還使他穩坐邊荒第一高手之位，除非最後孫恩能擊敗他，否則天下高手雖眾，將沒有人能掩蓋他的光芒。我慕容垂也以有他這樣一個超卓的對手爲榮。」

紀千千一雙美目異采連閃，說不出話來，但誰都看得出她芳心內澎湃激盪的情緒。慕容垂移開目光，望著晴空，徐徐道：「邊荒之戰的結果即將揭曉，我會如實奉告結果，絕不隱瞞。」

建康。琅琊王府。司馬元顯踏入大廳，司馬道子正負手立在窗前，凝視側園的春景，默默思索，聽到足音，卻沒有任何反應。

司馬元顯直抵司馬道子身後，恭敬的道：「爹召孩兒來，有甚麼吩咐呢？」

司馬道子淡淡道：「你今天天未亮便出門，到了哪裏去呢？」

司馬元顯答道：「孩兒開始訓練第一批新軍了！所以比平常早起。」

司馬道子點頭表示讚許，問道：「素質如何？」

司馬元顯道：「素質不錯，可是士氣低落，直至我宣布增加俸祿，他們才振作了些。士氣這東西很難在短期內提升，不過孩兒會在這方面下工夫的。」

司馬道子轉過身來，訝道：「你竟懂得注意軍隊的士氣？」

司馬元顯俊臉一紅，垂首道：「我是從荒人身上學來的，他們的鬥志堅如鐵石，不論在如何惡劣的形勢下，仍不會氣餒，這就是士氣。」

司馬道子苦笑道：「荒人眞是你的良師益友。你多久沒到青樓去了？人有時也該放鬆一下。」說到這裏，心中浮現楚無瑕動人和充滿誘惑力的玉容，自她離開後，他有過幾個女人，但全不是那回事。

司馬元顯道：「有時孩兒也想到秦淮河遣悶，唉！不知如何，沒有了紀千千，又想及眼前的情況，最後還是提不起興致。」

司馬道子點頭道：「歇歇也是好事。我今日召你來，是要告訴你兩個好消息，但也是壞消息。」

司馬元顯愕然道：「爹挑動孩兒的好奇心了！究竟是怎樣的消息呢？」

司馬道子微笑道：「有點糊塗了，對嗎？不過你聽了便明白。第一個消息是我剛接到殷仲堪的奏章，要求恢復荊州刺史的原職，桓玄、桓修和楊佺期也在奏章上署名。」

司馬元顯一震道：「他們又再同夥一氣了！爹的分化之策看來對他們的團結沒有影響。」

司馬道子從容道：「這只是表面看來。桓玄雖表明支持殷仲堪的要求，事實上卻是不得不爲之，是形勢所逼下的權宜之計。殷仲堪和楊佺期確實是有實力的人物，可是不論兵法武功，均遠不及桓玄，一對一固然不是桓玄對手，聯合起來恐怕仍是敗多勝少。可是桓玄卻不得不顧忌我們和北府兵聯手的力量，一旦與殷仲堪和楊佺期決裂開戰，我們必站在殷楊兩人一方，桓玄便勢危了。所以桓玄現在是忍一時之氣，靜待最佳時機，再一舉收拾殷楊兩人。」

司馬元顯明白過來，同意道：「爹的分析非常透徹，此事確實好壞參半。」又問道：「如此該算對我們利多於害，桓、殷、楊三人再沒可能通力合作。」

司馬道子道：「那你便要把第二個消息一併考慮進去。天師軍已完成集結，總兵力達十萬人，大小戰船近千艘，據報將在短期內渡海進犯會稽。而這正是桓玄等待的時機，只要天師軍牽制著我們，他便可以掉轉槍頭收拾殷仲堪和楊佺期。」

司馬元顯終不及乃父老到，色變道：「我們豈非兩面受敵？」

司馬道子露出一個充滿陰險意味的笑容，道：「爹如不預早計算有今天一日，如何有資格在我司馬王朝聽政？守會稽的是王凝之，五天前王夫人道韞才起程往會稽去會夫兒，假如王氏一家人有甚麼三長兩短，你道會引致甚麼後果呢？」

司馬元顯一呆道：「這個，嘿！這樣不太好吧？」

司馬道子嘆道：「你認爲我們有另一個選擇嗎？成大事者，豈容婦人之仁，只有這樣，才可以把謝琰和劉牢之拖進這泥淖裏。而我們則能保持實力，應付有兩湖幫作走狗的桓玄。此事關係到我大晉朝的存亡，顯兒必須明白此點。」

司馬元顯容色轉白，急促的喘了幾口氣，點頭道：「孩兒明白了。」

司馬道子負手來回踱起方步，露出深思的神情。司馬元顯不敢打擾他的思路，垂手默立。

司馬道子忽然停下來，注視著兒子道：「你是否對劉裕有好感呢？」

司馬元顯坦然道：「孩兒畢竟曾和他並肩作戰，唉！只可惜……」

司馬道子沉聲道：「不論你對他觀感如何，劉裕已成爲一個極端危險的人物，必須除去。近日民間謠言四起，多少都與他有關，最荒謬莫過於甚麼『劉裕一箭沉隱龍，正是火石天降時』的讖語。」

司馬元顯道：「這只是亂民的附會流言，過一段時間後便會不了了之。」

司馬道子道：「假設劉裕日後屢立軍功，在北府兵中節節晉升又如何呢？」

司馬元顯不得不承認道：「如此他將成爲朝廷的嚴重威脅。」

司馬道子目光投往窗外，緩緩道：「我們絕不可容劉裕有這麼的一天，但此事亦不可操之過急，且必須施借刀殺人之計，最好他命喪邊荒集，如此便乾淨俐落。否則便由劉牢之去辦，在兵荒馬亂之際，殺個人還不容易嗎？只要提供一個機會給孫恩，包管孫恩做得妥妥當當。」

司馬元顯道：「孩兒明白了！劉裕如有命活著從邊荒集回來，他的小命也拖不了多久。」

司馬道子露出充滿自信的笑容，似乎一切已盡在他的掌握內。

宋悲風走到劉裕身旁，低聲道：「在想甚麼呢？」

劉裕從沉思中返回到身處的世界。雙頭船在河道全速行駛，逆流而上邊荒集，天上萬里無雲，熱得反常，令人煩躁。他曉得以宋悲風的性格，沒事是不會來找自己閒聊的。道：「只是胡思亂想罷了！說不緊張就是騙你。」

宋悲風道：「我有一個要求，希望在整場戰事裏，能追隨在你的左右。唉！我這個人沒有甚麼本事，唯一專長就是當家將保鏢。」

劉裕不由想起謝安，現在宋悲風的提議，正是視自己為謝安，遂向他提供貼身的保護。宋悲風絕對是第一流的高手，即使刺客是孫恩、聶天還之輩，他也有還擊火併的能力。如果由他指揮自己將來的親兵團，可解決他自身安全的問題。劉裕道：「這是我的榮幸，只是委屈了你老哥。」

宋悲風露出傷感的神色，有感而發的道：「不論是安公還是大少爺，在外人眼中，一個瀟灑飄逸，一個八面威風，事實上他們在私下裏也有痛苦焦慮的時刻。猶記得在淝水之戰前，我陪安公到雨枰台見千千小姐，他滿懷感觸地問我他是否老了。對自己的大去之期，他該比任何人清楚。」

劉裕心中一動，道：「有個疑問一直存在我心裏，以安公的睿智，怎會讓玄帥曉得自己會壯年早逝呢？這並非任何人能承受的心理負擔。」

宋悲風道：「你算是問對了人。此事除安公、大少爺和我外，沒有第四個人曉得。安公並沒有向大少爺提及這方面的事，只是密藏在心裏，直到有一天大少爺拿著自己的命局來向安公請教，安公才沒法隱瞞。」

劉裕訝道：「命局？」

宋悲風道：「那是以出生年月日時起的命盤。大少爺本命屬丙火，生於午月，時干見壬水，座下地支是子，如此命局非常罕有，命家稱之為『陽刃駕煞』，不論丙火壬水，均處於力量的顛峰。壬水為丙火之煞，水火交戰，常處於作戰狀態。於命局為極端的情況；於人生亦然，不是常人能消受。故自身勢旺之時，威權壓天下，可是一旦煞勢轉盛，便會亡於刀劍之下。」

劉裕倒抽一口氣道：「難道確有命運這回事嗎？」

宋悲風苦笑道：「恐怕安公也沒法回答你這問題，在人的一生裏，究竟有多少屬人為的影響？多少是命中注定的？又或一切都是由命運擺布，誰說得上來呢？」

劉裕想起謝玄的遭遇，比對著他「陽刃駕煞」的極端命局，心中感慨萬千。如果一切都是上天注定的，那老天爺對王淡眞就太狠心了。自己的命運又如何呢？如果他可以選擇，做個平平凡凡的人，清茶淡飯安度一生便算了。像現在這樣算甚麼呢！將來縱然統一天下，但自己還有快樂可言嗎？不過他眞的沒有別的路可走，只有繼續堅持下去，直至桓玄慘死在他的刀下。這或許就是命運。

慕容垂送紀千千回帳後，風娘跟在他身旁，道：「我試探過她們了。」

慕容垂道：「結果如何？」

風娘道：「燕飛該沒有見過千千小姐，因爲小詩的反應顯示她全不知情，如燕飛見過千千小姐，小詩當然知道。」

慕容垂在皇帳前停步，皺眉道：「或許是燕飛故意不驚動小詩。以燕飛的性格，絕不會吹噓自己辦不到的事，荒人也不會有這個說法。」

風娘道：「也許是荒人裏的有心人故意造謠，以激勵荒人士氣，千千小姐對小詩的愛護是毋庸置疑的，如燕飛眞的見過她，這麼好的消息，她怎會隱瞞呢？」

慕容垂顯然非常尊重風娘的意見，點頭道：「有道理！」旋又苦笑道：「唉！好消息。」

風娘醒覺過來，忙道：「皇上請恕風娘失言。」

慕容垂仰首望天，臉上露出惆悵無奈的神色，道：「你並沒有失言，只是說實話，如果朕怪責你，怎配當以平定社稷爲己任的君王？」

風娘垂下頭去，輕輕道：「有些事是勉強不來的，鳥兒愛飛，魚兒樂游，這是牠們的本性，皇上明白風娘的意思嗎？」

慕容垂淺白言之道：「你有過牽腸掛肚、夢縈魂牽的滋味嗎？」

風娘臉色一黯道：「風娘可以不答皇上的問題嗎？」

慕容垂驚訝的朝她瞧去。自孩提時代開始，他便認識風娘，亦絕對地信任她、欣賞她。現在身旁的心腹裏，只有她有膽量婉轉地勸他放過紀千千。

呆望風娘好半晌後，慕容垂道：「我卻從沒有過這種感覺，直至遇上千千。」接著目光炯炯，透出堅決不移的神色，一字一句緩緩道：「對千千我是永不會放棄的，她是屬於我的，失去她，生命將失去一切意義，沒有任何事物可以塡補她留下的空缺，包括統一天下在內。我寧願親手毀掉她，也絕不容她回到另一個男人的懷抱裏去。」說罷拂袖回帳去了。

燕飛想著紀千千。他並不寂寞，陪伴他的是蝶戀花。自從蝶戀花在秦淮河第一次示警，顯示出它的靈性，他便感到與它生出血肉相連的關係。他再沒法從盛豐海味的出口去探看東門大街的情況，只好躲在夜窩子採花居的出口下，聆聽著地面不住傳來重物移動的聲音。他是不得不集中精神留心敵人愈趨頻繁的活動，因爲只要敵人開箱發現有人在西瓜皮炮做了手腳，矛頭很快會指到他所藏的地道來。在地道霉爛潮濕的惡劣環境裏，只有對紀千千的思念，才可以賦予這黑暗天地美麗的色彩。紅子春建造這條秘道時，肯定沒想過須長時間躲藏其中，只是供逃走之用，所以根本沒有通氣的設備，情況有點像在水底裏，他的胎息法再沒法撐下去。頭腦昏沉下，只好借思念紀千千這獨門心法來保持清醒，以免一睡不醒，活生生給悶死。不過他再捱不了多久，就在此時上面靜了下來，然後是關門的聲音。燕飛叫了一聲「謝天謝地」，打開地道，竄上地面。

拓跋儀站在密林邊緣處，目光掃視外面的荒野。旁邊的丁宣道：「今天確實熱得反常，熱得令人氣悶，老紅看天確有一手。」他們身處的密林位於潁水東岸，白雲山區的東北面，離開邊荒集只有五里之遙。三千人馬正在林內休息，養精蓄銳，靜待行動的時刻。

拓跋儀吁出一口緊壓心頭的濁氣，沉聲道：「你緊張嗎？」

丁宣嘆道：「不可能不擔心的。我們的計畫一環扣著一環，一波接一波，既大膽又巧妙，卻有一個致命的弱點，就是於任何環節出錯，勢必影響全局，招致失敗。最糟糕是我們根本沒有能力組織另一輪攻勢，所以眞的是孤注一擲，不成功便成仁。」

拓跋儀回復冷靜，道：「這是戰場上的豪賭，我們只有賭一把的本錢。咦！來了！」一個黑點，在地平出現，迅速接近。

丁宣喜道：「這小子的輕功長進了不少。」

拓跋儀微笑道：「高小子是任何主帥夢寐以求的超級探子，他似乎有與生俱來的敏銳觸覺，令他在邊荒眾多風媒中脫穎而出，成為沒有人敢懷疑的首席風媒。他的判斷絕少出錯，希望這次也不會例外。」

高彥轉瞬奔到兩人身前，氣喘的道：「他奶奶的，這次不好了！」拓跋儀、丁宣和左右的十多名戰士人人聞言色變。

高彥又哈哈一笑，喘息著道：「我說的不好，指的是敵人。」眾人齊聲大罵。

拓跋儀佯怒道：「你這混蛋，在這等時刻仍有心情說笑。」

高彥伸個懶腰，道：「差點累死老子，不說笑輕鬆一下怎行。報告儀帥，陰大將和五百兄弟，已成功地埋伏在邊荒集上游，敵人伏兵的位置則完全在老子掌握中，正乖乖的等待我們去把他們吃掉，我保證這批敵羊就要送入我們的虎口。」接著從懷裏掏出地圖卷，在林地上攤開。眾人隨他蹲下來，觀圖聽解。

高彥的指尖落到圖心的紅點，道：「這是邊荒集，旁邊的是從北往南流過邊荒的潁水。」

拓跋儀皺眉道：「我們會看啦！不用你來解釋，少說點廢話行嗎？」

更有人咕噥道：「老卓這張圖我們至少看了一百遍。」

高彥笑嘻嘻道：「我是故意說些廢話，讓你們有罵我來出悶氣的機會，不用人人緊張得像繃緊的弓弦。他奶奶的，留心聽著了！敵人在潁水兩岸大幅加強了防禦力，只是東岸便有二十五座箭樓、八座地壘，且設有五重陷坑，而守衛東岸戰線的敵人便達二千之眾，可見敵人已猜到我們會由東岸下手。」眾人聽得心下不安，東岸的防守已如斯嚴密，西岸邊荒集的碼頭區東門更不用說。

高彥道：「敵人更建起四道以浮筏連接的浮橋，接通兩岸，隨時可增援東岸。陰大將也認為單憑他的五百人，沒法攻佔東岸。當然，這是指在正常的情況下，嘿！例如現在的好天氣。」

拓跋儀沉聲道：「伏兵在哪裏呢？」

高彥手指在圖上移動，來到離潁水約五、六里，位於潁水東面的丘陵林野區，道：「一支約五千人的部隊，分布於十多個山丘高地處，是全騎兵的部隊，沒有豎營立寨，而是蓄勢以待，可以隨時出擊。」

丁宣道：「屠奉三看得很準。」

拓跋儀道：「慕容戰方面情況如何？」

高彥道：「慕容戰的部隊在個許時辰前抵達鎮荒崗，敵人聞訊派出二千戰士，在城南兩里處布陣，擺明不怕我們。他娘的，我們定教姚興和慕容驎後悔。」

丁宣皺眉道：「如敵人出集迎擊慕容戰的先鋒部隊，將是非常頭痛的事。」

拓跋儀道：「你怕我，我怕你，是人之常情。敵人只是虛張聲勢，諒他們不敢輕舉妄動，誰敢肯定我們進佔鎮荒崗不是誘敵之計呢？敵人只會在一種情況下出集迎戰，就是在摸清楚我們的部署後。在正常情況下，這是可以辦到的，可是大雨驟降，接著是大霧，敵人將失去掌握主動的機會。這也是我們計畫最精采的地方。」

丁宣同意道：「以對方目前的部署，確實是先穩守後突擊的戰略。」

高彥笑道：「在一般的情況下，這的確是最好的策略。哈！下一步該如何走？請儀帥賜示，我還要去回報陰大將。」

拓跋儀道：「你肯定陰奇和他的手下能瞞過敵人的耳目嗎？」

高彥拍胸保證道：「這個你可以放心，昨晚由最熟悉邊荒的老子我親自帶路，徒步潛行一夜，繞了個大彎，全程穿林過野，專找溪流涉水而走。更可以令你安心的，是我們的探子一直監視敵人，發覺全無異樣情況，如果敵人高明得只是裝蒜，我們荒人也只有怨自己命苦。」

拓跋儀沉吟片刻，道：「假設你們是姚興和慕容驎，忽然發覺我們的三千人馬現身東岸，擺出要強攻敵人潁水戰線的模樣，你們會怎辦呢？」

高彥想也不想的道：「我會當你是發了瘋，活得不耐煩。」

丁宣點頭道：「可是敵人當然曉得我們不是活得不耐煩的瘋子，而以爲是我們全面進攻的前奏，一方面嚴陣以待，另一方面調動伏兵，好全數殲滅我們這三千孤軍，以壯軍威。」

拓跋儀轉向高彥道：「聽到了嗎？我們的成敗就要看你了。」

高彥嚇了一跳道：「不要說得這麼嚴重好嗎？老子雖然勇猛過人，智比天高，恐怕仍承擔不起這重任。」

拓跋儀不理他的胡言亂語，逕自沉吟道：「假如我們依劉爺吩咐，就那麼策馬馳過東岸，姚興和慕容驎便可肯定我們曉得東面尙有伏兵，更可能猜到是誘敵之計。對嗎？」

高彥終於明白他的想法，色變道：「我快給你嚇壞了，你不是眞的要攻打敵人的潁水防線吧？」

丁宣道：「佯攻又如何？」

高彥斬釘截鐵的道：「佯攻也不行，光是敵人布在東岸的部隊，在無後顧之憂下，已令我們吃不消，何況敵人援軍還可以源源不絕通過四道浮橋渡水支援。等到埋伏西面的敵人會合一起東西夾擊，我們想逃也逃不了。」

拓跋儀微笑道：「論探子之術，你高少認第二，沒有人敢認第一。可是一提戰場的軍事行動，你卻只有聽的分兒。劉爺把任務交下來給我，我必須審度實際的情況，靈活變化，始有可能完成既定的軍事目標，只要我們的時間拿捏得好，處處誤敵，才可成功施展誘敵之計，把敵人追來的部隊打個他奶奶的落花流水。我絕不是好大喜功，而是在完全知敵的情況下，盡量多佔點便宜。否則一子錯，就滿盤皆落索。不冒點風險，如何可只憑三千人，擊潰敵人多達五千的伏兵？如不能解決這支埋伏在東面的敵軍，這場仗也不用打了。」

高彥急促地喘了幾口氣，無奈地同意道：「我可以幹甚麼呢？」

拓跋儀道：「埋伏在東面的敵人是羌人還是慕容鮮卑族的人呢？」

高彥道：「全是羌兵。」

拓跋儀道：「你會看羌人的旗號嗎？」

高彥傲然道：「瞭如指掌。他們翹翹屁股，我也曉得他們想幹甚麼。」

拓跋儀道：「這便成了。你現在立即去通知陰奇我們的應變之計。」

高彥抓頭道：「甚麼應變之計？」眾人一陣哄笑，他們均是追隨拓跋儀多年的人，當慣來去如風的馬賊，見盡大場面，兼且對拓跋儀信心十足，只要座下有戰馬，任何凶險的情況也有把握應付。

拓跋儀笑道：「你留心聽著了！聽漏一句都不行，明白嗎？」

高彥苦笑道：「你可以放心，我不爲你們著想，也要爲自己的小命著急。唉！我還要到兩湖去迎娶我的小白雁呢。」眾人再爆笑聲，士氣昂揚至極點。

慕容戰傲坐馬背上，雙眼目光如炬的瞧著前方敵軍的調動，一眨也不眨，神態從容，彷如魚歸大海般自若。簇擁著他的是姚猛和七、八名本族高手，手下騎兵分別在左、右結陣，另有一支千人部隊在後方。

姚猛道：「敵方不過二千之數，該是虛張聲勢，以防我們直推進至南門外吧。」

慕容戰沒有答他，留神察看敵陣變化，忽然笑道：「這是慕容驎的軍隊，出集來迎，豈是阻我進勢那麼簡單，而是欺我們長途跋涉，師疲力竭，哪知我們昨晚休息整夜，養足精神，今天只趕了區區十里路。」

姚猛由衷佩服道：「戰爺眞了得，開始時急趕了一日一夜的路，累得我們差點沒了半條命，原來早預見有眼前的情況。」又訝道：「可是憑對方的兵力，怎敢與我們對撼？」

慕容戰冷然道：「哼！敵人現在的推進緩慢而穩定，可以隨時改緩爲急，隨時衝鋒布陣，如此戰法，分明是要吸引我們的注意力，令我們集中力量固守前方。他奶奶的！我偏不中計。想和我玩陣法變化，我慕容戰樂意奉陪。他們以爲陣式是我們最弱的一環，我會教他們大出意外。」

姚猛也是軍旅出身，細看敵勢，布的是先鋒陣，把主力集中於正中，左右爲輔，是全攻型的騎兵部隊。推進時中軍若行，左右軍便押後，到中軍停下，輪到左右軍推前，令人感到其陣勢完整，生出強大的壓逼感。驀地左方遠處閃起五次亮光，顯然是有人以鏡子反映陽光，向他們報信。

慕容戰欣然道：「果然不出我所料，敵方五千人，已潛行至我們側翼，準備以偷襲手法夾擊我軍，但怎瞞得過我們的荒人探子。」

姚猛讚道：「戰爺不愧是吃這口戰場飯的人，對戰事等閒視之，只看你一切盡在掌握中的神態，我便信心十足。」

慕容戰啞然笑道：「你是來當我的副將，不是來拍我的馬屁，討我歡心的。」接著一揪馬韁，令戰馬前踢長嘶，人立而起，同時喝道：「各位兄弟！」手下戰士人人翹首往崗上的他望來。

慕容戰策馬在高崗上左右緩馳，讓人人可以清楚看到他，高舉右手，握拳喝道：「我們反攻邊荒集的好日子終於來臨，大丈夫馬革裹屍，我們寧願轟轟烈烈的戰死，也不願苟且偷生的活下去，對嗎？」眾戰士轟然應喏，士氣提升至頂點，人人誓言死戰。

慕容戰狂喝道：「但我慕容戰絕不會讓你們去送死的，死的只會是低估我們的敵人，給我布盾陣。」

命令發下去，左右兩陣登時各有五百人跳下馬背，解下輕便的籐盾，在前方布成盾陣，後方戰士先把馬牽走，然後取出長弓，於盾陣後分兩隊打橫排成新的陣式，井然有序，頓然形成龐大無比的兵陣氣勢，把敵人昂然推進的氣燄全蓋過去。號角聲起，敵軍停止推進，在二千多步外布陣，保持可隨時衝鋒的姿態。

慕容戰回到姚猛身旁，後者帶頭吆喝怪叫表示喝采致敬。慕容戰氣定神閒的掃視己方盾牌陣的軍容，道：「多謝荊州軍的餽贈，沒有他們的慷慨，我們便布不成盾牌陣。哈……」左右給他逗得開懷大笑，充滿談笑用兵、視死如歸的氣氛。

姚猛目光投向敵人，哂道：「他老娘的！還不害怕嗎？」

慕容戰道：「他們不是害怕，而是見我們鬥志激昂，怕我們忽然反擊，故暫緩前進之勢，待左方來援施壓，以強勢兵力動搖我們的軍心，再視我軍的反應擬定進攻退守的策略。」

姚猛道：「原先我還以爲敵人不敢出集迎擊，怎知剛好相反，我們陣腳尚未站穩，龜孫子們便來了。」

慕容戰微笑道：「我們對敵情的判斷大致上沒有錯，如果敵人分出一半以上的兵力來對付我們，才算是迎頭痛擊，現在仍是以守勢為主。兵法有云，守城而不出擊，是為死守，是善用兵者不為的傻事。在敵人眼中，我們是缺乏軍訓的烏合之眾，唯一可恃者是高昂的士氣，所以只要能在初戰時挫折我們，造成大量的傷亡，便可重挫我們的鬥志，大幅削弱我們的戰力。這是高明的策略，問題是我們並非烏合之眾，所以只要我們稍顯實力，敵人只有撤返邊荒集。當他們以為可憑集堅守，忽然雨霧齊來，而我們的攻勢則一波接一波，鋪天蓋地，到時敵人就知道自己錯得多厲害了。」

另一人道：「戰爺怎猜到敵人有援軍配合呢？」

慕容戰傲然一笑，淡淡道：「這個更容易，我們出現得突然，故敵方在未摸清楚我們的情況下，又未發現拓跋儀的奇兵，只派出一個二千人的騎兵部隊在集外二里處布防，以遏制我們的推進。到敵人弄清楚我們的後援軍仍在途中，兼且發覺我軍人數達五千之眾，佔我方總軍力近半之數，當然不會容忍我們倚高崗布防，又想試探我們的戰力，遂決定攻擊我們。如果我們被輕易擊垮，當然最理想，但如能挫折我們，敵方已非常滿意。」稍頓續道：「剛才我看敵人推進時信心十足的姿態，便知他們有援可恃，否則怎敢在我們面前如此囂張？」

蹄聲響起。左方林木區處湧出大批敵騎，在半里外潮水般滾滾而來。同時前方敵軍由靜轉動，朝他們推進。戰鼓號角齊鳴，的確似有響徹雲際的威勢。慕容戰露出冷酷的笑容，道：「鳳凰大陣！」身旁的女旗號手，立即打出特別為鎮荒崗設計的鳳凰大陣的旗號。

十二艘雙頭船在離邊荒集十里處的潁水結陣，封鎖河道。後方是大小戰船貨船，分泊兩岸，在臨時建築的碼頭，卸下兵器糧貨。三十台超級投石機，全運至東岸，發射的不是石頭，而是姬別監製的萬火飛砂神炮，共裝滿五十個大箱子，每箱二十個，共一千個。數量看似很多，但在戰場上個把時辰便可以用盡，所以必須看情形使用，不然就要以石頭代替了。另外百多筐以防水布包裹妥當的火石毒煙箭，分別卸往東西兩岸，放置在沿岸一帶的荒野山頭。戰士們把守兩岸上游高地，以防敵人突擊部隊來犯。眼前人數雖達近萬，但眞正能上戰場與敵人血戰的只在四千人間，且全是沒有戰馬的步兵隊，故不得不在遠離敵人的地方登岸，且還須先鋒部隊牽制敵人。剩下的主要爲工匠等各項支援的人員，佔了大半是荒人婦女，她們之中不少是在青樓鶯聲燕語的嬌滴滴姑娘，現在卻與其他吃苦耐勞的荒人婦女，成爲同甘共苦的好姊妹。

登上東岸的有一千戰士和四千支援部隊，是這次攻集的主力，由劉裕親自指揮。西岸的二千戰士和支援人員，則由屠奉三負責。戰士們主要來自他的振荊會，擅長打硬仗，戰力比劉裕手上由大江幫戰士和羌人組成的千人部隊更要強大。江文清理所當然的指揮曾縱橫南方水道的十二艘雙頭戰船，以席敬和費二撇爲輔，戰士逹千餘人，均爲大江幫水戰的好手。劉裕站在東岸高地，左右是卓狂生、宋悲風、呼雷方、紅子春、姬別、方鴻生、程蒼古一眾人等，身後是這支部隊僅有的三十多匹戰馬，供主帥和隨員代步。看著卸貨登陸的行動接近完成，大夥提得老高的心才放下來，鬆一口氣。登陸是軍隊最危弱的時刻，如有敵騎來犯，肯定會吃大虧。幸好現在最危險的時刻已經過去。

對岸的屠奉三向他們打出旗號。劉裕欣然道：「放行！」在後方候命的女旗手忙以舞蹈的姿態，以色彩燦爛的旗幟傳達訊息，引來四方陣陣讚美之聲。八位嬌俏的女旗手興奮得俏臉都紅起來。左岸號角聲起，步兵沿岸推進，百多輛輜車隨後緩行。

卓狂生捋著頷下長鬚，大笑道：「看！我們荒人多麼俊敏，偉大的荒人在今天爲邊荒寫下精采的一章，荒人的事蹟，將傳誦千古，永遠不會被遺忘。」

程蒼古沒好氣道：「這傢伙又在爲邊荒集光復後的說書館生意做工夫。」

卓狂生欣然道：「在邊荒做生意講的是公平競爭，你認爲說書說得比我好，歡迎較量。」眾人無不莞爾。

劉裕見輜重車隊集結完成，道：「該論到我們動身了。」

宋悲風傳令道：「起行！」號角聲長鳴。大隊開始緩緩移動。

姬別道：「稟告老天爺，你千萬不要在我們未抵邊荒集前已大雨滂沱，又或苦等兩三天都不見半滴雨，你老人家最要緊幫這次忙。」

眾人很想笑，卻笑不出來。紅子春成竹在胸的道：「你現在當我吹牛也好，死要面子也好，我敢肯定在黑夜來臨前，必然風雲變色，雷雨交加，我的預測將會兌現。」

此時一人直奔上丘頂來。卓狂生怪笑道：「有甚麼好消息？」

來的是高彥的左右手小軻，奔到眾人身前，上氣不接下氣的喘息著道：「報告各位大爺，一切依計而行。戰爺已佔據鎮荒崗，敵人兵分兩路，派出約八千人夾擊戰爺，尚未知戰果。」

姬別笑道：「我的火石毒煙箭可派上用場了。」

劉裕欣然道：「我們最害怕的情況並沒有出現，就是敵人只留下數千人固守邊荒集，其他全體出動。現在只是試探出擊，測探我們的實力，戰爺自可應付裕如。」

小軻續道：「奇爺和他的五百人，成功潛行到敵人後方，到達目標位置。」眾人登時爆響歡呼怪叫，最興奮的竟是姬別。

程蒼古緊張地問道：「儀爺方面情況如何？」

小軻答道：「儀爺和他的兄弟從隱伏處走出來，向邊荒集東岸推進。據傳訊的手法，儀爺會在東岸裝出攻擊姿態，施誘敵夾擊之計。」

卓狂生讚道：「好漢子！夠膽識！」

紅子春皺眉道：「這似乎和我們原定的計畫有出入，一個不好，會陷於全軍覆沒的厄運。」

呼雷方道：「紅爺可以放心，拓跋儀乃曾被稱為馬賊之王的拓跋珪手下的第一號大將，最擅長這種在敵人大軍夾擊下反攻的戰略，我肯定他可以不負所託地完成任務。」

宋悲風點頭道：「能臨陣應變，才是最高明的將帥。」

程蒼古擔心的道：「逃竄的時間須拿捏得精準無誤。」

劉裕淡淡道：「這方面肯定沒有問題，觀察敵情是高小子的專長，在邊荒不作第二人想。不知各位有沒想過，敵人高台指揮的優勢，也是他們最大的缺點。要指揮東岸的伏兵，須由敵方主將於高台打旗號指揮，以高彥對各族傳訊方法的精通，定可掌握敵人全局的進退，完成任務。」眾人終放下心來，齊聲稱是。

劉裕續道：「將在外，軍令有所不受，最重要是隨機應變，戰術可以因應形勢而改變，只要能達到目的。若不是如此，反令我擔心。」接著下令道：「除雙頭船外，其他船隻一律返回鳳凰湖。」旗號揮舞。眾人登上馬背，馳下山丘去。反攻邊荒集之戰，隨著他們的步伐，已是離弦之箭，勢在必發。

燕飛透窗瞧著鐘樓廣場的情景，以他的冷靜功夫，也不由生出焦慮擔心的感覺。空曠的廣場像變成各類重型武器和不同類戰車的陳列場所，排列得井然有序。最怵目驚心是位於東大街口的數十架四弓弩箭車，每次可發射四枝巨型弩箭，不但穿透力強，可貫穿己方的籐盾，且射程可達千步之外。這種笨重的箭車，在平野戰中作用有限，可是在守城和巷戰中卻是威力無窮，只要想像己方人馬從東門攻入，卻遇上十多架這樣的弩箭車，每車連發四箭，荒人肯定被射得人仰馬翻，潰不成軍。現在弩箭車藏在夜窩子內，正是要瞞過他們荒人，把握時機地點，忽然投進戰事裏，盡收攻敵不備的神效。其他還有近百台投石機，正於廣場上嚴陣以待。攻防戰開始後，不論敵人從何方攻來，這些防守的重型器具，均可迅速投入待增援的區域去。而夜窩子和四條大街提供了迅速調動這批大型重武器的捷徑。此外尚有百多輛可擋箭的撞車，接近鐘樓處放滿鐵桶，約在三、四百之數。如估計無誤，桶內放的該是石灰一類的東西，如從高處灑下，對眼睛會造成極大的傷害。燕飛看不到裝載西瓜皮炮的木箱子影蹤，可能是在鐘樓的另一邊，位於他的視線之外。

古鐘樓已變成一座堡壘，只有一個入口，如把大鐵門關上，便如鐵桶密不通風。下一截是個高達七、八丈的方形石堡，上截是直探中天的古鐘樓，觀遠台上旗幟高掛，卻沒有飛揚，因爲沒有風，且熱得要命。燕飛也不由得佩服敵人，忽然間冒出這麼多攻守兼備的重武器，可見羌人善守的美名，確非虛傳。怎麼辦呢？假如劉裕等不曉得敵人隱藏起來的實力，極可能陰溝裏翻船，攻進來後被敵人一舉擊垮，就如此窩囊地輸掉這場仗。就在此時，一隊羌人、鮮卑兵各佔一半，約近百人的部隊在各式重武器間穿行，直朝採花居的方向徒步奔至。燕飛大吃一驚，心忖難道是對方發現有人在西瓜皮炮作了手腳，所以到採花居來搜尋是否有藏人的秘室。正不知該立即逃跑，還是躲回地道去的當兒，眾騎士已抵達採花居正門前。只聽把門者以漢語喝道：「聯軍必勝！」剛到的戰士還口令道：「荒人慘敗！」燕飛回頭瞥了一眼，原本放滿各式戰具的大堂已被搬得空空蕩蕩，只餘十多個裝箭矢的大竹籮。門開。燕飛一閃身，躲到籮筐後去。憑他的身手，隨時可以殺進地道去，再從另一端的出口逃走，最重要是先弄清楚敵人的意向。

燕飛並沒有後悔錯過返回地道的機會，在看到敵人展示於廣場的防守實力後，令他對姚興的印象完全改變，更清楚自己以前對他的認識是如何膚淺。當日他見敵人在集外廣置拒馬，雖然得知敵人把防線擴展至集外，大大增加荒人攻集的難度，但仍不大放在心上。直到剛才見到守集的重武器，方知如何地低估了敵人。這批重武器大部分是在邊荒集的工廠內趕工製造的，但弩箭機卻肯定是從長安經水路運來，石灰則是於北方各地搜購，由此可見敵人的準備工夫做得多麼充足。所以他斷然決定須立即離開，好將敵人的真正情況通知己方兄弟。留下來再沒有意思，因為劉裕絕沒有可能攻至夜窩子，他手上的「盜日瘋」亦難發揮扭轉局勢的作用。

戰士們魚貫而入，部分人還高聲談笑。燕飛感到他們的士氣相當不錯，這是可以理解的，既有集可守，兵力又是荒人的三倍，更何況只要看看廣場上停放的各式重武器，信心必然立刻大增，比主帥們的甚麼勉勵話更有效。燕飛握上蝶戀花的劍柄，準備攻其不備的殺出大門去，憑穿在身上的鮮卑兵武服和口令，看運氣能瞞過敵人多少關卡闖關離開。戰靴踏上階梯的聲音傳入耳中。燕飛心中大訝，敵人竟是要到樓上去，而非到大堂來搜查？忙留心聆聽。

其中一名戰士以鮮卑語道：「天氣這麼燥熱，到水裏去泡怎都好過在地面曬個半死。」

另一人道：「不要高興得太早，你總不能整天泡在水裏，穿上牛皮水靠在岸邊捱太陽時，你才曉得滋味。」

燕飛醒悟過來，這批戰士並不是衝著他而來，敵人仍未發現他在西瓜皮炮弄了手腳，而是因水靠放置於樓上，這批要往穎水進行特殊行動的「水兵」是來換裝的。燕飛立感心動。如要安然離開，又大模大樣的回來這是唯一的機會。想到這裏，連忙集中精神，探頭外看。敵人魚貫的登樓，沒有人往他的方向瞥上一眼。燕飛待最後一人入門後，閃了出來，追在戰士們的後方，上樓去也。

慕容戰一聲令下，五千荒人戰士立即表演似的變化陣勢，兩翼的盾牌陣迅速移動，改爲護著鎮荒崗東西兩邊。鎮荒崗形勢險要，三面陡峭，以面向邊荒集的一方最高，拔地達十多丈，然後往南傾斜成坡，是登崗的唯一路徑。變陣後，荒人戰士變成倚崗固守，再沒有後顧之憂。留在後方的千人部隊此時分出三百人，馳上高崗下馬，來到高崗西緣的位置，百多弩手祭出弓弩，另二百人正傳遞著火石毒煙箭，點火的點火，一切井然有序，快而不亂，盡顯慕容戰練兵的成果。

敵騎施展的是全騎兵的衝擊戰術，西方來的突擊兵，五千人呈扇形般散開，前鋒的戰士均手持大籐盾，以擋箭矢。此爲胡人最擅長的戰術，第一輪衝鋒陷陣後，便可繞往敵陣各方，從四面八方輪番衝擊，消耗對方的箭矢，削弱對方的戰力。本來這種戰術該是萬無一失，因爲荒人勞師遠征，尚未恢復元氣，陣腳未穩下，豈抵得住他們以優勢兵力驃騎狂攻？北面的二千敵騎卻是另一種陣法，緩而不急的推進，隊形聚而不散，前三排舉盾護著人馬，後方戰士彎弓搭箭，以隱定的步伐直逼而來。

慕容戰卓立高崗之上，神閒氣定，狀似下凡的天神。忽然嘴角飄出一絲笑意，喝道：「『寸步難』伺候。」早把「寸步難」預備在手的五十多名戰士聞言齊聲大喝，往敵處擲出第一輪的「寸步難」。他們都是臂力特強之士，兼之居高臨下，落點遠達己陣五、六百步之外，立成阻敵的防禦之勢。這批「寸步難」特別加料，兩邊都裝有向上的尖釘，不論那一面著地總有利釘的尖鋒指著天空。此著大出敵人意料，令他們避無可避，最妙是只有前方的敵人曉得發生了甚麼事，後來者仍亡命策騎衝陣，令居前者欲停不能。第二輪的「寸步難」拋出，接著是第三輪。

最接近的敵人已在離己陣七百步處。後方餘下七百荒人騎士，人人嚴陣以待，只要敵人稍呈亂象，便會依令殺入敵陣，繞擊敵人後方。姚猛此時馳下崗坡，與這支七百人的部隊會合。慕容戰又喝道：「點燃神箭！」戰士們聽命而行。從西面殺來的敵人已呈亂象，前方的戰士當然不肯踏入尖釘陣去，退既不能，只好往兩邊散開，本是疾如雷電的強大氣勢，登時大幅削弱。後來者不知就裏，兼且荒草掩蓋了「寸步難」的存在，仍盲目朝他們衝過來。慕容戰下令道：「放神箭！」火石毒煙箭百箭齊發，拖曳著煙霧，從天而降的往射程之內的敵人投去，形成美麗煙線組成的壯麗場面。火石毒煙箭觸地，立即爆開成一團團的黑煙，吞沒敵人。首先挺不住的是馬兒，立即亂蹄慘嘶，亂跳亂撞，人仰馬翻。

緊接著第二輪的火石毒煙箭射出，這次是對空發射，箭程更遠，直投往敵陣去。數百敵騎仍從濃煙中衝出來，但馬兒狀似瘋狂，再不受主人控制，部分敵人更口鼻滲血，神情痛苦，有些被馬兒拋下馬背。「放箭！」崗下戰士領命，立即箭如雨發，往再沒有招架之力的敵人射去，一時血肉橫飛，令人慘不忍睹。從北面逼來的敵軍見狀急忙後撤，西面的敵騎在傷亡慘重下亦倉皇退走。慕容戰暗呼可惜，如非北面敵人完整無損，他會全面反擊，現在只好適可而止。不管如何，他已在沒有任何損傷的情況下，成功保住鎮荒崗。如此戰果，足以交代。慕容戰道：「放煙花報喜。」負責傳信的女兵聞言，忙依令執行。

屠奉三沿潁水西岸策騎緩行，領著部隊朝邊荒集推進。他並不擔心安全的問題，因爲慕容戰和拓跋儀兩支人馬，已足教敵人忙於應付，敵人絕不會蠢得還來攻擊對潁水下游已掌握了操控權，正夾岸挺進的荒人大軍。敵人根本不可能對他們進行突襲，因爲由高彥主持的探子網，籠罩了以邊荒集爲中心的廣闊地區，任何風吹草動，探子們會透過遠距傳訊的諸般手法，知會各路戰士。戰爭的氣氛雖然不住接近，他的心神卻超越了邊荒，馳想於二百年前朝代人事的變遷上。他本身並不具有如此廣闊的視野，臨離開江陵前與侯亮生的一席話，完全啓發了他之前從未想過的擁皇大計，想到如何把劉裕捧爲南方之主的鴻圖偉略。

侯亮生最佩服的人物是三國時期的智士荀彧，他本爲漢末豪族的代表人物袁紹的謀臣，然而荀彧認爲袁紹「外寬內忌，用人而疑之，所任唯親戚子弟」，故難以有所作爲，遂捨袁紹而從曹操。官渡一戰，曹操大破袁紹，從此奠定爭霸天下的基礎。這並非可臨時編出來的謊話，對照侯亮生現在的處境，更清楚說明侯亮生爲何甘冒生命之險背叛桓玄。因爲侯亮生不但有理想，且有識見。侯亮生指出自漢武帝獨尊儒學以來，政治權力的紛爭、魏晉的興亡嬗遞，事實上是儒家豪族與非儒家寒門的勝敗問題。

東漢儒家豪族興起，遵行君臣、父子之道，其學爲儒家之學，其行必須符合儒家的道德標準，所謂孝友禮法。而修身齊家的道德方法，亦適用於治國平天下。名教之大者莫若君臣，孝於親才能終於君。當這種看法被採用於人才的甄選上，便成徵辟制度，能否入仕全看豪族依名教標準來舉薦，變爲豪族間的遊戲，把非儒家寒門完全排斥於外。當這種選任方式發展至極端，便是晉室的九品中正制，高門與寒門的阻隔對立愈演愈烈，矛盾叢生。曹操出身非儒教寒族，本身識見過人，深明必須摧毀儒家高門豪族的重要性，所以求人唯才，認爲有德者未必有才，打破漢代徵辟制度的儒教標準。可是寒門和高門的鬥爭只是開始，出身豪族的司馬懿於曹操死後，乘曹氏子孫孱弱昏庸的時候，奪去曹氏手上的皇權，盡復東漢時代儒家高門大族階級統治全盛之局。曹操對打擊高門是不遺餘力的，所以司馬懿的篡魏得到高門豪族支持，寒門被進一步壓制在不公平的九品中正制之下。

可是這種不公平的情況是難以持久的，高門大族本身的腐化更帶來諸胡入侵的大禍，現在晉室已到了日落西山的階段，高門大族的代表人物桓玄、司馬道子之輩均是崇奉奢華、腐惡不堪，南方軍民均期待新氣象的出現。在這種大勢下，劉裕成爲最有可能改朝換代的人選。只要劉裕能控制北府兵，將得到天下寒門有志之士，和部分有改革理想的高門的支持，如此不可能的事將變成可能，只看劉裕能否善加運用本身獨特的條件。「砰！」煙花爆響的聲音從左後方高空處傳來，屠奉三從沉思中驚醒過來，別頭望去，正好捕捉到煙花燦爛的芒光。

燕飛敢這麼大膽混進這批水兵去，是看準他們分別是從羌人和鮮卑人裏挑選出來懂水性的好手，大多數成員互相並不認識，可見是臨時湊成的隊伍。支持他這個猜想的是只有小部分認識對方的人才談笑說話，而且他聽到這些水靠運到邊荒集來，只有二、三天的時間。他也想到這麼混進去，最糟糕的可能性是裝備剛足夠分給這批人使用，沒有多餘的。不過那也沒甚麼大不了，他再想辦法離集就是。但這個可能性並不大，怎麼說都該有較多的裝備以供替換補充。思前想後中，燕飛登上二樓，立即心中大定。

水靠一套套整齊地排在地面，另一邊放的是水裏用的武器，像是在水裏搏擊的鋒銳水刺利器、專門對付敵船的鐵鑿，還有長達五尺可供伸出水面換氣的銅管。裝備足夠二百人使用。最令他安心的是沒有人注意到他這不速之客的加入，眾人各自更衣換上水靠，又戴上頭罩，只露出眼、鼻和口的部分。

燕飛故意混在羌人裏換裝，趁沒人有空注意他的當兒，把蝶戀花藏在窗台處。換裝完成後，他隨著大隊離開採花居穿過鐘樓廣場，踏足東大街，朝潁水的方向走去。他排在隊尾，定神留意東大街敵人的防禦部署，同時又擔心會在行動前來個列隊集訓，那時他奸細的身分將無所遁形。整個邊荒集像一條拉緊的弓弦，一隊隊的騎兵此來彼往，關卡重重，東大街的店鋪門窗全被打開，屋頂屋內暫時都沒有敵人駐守，燕飛可以想像當攻防戰開始後，敵人會依計畫針對邊荒集的形勢布防，重武器會推至適當的位置，石灰會送上屋頂高處，靈活應變，以最有效的方法應付己方兄弟的入侵。穿過東大門後，來自潁水的熟悉氣味傳入鼻中，燕飛仔細掃視，立時倒抽一口氣。只見夾岸盡是嚴陣以待的敵人，箭樓林立，以多座石堡、投石機和弩箭車遍布戰略位置，更架起了四道浮橋，貫通兩岸。如此聲勢，確令他看得心驚膽跳。

「列隊！」眾人立即分成前後幾行排列。燕飛幾乎想立即投進潁水來個借水遁，所幸發覺眾人只是隨意排列，並無特定次序，可能是因倉卒組隊，訓練未足，或因左有投石機，前有箭樓，右邊又放置弩箭車，場地所限下，不能像平時般有足夠地方排陣，所以只是作個樣子。想到若功虧一簣著實難受，燕飛只好硬著頭皮，就那麼站在最後一排的靠邊位置。身旁的「夥伴」瞥他一眼後，再沒有看他。燕飛暗鬆一口氣。

蹄聲響起。十多人騎馬朝著他們從南面沿潁水而來，燕飛一看，立即心叫不妙，原來領頭者竟是老朋友宗政良。燕飛心中向老天爺祈求，希望宗政良只是恰好路過，可惜事與願違，宗政良在親衛簇擁下，馳至隊伍前方，勒馬停下來。燕飛暗嘆一口氣，以宗政良這級數的高手，只要銳目掃過，肯定可以沙裏淘金般把他挖出來，何況宗政良可能是敵人中眼力最好的人。自己應不應在離開前順手把他幹掉呢？燕飛側移少許，讓前排的人擋著宗政良的視線，不過恐怕這花招不能起甚麼作用，因爲宗政良是坐在馬上，可將眾人臉孔盡收眼底。

就在這要命的時刻，對岸遠處號角聲起，蹄聲轟隆，顯然是有數以千計的人放蹄飛馳。敵人全露出戒備的神色，人人往對岸蹄聲傳來處望去。

燕飛往宗政良瞧去，他正別頭看往對岸，冷哼道：「荒人送死來了！」又轉回頭來，嚇得燕飛連忙曲膝下蹲，避過他銳利的目光。

宗政良被蹄聲分了心神，再沒心思對眾人作例行檢視，以漢語喝道：「一切依指示而行，你們的任務是保護攔河木柵，以免遭敵人從水裏破壞，清楚了嗎？」

眾人大聲應道：「清楚！」

宗政良喝道：「去吧！」

眾人轟然答應，接著轉朝南方，沿潁水向木柵的方向急步走。燕飛暗呼謝天謝地，忙低著頭跟隨大隊，心中卻在想對岸究竟是怎麼一回事，在如此良好的天氣下，強攻東岸的防線實與送死無疑。想之無益，當務之急，是他必須見到劉裕，告知這裏的情況。

〈卷八〉

第八章◆雷暴之戰

第八章　雷暴之戰

劉裕與卓狂生、宋悲風等人和負責旗號傳訊的女將，策馬馳上東岸一處高丘，邊荒集出現在上游里許處的西岸。自接到慕容戰旗開得勝的喜訊後，他們士氣大振，更拋開敵人會迎擊他們夾岸推進的大軍的憂慮。只見離潁水東岸防線不遠處塵土飛揚，顯然是拓跋儀一軍正展開行動，進一步牽制敵人，令敵人對其他向邊荒集推進的荒人部隊，不敢輕舉妄動，免得顧此失彼。劉裕往對岸望去，心忖照計算屠奉三的先鋒隊伍，該已到達目標位置，只要有半個時辰，便可布成陣勢，站穩陣腳，不怕敵人出擊。

卓狂生望著掛在西天的太陽，點頭道：「儀爺在時間上拿捏得很準確，敵人如不立即追擊他們，天一黑就更無影可追了，姚興和慕容驎是絕不容他們佔據上游的，否則再來個水灌邊荒集，如何抵擋？」

程蒼古嘆了一口氣。方鴻生訝道：「現在諸事順利，有甚麼好嘆氣的？」

程蒼古道：「我在擔心老紅的預言不兌現，那我們今晚恐怕難以入睡，整晚得擔心被人襲營。」

姬別苦笑道：「天氣確實好得離奇，半片烏雲的蹤影也見不到。」

紅子春嗤之以鼻道：「連姬大少你都懷疑我的看天本領？老程可以不說，因爲他曾在賭桌上輸我一次，心中不服，所以來洩我的氣。你姬大少每次出門來問我天氣，我有哪次是猜錯的？」

程蒼古啐啐連聲哂道：「不要往自己臉上貼金了，那次我是故意輸給你，好壯你脆弱的賭膽，這手法叫拋磚引玉，明白嗎？」此時眾人再笑不出來。

宋悲風忍不住問道：「紅老闆有猜錯的紀錄嗎？」

姬別坦然道：「大致上都是猜對的，只是有時下大雨變下毛毛雨，時間上也有差上一天半天的。」

卓狂生頭皮一緊道：「希望這次大雨不要變成毛毛細雨，時辰只差上一個半個，而非一天半天。」

紅子春光火道：「操你們的奶奶，我這次怎都不會丟面子。他娘的！我保證大雨在一個時辰內傾盆倒下來，熱得這麼難受，你碰過嗎？這不但是大雨來臨的先兆，且是罕有的大暴雨。」話猶未已，北方地平看不見的遠處隱傳悶雷的轟鳴，雖微不可聞，卻如天籟仙樂在眾人耳蝸內鳴奏。

卓狂生大喜道：「不但有大雨，且有大雷暴，這次有救了！」

「旗號說甚麼？」馬背上的高彥，目光越過東岸的敵方箭樓，投往聳立邊荒集核心的古鐘樓觀遠台上，敵人的旗手正朝對岸打出變化不停的旗號。三千人馬在離敵人東岸戰線半里外的平野排列陣勢。懂兵陣的人一看便知，這是全攻型的錐行陣式，如利錐狀般的排陣，先鋒軍像利刃的鋒尖切入敵軍，然後以強大的後續部隊撕開敵陣的裂口，擴大戰況。對荒人部隊來說，這當然只是虛張聲勢，但足可鎮懾敵人，令對方不會蠢得捨棄箭樓、石壘、投石機、弩箭車的強大支援，揮騎輕率出戰。

高彥看得額角冒汗，駭然道：「我從未見過這種打旗號的手法。」

拓跋儀依然不露神色，點頭道：「我早猜到姚興有此一著，曉得我們可以從呼雷方那裏學會看他的旗號，又知這是高台指揮的大破綻，所以臨時改變旗號。」

高彥愕然道：「你明知如此還要冒這個險，現在該怎辦好呢？」

拓跋儀欣然道：「你好像不知我們原本是幹那一行似的，當馬賊的如果次次須看敵人的旗號，才知敵人的進退動靜，多十條命也不夠賠。沒有文明的方法，只好用最原始的方法。」接著喝道：「呼風！」

高彥瞪目道：「呼風喚雨？」正不明其所以之際，一名拓跋鮮卑族矮瘦個子的戰士，貓般靈活地躍下馬背，撲到地上，把耳朵緊貼地面。

拓跋儀笑道：「呼風是個人，且是我族最善於聽地的高手之一。當他舉起手打手號時，如果你懂得他的手號，便可知道敵人的人數，從哪個方向來，兵分多少路。明白嗎？」

高彥道：「差點把我嚇個半死，何不早點說出來？我的小命是非常寶貴的，沒有我，老卓肯定少賺很多金子。」

丁宣失笑道：「如果你小命不保，也代表我們完蛋了，反攻大計當然被拖垮，老卓還何來賺多賺少的問題？根本連說書館也沒有了。」

高彥道：「我只是提醒你趁早開溜，如被敵人及時截斷北遁之路，那便要嗚呼哀哉。」

拓跋儀用心觀察半里外的敵人防線，道：「我們必須裝作在別無選擇下，不得不倉卒往北遁逃的樣子，敵人才會中計追來。敵人將會先切斷我們返南之路，令我們沒法與主力軍會合，然後封鎖東撤或北上之路，只有這樣才可以孤立我們。不信的話，你可以看看呼風的手號。」

高彥朝呼風瞧去，這精通地聽之術的高手，正舉起兩手，作出諸般令他難明的手勢，皺眉道：「他在說甚麼？」

丁宣代拓跋儀答道：「他說最先抵達是敵人一支繞往我們南面，約一千五百人的騎兵隊，離我們只里許遠，另有兩支敵隊亦全速趕來，一隊直撲我們後背，另一支堵住我們往北的進路。」

高彥大吃一驚道：「還不立即開溜，待在這裏等死嗎？」

拓跋儀笑道：「如我保不住你的小命，如何向小白雁交代。看！前面的敵人也已準備就緒了！」

高彥朝前方瞧去，敵陣內集結了三隊騎兵，正待命出擊，看得他膽怯心寒，但再不好意思催拓跋儀開溜。左右的拓跋族戰士沒有人露出半分恐懼神色，人人從容冷靜。

瞬間呼風從地上跳起來，飛身上馬。拓跋儀大喝道：「走！」尖錐陣立即改變隊形，變得散亂無章，然後亡命朝北方放馬馳去。南面的敵騎恰於此時現身，旋風般捲來。敵陣號角聲起，陣容整齊的三隊敵騎越線而出，往他們殺來。

屠奉三立在潁水西岸，遙觀東北角的天際，讚嘆道：「果然是氣數未盡。」旋又向左右解釋道：「這場大雷暴若早來半個時辰，陰奇埋伏的人馬便沒法使用火器，兼之視野模糊，威力當然大減。雷雨卻也是來得恰是時候，重挫敵人後，雷暴會癱瘓一切，卻又是我們破欄闖水道的天賜良機，只要撞斷對方四道浮橋，我們便可以展開攻佔東岸的行動，敵人縱有龐大兵力，也只有欲哭無淚地坐看而無法插手。這叫天公造美。老紅有眼光，我們是有福分。咦！」

眾人隨他目光往潁水瞧去，只見一道黑影破水而出，往他們投來。左右親兵大駭拔出兵器。屠奉三及時制止道：「不要妄動，是自己人。」

身穿灰褐色牛皮水靠的燕飛，身上滴著水，落在眾人身前，回頭瞥一眼在東北天際地平邊緣處翻騰的黑雲，從容道：「我有新的破敵大計。」

高彥在這樣的情況下，發揮的本事是無人可比的。因他對邊荒集潁水東岸的地形瞭如指掌，有他在最前方策騎引路，領隊詐逃，每每能選擇最佳的路線，卻又能令左右兩方攔截的追兵不得不繞路追趕，屢誤時機，當荒人隊伍把追兵全撇在後方，誰都曉得勝券在握，此行任務已度過最要命的難關。高彥領著眾人亡命飛馳，穿林過野，前方平地處忽然冒起一座小丘，林木茂密，正是陰奇和五百伏兵藏身之處。高彥忙放緩馬速，就那麼從山丘東面繞過去，拓跋儀等三千戰士潮水般越過疏林區，追在識途老馬的高彥後面。後方三路追兵已會合爲一，正在數千步後快馬加鞭趕來，另一批追兵則落後在不到半里外。蹄聲震天撼地，充滿戰場無情殺戮的況味。

在敵人完全猝不及防下，小丘上驀地射出數百枝火石毒煙箭，箭雨般往氣勢如虹的追兵投去。拓跋儀的三千戰士則一分爲二，千五人繞過山丘從另一邊馳回來，就在馬上彎弓搭箭，朝被捲入濃重毒煙、戰馬慘嘶失蹄的敵騎狂射。另一隊千五戰士，則收韁回馬，於毒煙籠罩的安全距離外以勁箭反擊敵人。敵人慘中埋伏，立告崩潰，亂勢迅速擴展，加上陰奇的埋伏兵從小丘的叢林撲出來，以強弩勁射，人仰馬翻下，敵人潰不成軍，四散奔逃。後至的一軍，見勢不妙，又弄不清楚究竟有多少人埋伏，忙倉皇撤走，只恨馬兒跑得不夠快。「砰！」電光撕裂天空，奔雷爆響，荒人久候的及時大雨，終於降臨大地，肆虐施威。

暴風雨來得非常突然，守集的敵人固是給淋個措手不及，即使早有準備的荒人部隊亦非常狼狽，中止了一切行動，躲到臨時豎起的營帳去，還要和欲把帳幕掀翻的狂風搏鬥拚力。開始的時候先是一記暴雷，震得人耳欲聾，接著空氣的流動像完全停止了，東北荒原上的天空，湧起一堵濃厚烏黑翻滾不休的雲牆，大風則由四面八方吹來。首先遭殃的是古鐘樓上的旗幟，瘋狂的拂動著，其中一枝更抵受不住風力折斷。然後風從烏雲蓋頂的一方吹來，忽然間天地陰暗下去，彷如黑夜提早降臨，整個天空烏雲遍布，再是幾道駭人的電光，破空而下，轟雷在離地面近處爆響，震得敵對兩方人馬膽戰心驚。不論你武功如何強橫，在大自然的天威下，最了得的人也感到自己的渺小和無助。成平行條狀的暴雨，風驅電掃地從東北來臨，無情地向大地傾瀉，抽打著昏暗迷茫的荒原和城集。

雷雨中唯一受益的，是江文清指揮的十二艘雙頭戰艦，趁河水因雷雨暴漲前，張開風帆，調整角度以接收從東北吹來的狂風，配以從船側伸出來的船槳，人力加上巧妙地利用風力，艦隊破浪前行，直朝兩道攔河木閘衝去。昏暗的天色、閃滅不停的雷電、傾盆而下的大雨，令人的視野在數丈外已變得模糊不清。江文清立在指揮台上，任由風吹雨打，仍堅持到底的指揮戰艦逆流挺進，借戰艦不住拐往西北的動作，乘風勢加速，一艦當先的朝邊荒集疾衝過去，盡顯她老爹傳授的逆水和半逆風的操舟奇技。她再不害怕夾岸箭樓的攻擊，因爲大雷暴已癱瘓敵人的防禦力。在如此敵我難分的情況下，敵人再沒法憑火箭投石作出有效的攻擊。她更不擔心能否撞破木柵。因爲燕飛和包括呼雷方、程蒼古、費二撇和卓狂生等在內的五十名精銳高手，已在一刻前潛達木柵的水段。憑他們的身手，可在短時間內收拾敵人在水裏的守衛，同時對木柵作手腳。

驀地木柵出現在波浪洶湧的河道前方，高出水面約半丈，兩岸在滂沱大雨裏迷茫一片，只隱約可見到兩座石堡的輪廓。一幢幢的戰樓，像在風雨裏飄搖的幽靈。「轟隆！」閃電劃破風雨。木折聲響起，江文清的帥艦摧枯拉朽般連續撞破兩重攔河木柵，進入敵人勢力範圍的河區。大江幫戰士們從保護戰船兩側女牆的弩孔，以強弩射出勁箭，分向兩岸正狼奔鼠竄、陷入狂亂的敵人射去。敵人的指揮系統在狂暴的雷雨下已不能運作，令整個防禦線失去整體作戰的能力，不但互相間難以呼應，且沒法向上游的戰友示警，處於各自抗戰的劣勢，只能作零星的反擊，對長驅直上的十二艘性能優越的雙頭艦再構不成威脅。事實上江文清一方的戰士也沒法在暴風雨裏分辨目標，不過卻勝在只須朝對方的箭樓、投石機和弩箭車發射弩箭就成，而目的亦不在殺敵，只要能令敵人大亂，削弱敵人的攻擊力便足夠。

對付戰船最厲害的法寶莫過火箭，在如此大風雨下，火箭卻全無用武之地。「砰！」一石塊擊中江文清帥艦的船首，亦只造成輕微的損毀。「轟！」帥艦勢如破竹的撞毀第一道連接兩岸的浮橋，速度不改的繼續前進。視野所及兩岸的敵人亂成一團，四散躲避船上射出的勁箭，雙頭艦隊已控制了主動，敵人再沒有還擊的能力。當敵人發覺戰船駛至，已失去先機，只餘挨打的分兒。「轟！」第二道浮橋從中斷折，旋被愈趨暴烈的河水沖往下游，更添戰船破關的威勢。

此時燕飛和一眾換上了敵人水靠頭罩的兄弟，從潁水最接近東門的位置登岸，趁天昏地暗、雷雨交加、視野不清，敵人忙於應付入侵艦隊的當兒，渾水摸魚的進入東門。把守東大街數重關卡的敵方守衛，早躲進兩邊樓房內躲避雷雨，雖然見到他們數十人擁進來，還以為是先前到潁水的那批水兵，均不以為意。眾人重返老家，都有恍如隔世的欣喜感覺。燕飛感覺到再沒有人注意他們時，領眾人轉入一條窄巷，躍上屋頂，逢屋過屋。當從後門進入豐盛海味時，大家都曉得潛入邊荒集的妙計得逞，現在等待的就是大雨過後，紅子春預測的濃霧降臨邊荒集。

風勢收斂，雷電漸歇，大雨仍是嘩啦啦的從昏黑的夜空倒瀉下來。劉裕呆立岸邊高地上，陪伴他的只有宋悲風，其他人全躲進帳篷裏避雷雨。他清楚地感到生命的轉捩點，隨著這場罕見的大雷暴，已以最特殊的方式來臨，而他的命運亦因此與所謂的「天命」掛鉤，至少在別人眼中，他本是卑微的命運再不卑微。他分不清臉上掛著的是淚珠還是雨水，大雨令他渾身濕透，徹骨的寒涼是唯一使他感到自己存在的因素，令他保持一點清明，不致完全迷失在痛苦的追憶裏。從壽陽回來後，他一直壓抑心底裏因王淡眞服毒自盡而來的悲苦，可是在這雨淚難分的雷暴裏，挾著大勝可期的激動，他把心中的悲傷盡情釋放。宋悲風並沒有勸止他，只是默默伴隨，履行他貼身保護自己的承諾。

他現在甚麼都辦不到，視野也難及遠，現正在邊荒集發生的事，像在遙不可及的天涯海角、在他感官之外進行著，唯一把他和邊荒集的戰事連結起來的，是左方狂流洶湧的穎河河水。假設一道突如其來的閃電把他擊死，是否是最大的諷刺呢？他的痛苦會不會從此休止？又或開始另一個新的生命，與王淡眞再續未竟之緣。急雨嘈嘈的天地逐漸安靜下來，風勢開始減弱，但看情況大雨仍會持續一段時間。劉裕在心中告訴自己，這是最後一次爲王淡眞失去控制。他要以屠奉三、慕容戰等人作榜樣，學習如何做一個冷酷無情的戰士。只有這樣，他才可以在離開邊荒集後繼續生存，邁向目標。

燕飛透窗看著完全籠罩暴風雨下的鐘樓廣場，默然無言。廣場上不見一人，各式重型武器在肆虐的風裏變成幢幢黑影，像一頭頭俯臥的怪獸，隨時可起而張牙舞爪。

卓狂生來到他身旁，目光投往屹立在大雨迷茫裏的古鐘樓，雙目露出深刻的感情，喃喃道：「我從未想過古鐘樓可以變得這麼醜陋，除加建地堡外，還以鐵板封閉了所有窗子，密不透風。」

紅子春來到燕飛另一邊，道：「肯定大霧接踵而至，水氣已開始聚結。」

程蒼古在燕飛身後道：「我們必須在雨停前決定何時下手，如錯失時機，難度會倍增。」

卓狂生道：「如能順利進入古鐘樓，將是最為理想。」

眾人全換上羌兵的裝束，不過仍沒有把握單憑口令進入古鐘樓。剛從樓上下來的費二撇道：「我們必須於邊荒集回復秩序前動手，若門路不通便來個強攻，只要能躍上石堡頂上，便可以鉤索攀上鐘樓，再從上攻下去，可能佔領了鐘樓敵人仍懵然不知。」

卓狂生道：「如此我們更應趁雨勢未歇前動手。小飛你有甚麼好主意？」

呼雷方此時加入他們，其他兄弟在採花居大堂內待命，門外的守衛不知躲到哪裏去了。夜窩子的大部分樓房都亮起燈火，可是他們這幾幢用來放置物料的樓房仍是黑沉沉的，加上廣場上的火把全被淋熄，還有風雨未停，這樣的環境正提供了他們最佳的掩護。但當一切回復正常，他們唯一能藏身之處便是地道。先不說他們絕不可能在會悶死人的地道待很久，只要敵人發覺西瓜皮炮被動了手腳，又或有人對他們這批臨陣溜回來的水兵生出疑惑，肯定有人來搜查地道的秘密。所以地道已失去效用。燕飛目光移往石堡頂的城垛，露出思索的神情。

呼雷方道：「我熟悉姚興軍隊的情況，現在既有口令，只要找個借口，我有方法騙堡內的人開門。」

紅子春回頭瞥一眼那幾筐箭矢，道：「就詐作送箭去如何呢？」

程蒼古老謀深算，聞言皺眉道：「好像有點問題，裏面該已有足夠的箭用，怎會在這下雨的當兒忽然送箭去呢？」

紅子春焦急的道：「快點想辦法，天上的烏雲開始散了！雨快停了！」

燕飛沉聲道：「我多次低估了敵人，所以不希望再次犯錯，致功虧一簣，還要飲恨古鐘場。」

眾人大喜，曉得他想出辦法。卓狂生道：「你想到了甚麼呢？」

燕飛道：「敵人只要封閉石堡各層間的石階通道，任我們三頭六臂，也沒法佔據鐘樓，到時敵人從四面八方來援，我們只有力戰而死。所以強攻應是行不通的。」

呼雷方道：「然則我們憑甚麼騙對方打開那道大鐵門呢？」

燕飛道：「那要看是誰在高台上主持大局，假如是姚興或慕容驎本人，又或次一級的如宗政良或狄伯友，我們甚麼借口都行不通，因為一切只能由他們去決定，我們如何可以假傳他們的意旨闖關？」

程蒼古點頭道：「現在這四個小子，肯定至少有一人在樓內避雷雨，不過雨停後，他很有可能會走出來，好趕往碼頭區去看看劫後的情況。」

費二撇同意道：「對！留在觀遠台也沒有意思，大霧將令他變成瞎子。」轉向燕飛道：「你有甚麼妙計呢？」

對佔領鐘樓，荒人是志在必得，且為成敗的關鍵。敵人接二連三的失利，受到重挫，士氣鬥志被大幅削弱，如古鐘樓忽然失陷，將進一步從內部動搖守軍的軍心，更可以居高臨下的控制整個廣場，射殺任何進入廣場範圍的人，使對方空有大批重型守城武器而不能用。此時集外的荒人大軍全面進擊，於大霧漫天之際，守軍不大亂才怪。

燕飛道：「古鐘樓下方新建的石堡上，等於外圍的護牆，牆頭上理該放置幾台投石機或弩箭車方才合理，可加強古鐘樓的防禦力。這個借口如何呢？」

呼雷方動容道：「這是我們現在能想出來的最佳借口，因為對方必須開門讓我們進入堡內，登上石堡的牆頭，方可以研究如何把武器吊上去。」

卓狂生盯著大門，道：「管你是老姚或小驎，快給我滾出來。」

燕飛道：「我們先做點預備工夫，把六罐『盜日瘋』藏在箭筐裏，一併運去。如果此行失敗，便返回採花居，再憑『盜日瘋』製造混亂，殺出東門，從潁水逃走。」

費二撇道：「我立即去辦。」轉身去了。

燕飛向呼雷方道：「你可知在姚興軍中，如有這樣的任務，誰是最該負責的人呢？」

呼雷方道：「應是一個叫呼延任的先鋒將，他曾多次和我接觸，向我查問邊荒集防守上的部署問題。我可以模仿他說話的聲調和神態，隔著門該分辨不出來。」

卓狂生欣然道：「還是小飛想得周到，如此可大增成功的機會。」

紅子春機警地道：「有人出來了！」

眾人用足目力，透過風雨朝古鐘樓望去，只見大門洞開，十多人擁了出來，帶頭者赫然是姚興。樓內的燈火映照下，對方的幢幢黑影投射在門外雨中的廣場上，景象有種說不出的迷茫況味。燕飛的眼力最銳利，看到臉色陰沉、再無復先前趾高氣揚模樣的姚興，領著手下有點垂頭喪氣的冒雨朝東大街奔去，目的地該是碼頭區。姚興已失去了一貫的自信，只要他們能奪得鐘樓，多踩他一腳，且是致命和無法挽回的一擊，姚興的鬥志將會崩潰。戰爭就是這般無情，雙方都不擇手段、無所不用其極的去打擊對方，避免淪爲失敗者。

燕飛淡淡道：「如能讓樓內守衛看到我們從東大街的方向匆匆趕至，樓內的人會更相信我們是奉姚興的命令，來加強鐘樓的防禦力。」

呼雷方讚道：「好主意！時機難得，我們立即行動。」

慕容戰領著五千戰士，穿上由荒人婦女縫製的斗篷蓑衣，冒黑越過大雨漫空的原野，與位於潁水西岸，離邊荒集只有半里的屠奉三部隊會合。慕容戰並不明白突然改變計畫的原因，但小軻帶來屠奉三的令箭，使他毫不猶豫地依令行事。屠奉三派人安頓騎隊，然後領慕容戰來到前線的高地，遙觀邊荒集的情況。慕容戰發覺對岸的劉裕部隊，正朝上游緩緩推進。

屠奉三扼要地向他解釋了當前的最新情況，然後道：「形勢既變，我們再不用非攻入東大街不可，在戰略上更趨靈活，所以改變先前的計畫，集中全力從南北兩方對碼頭區狂攻猛打，摧毀敵人反抗的意志和力量。」

慕容戰掩不住喜色的欣然道：「這是最好的消息，假設燕飛的高手團能成功奪得鐘樓，將可以癱瘓敵人的指揮系統，動搖敵人的軍心，令敵人再無可恃之勢。」

屠奉三道：「我們正等待鐘樓報喜的鐘音，立即配合大舉進攻。想想吧！只要我們成功佔領敵人的糧倉小建康，敵人除了撤退還有甚麼辦法呢？」

慕容戰道：「大小姐已切斷潁水兩岸的聯繫，東岸的戰線變得孤立無援，根本守不住。當東岸落入我們手上，姬大少的投石機和萬火飛砂神炮便可以發揮無窮的威力，從東岸隔岸狂攻西岸敵人的防線，大小姐的艦隊，則可順流而下，在適當時候，突然施襲，從水上登岸攻打小建康。」

屠奉三點頭同意道：「敵人已失去潁水之險的憑依，且失去了主動權，當大霧降臨時，他們只餘挨打的局面。姚興和慕容麟若是聰明人，該及早知難而退，否則將後悔莫及。失去了鐘樓，敵軍等於要穴被制，根本無法運氣用勁。」

慕容戰有感而發道：「我們又回來了！」沒有人比荒人更明白邊荒集對他們的意義，失去了邊荒集，等於失去了一切。

屠奉三道：「我有信心燕飛等人可奪得古鐘樓，讓我們把這可能性通知每一位兄弟姊妹，讓他們曉得古鐘聲響所代表的意義，那是勝利的快樂鐘聲，再沒有任何力量能阻止我們重返家園。」

呼雷方領頭，後面跟著的是燕飛、卓狂生、程蒼古、費二撇、紅子春等五十多個兄弟，以整齊的隊形、急促的步伐，攜帶著六罐「盜日瘋」，從東大街方向朝古鐘樓奔去。古鐘樓在雨裏透出暗弱的燈火，於昏黑的廣場核心處，就像大海中孤聳的燈塔，遺世獨立。眾人感到樓內的守衛正透過箭窗孔注視著他們，對此他們只有暗自偷笑。即使用劉裕常設身處地的思考方式，樓內守衛也萬萬想不到這麼一隊穿上自己人服飾，大模大樣從東大街奔來的隊伍竟是敵人冒充的。呼雷方領著眾人直奔至地堡緊閉的大鐵門前，拿起門環，重重叩了三記，聲音轟傳廣場壯闊的空間。

驀地觀遠台上有幾個頭探出來俯視他們，其中一個顯然是頭子，喝下來道：「甚麼事？」

由於仍下著雨，台上的火把都熄滅了，敵人離地逾十五丈，所以呼雷方欺對方看不清楚，大膽地以羌語回應道：「你幹甚麼的，看不到是我呼延任嗎？太子殿下有令，敵人攻打在即，必須全面加強夜窩子的防禦，石堡上亦要加裝八台弩箭車，快滾下來接令。」

卓狂生在旁邊低聲提醒道：「口令！」

呼雷方忙補充道：「聯軍必勝！」

高台上那羌人軍官應道：「荒人慘敗！呼延將軍請稍候，我立即下來。」

眾人緊張起來，成功失敗，便看此刻。事情容易得出乎他們意料。人人目光落在緊閉的大鐵門上，心想的都是這扇門對他們的意義，成敗竟繫於一道鐵門上。燕飛的擔心是有道理的。敵人已將古鐘樓改裝，看得見的是以鋼板封閉了議堂的所有窗子，看不見的地方當然也做了手腳，只要在通往聖鐘一層的石階出口，加設可開闔的鋼板，便可切斷上下的來往。使他們難竟攻佔整座古鐘樓之功。只佔據觀遠台和盡佔整座連地堡的古鐘樓，在防守上的難易確有天淵之別。

程蒼古忽然驚呼道：「不好！」然後伸手比畫大鐵門正中處。眾人猛然醒覺過來，原來大鐵門正中稍高處有道方形的接痕，顯然是仿牢門般可以打開一個小窗，不用開門便可以面對面說話，又或傳遞手令文件一類的東西。眾人都感心亂如麻，一時間手足無措。只要裏面的人看清楚呼延任是呼雷方冒充的，他們就只有強攻而入。燕飛人急智生，低喝道：「點火！『盜日瘋』伺候。」同時抬頭往上望去，本向下望的敵人已縮頭回去，當是去除了戒心。眾人看看小鐵窗的大小，剛好可塞入一罐「盜日瘋」，及時醒悟過來，連忙動手腳。

小鐵窗傳來異響，有人拉開來。呼雷方適時的轉身，背向小鐵窗，以呼延任的神態聲調喝道：「你們待在那裏幹甚麼，還不給我送八台弩箭車過來。」卓狂生「唰」的一聲燃著火摺，俯身擋著雨水，於小鐵窗內那人目光不及處，插入費二撇開了封的「盜日瘋」罐子內去點火。燕飛、紅子春分別掏出藏在懷內的索鉤，準備就緒。

窗內那羌人軍官叫道：「呼延將軍！」呼雷方倏地轉過身來，面向小鐵窗。窗內那人一呆道：「你是誰？」呼雷方笑道：「是你的索命神！」那人露出驚駭又迷惑的神色，正要張口高呼，劍光一閃，燕飛蝶戀花出鞘，以肉眼難看清楚的速度，破小門窗而入。卓狂生早閃到門旁，把開始冒出濃煙的「盜日瘋」丟進去，旋即傳出陶罐碎裂的響聲。

燕飛在那人倒斃門內前，已騰身而起，踏足石堡的牆垛上，索鉤飛出，掛在古鐘所在的樓層，以迅捷無比的身法，登上古鐘樓。卓狂生等紛紛追隨其後。此時毒煙已開始從石堡的各處供射箭用的孔隙溢出來，咳嗽和慘哼聲響徹石堡內，可見「盜日瘋」的威力。燕飛搶到石階通道處，立即心叫好險，下樓處確實加設了鐵蓋，幸好此時打了開來。燕飛向後朝諸人打個手勢，立即兵分兩路，燕飛和卓狂生兩個武技最強橫的人，冒著開始湧上來的毒煙往下殺去，目標是底層的大鐵門，好讓門外的兄弟進來。紅子春、呼雷方、費二撇和程蒼古則往觀遠台殺上去，以清剿上方的敵人。雨勢終於變小，毛毛細雨緩緩從天降落，大霧開始攏聚，邊荒集一片蒼茫。

姚興、慕容驎、狄伯友、宗政良等人，及二十多名羌族和鮮卑族的將領，聚集在東門外潁水岸旁，人人神色凝重。大霧籠天罩地，河岸區已燃著所有火炬，可是亮光像被局限在一個有限的空間內，燈火外數百步處便是一片迷濛。在對岸水霧迷茫的遠處，隱見綠色、黃色和紅色的芒點在高處移動，顯示荒人早有準備，利用竹竿木枝一類的東西撐起特大的霧燈，以燈號指揮軍隊的進退，正在布陣調兵，準備強攻東岸的防線。眼前情況令他們感到顫慄，難道雷暴和接踵而來的濃霧，早在荒人計算中，所以能配合天時，對邊荒集發動反攻？

姚興沉聲道：「我們沒法守得住東岸，與其眼睜睜的看著荒人逞威風，倒不如拆掉箭樓，把人馬全撤回這邊來。」

慕容驎皺眉道：「敵人發動在即，我們只有十多條木伐，趕得及嗎？」

姚興勉強振起精神，道：「先把人撤回來，來不及搬的裝備便推進河裏去。」轉向狄伯友道：「伯友！此事交由你負責。」狄伯友目光投往河道裏正翻騰沖奔的激流，面露難色，欲言又止，終無奈地領命去了。

慕容驎道：「我們初戰雖接連失利，事實上折損輕微，不論裝備和人手，仍遠勝敵人，所以只要我們安定軍心，守穩陣腳，一切依已擬定好的計畫行事，如能挺過今晚，勝利必屬於我們。」眾將轟然應是。

姚興點頭道：「現在荒人擺明是要從碼頭區突破我們的防線，我們便如他們所願，把防守線後移，加強小建康和東門的防禦力，荒人如要以戰船運兵登陸強攻，我們便殺他們一個片甲不留。」

宗政良道：「在現今的情況下，西瓜皮炮可以大展神威，只要用投石機擲往對岸及正沿潁水從南面攻來的荒人，可以造成對方重大的傷亡，令荒人避無可避。到天明後，我們便可以雷霆萬鈞之勢，先收拾這邊的荒人，我不信荒人能抵擋得住。」

慕容驎道：「好主意，立即把西瓜皮炮開封運來。」身旁一將領命去了。

姚興道：「現在我們最大的問題是視野不清，難以掌握敵人調動的情況，既沒法發揮高台指揮的戰術，且要防守的戰線太長。我認爲必須把重兵集中在夜窩子和河岸區，如此將更有和荒人打硬仗的把握，不致兵力過度分散，爲敵所乘。」

慕容驎道：「同意！此仗我仍有十足把握，荒人現在似是氣勢如虹，事實上卻是強弩之末，其火器、箭矢都不足以支持一場夜以繼日的攻防戰。哼！我們放在廣場的重武器該是出動的時候了，便讓荒人嘗嘗它們的滋味。」

姚興正要發令，去張羅西瓜皮炮的將領氣急敗壞的回來，惶恐的道：「西瓜皮炮全給人拔去引信，沒法點燃。」眾人無不色變，聽得面面相覷。

宗政良脫口叫道：「燕飛！」

姚興大怒道：「對！燕飛肯定仍在集內。」

「噹！」鐘聲傳來。眾人和整個河岸區的守兵，人人放下手上的工作、停止了說話，翹首朝古鐘樓的方向瞧去，看到的只是迷茫的濃霧。「噹！」荒人的聖物古鐘傳來第二聲鐘響，直搗進守軍每一個人的心底裏去，撼動他們的魂魄。一時間包括姚興等帥將在內，沒有人掌握到發生了甚麼事。驀地喊殺聲起，分別從對岸和潁水下游西岸的方向傳來。鐘聲代替了荒人進攻的戰鼓，卻比任何鼓音更能激勵荒人的士氣，同時動搖守軍的鬥志和信心。

燕飛從觀遠台擲出最後一罐「盜日瘋」，毒煙混合濃霧，令古鐘樓周圍八百多步以內的廣場全被毒煙籠罩。樓內的敵人全被殲滅，整幢石堡已在他們的控制下。樓內仍充滿毒氣，他們取出長弓勁箭，於石壘頂、鐘樓層和觀遠台布防固守，即使能闖過毒煙來攻的敵人，也要飲恨在他們居高射去的勁箭下。最妙是夜窩子的敵方守軍，到此刻仍弄不清楚發生了甚麼事，登時亂成一團，沒法組織有效率的攻勢。荒人部隊的進犯更進一步動搖了敵人軍心。

「噹！」負責撞鐘的卓狂生向著觀遠台喝道：「第七響了！呼雷方準備。」觀遠台上的呼雷方取出號角，湊到唇邊，緊張地等待著。

旁邊的程蒼古道：「放輕鬆點，就當是到青樓忽然興起吹一曲助慶吧！」

呼雷方嘆道：「你們不要全都死盯著我看好嗎？」

紅子春啞然笑道：「別忘記，你是邊荒集一個大幫的龍頭老大，要威風一點。」

費二撇笑道：「緊張是有道理的，現在想看遠點也不成，根本不知毒煙霧外的世界發生甚麼事。」

「噹！」撞鐘第八下。紅子春道：「幸好卓瘋子不在此處，如給他看到，把你現在的情況寫進他的天書去，你會千秋萬世的留下蒙羞的污點。哈！」

燕飛莞爾道：「這個呼雷當家可以放心，我敢保證老卓會把你寫得威猛不可一世，吹出的號聲震動著邊荒的每一個角落，而敵人則聞號魂飛魄散，立即崩潰。」

大笑聲中，第九下鐘聲響徹邊荒集。呼雷方把號角湊上唇邊，「嘟嘟嘟」的吹奏起來，清越的號角聲，穿越毒煙和濃霧，傳向無盡水霧迷茫的遠處。

萬火飛砂神炮從三十台投石機上一個接一個彈起，向東岸的陣地投去，有些未著地便已火發罐破，爆開千百點火星，每個波及的範圍達二十多步之廣，然後毒煙襲擾敵人，對方既視野不清，根本避無可避，擋箭車也起不了擋禦的作用，登時潰不成軍。事實上此時東岸防線的敵人兵力，仍在荒人一倍以上，壞在濃霧遮了守軍的眼目，兼且被鐘聲擾亂了軍心，使守軍失去了鬥志。就在鐘聲仍餘音嫋嫋之際，古鐘樓上傳來羌軍撤退的號角聲。守軍哪還有抗戰之心，開始時只有十多人掉頭跳入水中，冒險泅過對岸，接著是大批人沿潁水朝北面逃亡。亂勢一發不可收拾，敵人棄箭樓捨地堡的往北逃去。

劉裕一聲令下，荒人向潁水全速推進。劉裕和姬別並騎前進。前者瞥後者一眼，訝道：「你臉上究竟是霧水還是淚珠？」

姬別激動得熱淚盈眶，道：「我本以爲永遠回不了邊荒集。唉！他娘的！是否該打燈號召我們的無敵艦隊回來呢？」

劉裕從容道：「尚未是時候，等用完我們剩下的萬火飛砂神炮，就差不多了！」

在呼雷方吹奏出敵人撤退的斷魂曲前，屠奉三和慕容戰早追著敵人來打，起初只以萬火飛砂神炮、火石毒煙箭瓦解守軍的鬥志，狂攻河岸區和南門。到敵方守軍節節敗退，便從近距離以強弓勁箭殺傷敵人。在大霧瀰漫的情況下，守軍既看不清攻集荒人的虛實，固守陣地箭坑反成目標明確的箭靶，加上一下接一下的鐘聲一點一滴的削弱他們的鬥志。在恐懼夜窩子已經失守的嚴重心理威脅下，守軍失去了頑抗招架的能力。到撤退的號角聲響起，負責守南門的羌軍不理眞假，爭先恐後往北門撤走。原本無懈可擊的防禦線立時出現缺口，慕容戰的五千騎兵，立即像缺堤的洪水般湧往南門，摧毀拒馬，長驅而入。

守衛河岸區的鮮卑軍見勢不妙，亦往後移。屠奉三掌握時機，加重敵人的壓力，緩慢而步伐穩定的朝東門方向挺進，拆除一切擋路的障礙。此時劉裕的荒人部隊已佔據東岸陣地，再把投石機推至岸邊，隔岸以萬火飛砂神炮投擲敵人西岸的陣地，一時毒煙瀰漫，逼得敵人退往集內的第二重防線。姚興和慕容麟再沒法有效控制軍隊。在城集的攻防戰裏，只要被進攻者突破一個缺口，牽一髮而動全身，可引致大混亂，何況是南面戰線的全軍崩潰。從南線敗退回來的軍隊，其影響像漣漪般擴展，波及全集的守軍，小混亂變成大混亂，兵敗如山倒下。守集的敵人更是踟躕不前，不敢衝鋒陷陣，只餘個別的將領指揮手下力圖挽回敗局。

驀地戰鼓聲震天動地而來，由遠而近。原來是十二艘曾大顯威風的雙頭艦去而復返，十二艘艦上的鼓手拚老命打著戰鼓，載著拓跋儀和他的三千戰士，順流而至，泊往小建康外的碼頭，在船上箭手連續不斷射往敵人的勁箭掩護下，棄舟登陸，強攻入小建康去。守軍至此全面潰敗，包括姚興和慕容驎在內，人人望風而逃，棄甲曳兵亡命朝北退走。邊荒集終於重入荒人之手。

桓玄策騎沿大江奔馳，緊追在身後的是以乾歸為首的數十名親兵，他今早忽然興起到八嶺山打獵，回城已是日落西山的入黑時分。江陵城矗立前方。江陵城不但是美麗富饒的江漢平原上最宏偉的城池，且是長江中游最重要的軍事重鎮，在任何一方面都能與建康相媲美而毫不遜色。而其處於建康上游的優越地理位置，更令它在軍事上佔盡優勢。自晉室南渡後的荊揚之爭裏，只有荊州軍攻打建康軍的分兒，從來沒有建康軍逆流攻打荊州。對江陵桓玄有著深刻的感情。江陵既是他的出生地，也是桓氏世代盤據的地方，他的少年時代就在此度過，也因此他迷上了荊楚文化。遙想春秋戰國時期，楚王為了盡覽長江勝景，於此設置別宮。只要想像著當年的盛況，浩瀚的江水在別宮前滾滾東流，桓玄便感到心迷神醉。楚人最後以亡國告終，在鬥爭的過程裏，國都不保，於楚頃襄王時被秦將白起拔郢，楚都被逼東遷，別宮所在之地遂成為郡縣的治所。秦設南郡，漢置江陵縣，江陵城的得名就是由此而來。

這幾天他心緒特別不寧，每多感觸，今早他忽然感到需要離開江陵城一會兒，可是回來看到江陵城，心中又湧起一股連他自己也有點弄不清楚，究竟是怎麼一回事的情緒。難道竟是為了王淡眞？唉！以他一貫的作風，如何動人的美女，相處過一段日子便會感到厭倦，問題在王淡眞卻是在他興致最濃的要命當兒，自了生命。一朵高門大族最艷麗的名花，就在盛放的時刻不辭而去，即使以他的鐵石心腸，也有些兒受不了。從沒有一個女人能像王淡眞般打動他的心。假如王淡眞是最令他心動的美女，任青媞便是他所遇女子中最難測的女人。此女令他感到撲朔迷離。他能與兩湖幫結盟，全賴她代表逍遙教在中間穿針引線。他當然曉得她在利用他，目的是想要在南方呼風喚雨。可是仍不由自主被她吸引，在她身上他看到自己的影子。逍遙教因任遙之死敗亡後，她忽然又來找他搭關係，獻上行弒司馬曜的詭計，正中他下懷。不過他仍不明白她。他曉得此女正不住引誘自己，可是直到今日她仍沒有主動的投懷送抱，還堅持她仍保留處子之身，確教人難解。她不是任遙的女人嗎？她與任遙究竟是甚麼關係呢？王淡眞抵達江陵後，她便失去蹤影，此女是否因妒生恨，離開自己？

桓玄放緩馬速，召乾歸趕上來。乾歸恭敬的道：「南郡公有何吩咐？」

桓玄若有所思的道：「你聽過『大意失荊州』的故事嗎？」

論武功，乾歸是一等一的高手，談歷史卻非其所長，怎比得上桓玄的文武全才。謙虛的道：「屬下並不清楚此事。」

桓玄道：「三國之時，劉備向孫權借得荊州，再以荊州爲據地，向西發展，建立蜀國，形成魏、蜀、吳三國鼎立之勢，卻不肯把荊州歸還東吳，還派出大將關羽鎭守江陵城。」

乾歸點頭道：「關羽確實是當時了不起的英雄好漢。」

桓玄冷笑道：「關雲長確是一代名將，但爲人驕傲自負，因看不起別人而輕敵大意，根本不把東吳軍放在眼裏，逕向襄樊的魏軍進攻，被東吳軍乘虛奪取江陵城，最後更中伏被東吳軍擒殺。」

乾歸大感受寵若驚，想不到桓玄會向他吐露心事。更明白桓玄是借這個故事來道明他現在的處境和策略。建康軍好比當時的東吳軍，而桓玄的形勢就與蜀國相似，所以桓玄暫時容忍殷仲堪和楊佺期，就是怕建康軍乘虛而入。桓玄在等待機會。

桓玄再沉默片刻，道：「你聽過近日在南方廣爲流傳的謠言嗎？」

乾歸道：「南郡公指的是否關於劉裕一事，此爲荒人故意散播的謠言，南郡公不必放在心上。」

桓玄雙目殺機大盛，沉聲道：「可是此事對我的聲譽損害甚大，只這一項，荒人便罪該萬死，我也絕不容劉裕活下去，四處以謝玄繼承人的身分招搖撞騙。甚麼繼承人，謝玄又沒有當上皇帝，有甚麼資格弄個繼承人出來。」

乾歸道：「只要南郡公點頭，不論劉裕躲在甚麼地方，我也有辦法令他橫死街頭。」

桓玄道：「劉裕該不難收拾，問題在燕飛，最近他曾到兩湖幫大鬧一場，以聶天還的刁滑，仍奈何他不得。」

乾歸似乎不把燕飛放在心上，道：「請南郡公將此事交給我全權處理。」

桓玄點頭道：「就這麼決定，切不可像關羽般輕敵大意。」一夾馬腹，領頭衝進剛放下吊橋的江陵城去。

荒人能二度重奪邊荒集，是個連荒人們本身也是直至夢想成爲事實，方敢相信的奇蹟，令荒人歡欣如狂，歌舞達旦，尤其是敵人遺下大批物資糧食和武器，邊荒集又大致保持完整，且多了數十座箭樓石堡，大增荒人的安全感，更堅定荒人將邊荒集回復興盛的信心。這場仗打得既漂亮又迅快，比對起戰爭的規模，陣亡者不到百人實是了不起的數字。慕容戰和拓跋儀率領六千兄弟，追擊敗軍五十多里，再殺敵逾二千人，這才班師回集，只可惜讓姚興等主要將帥借霧脫身，逃返北方。

三天後大霧終於散去，邊荒集雖是百廢待舉，但荒人的生活逐漸回復往常的情況。這天早上，燕飛坐在為他特設桌椅第一樓的空址上，享受著清晨的陽光，蝶戀花橫擱在大圓桌上，悠然自得地瞧著東大街人來車往的熱鬧情況。荒人都曉得他的脾性，沒有人敢打擾他。龐義和劉裕分別拿著杯子和兩罈酒，放到大圓桌上，在他左右兩邊坐下。

龐義笑道：「這是第一批從壽陽運來的燒刀子，貴得要命，那些賣酒的奸商眞會做生意，不過看你遠行在即，傾家蕩產也只好買了來給你送行。」

劉裕拔起罈蓋，為燕飛斟酒，欣然道：「我明天才走，祝你一路順風，把慕容寶殺得屁滾尿流，以後有人在他面前提起燕飛兩個字，都要全身發抖喚娘。」

龐義道：「他肯定會被小飛的蝶戀花割去卵蛋，還如何呼爹喚娘。」

燕飛笑道：「不要誇大，大家喝一杯。」三人舉杯互敬，一飲而盡。

燕飛看著杯底，點頭道：「相當不錯，但比起雪澗香卻差遠了，希望回來時可喝到老龐你精製的仙釀。」

龐義欣然道：「這個沒有問題，我還準備重建第一樓，說不定你回來時，便可以坐在樓上喝酒，此事已得到所有荒人兄弟的支持。」

這時卓狂生、屠奉三和方鴻生三人聯袂而至，坐在三人對面。龐義為他們擺杯子斟酒，氣氛熱烈。敬酒祝賀後，卓狂生以衣袖抹掉唇邊酒漬，笑道：「這次我們在短短三十八天內，經歷了棄守、避敵、聚義和反攻，其間又與各方敵人周旋，鬥智鬥力，力壓司馬道子當然是光榮的勝利，最精采是大破荊湖聯軍和挾雷雨之威，於一夜間把實力是我們三倍的敵人掃出邊荒集去，盡顯我們荒人的團結和本領。從今以後，誰想來進犯我們，都要三思而行。」

屠奉三冷哼道：「歷史將不重演，因爲荒人已成爲雄霸邊荒的勁旅，只有別人擔心我們去侵犯他，而不是我們要擔心別人來惹我們。我們更會改變策略，把勢力擴展到南北兩方。」轉向燕飛道：「當慕容寶大敗而回，慕容垂便沒有選擇，只好親自領兵討伐拓跋珪。我可以保證，屆時我們荒人的夜窩族大軍已準備就緒，可以全面出擊，從慕容垂的魔爪裏把千千小姐迎接回邊荒集。」

燕飛目光投往劉裕，道：「不過首要條件是劉兄必須能控制北府兵，壓制桓玄和司馬道子，否則如讓他們任何一方乘虛而入，邊荒集將三度淪亡。且敵人因有前車之鑑，會改採焦土政策，而不會長期駐守，徒耗人力糧資。」

劉裕感到肩上的責任加重。事實上即使他回歸北府兵，命運仍是與邊荒集息息相關，甚至千千主婢的命運亦繫於他的成敗，也只有他能令荒人遠征北方時沒有後顧之憂。在現今的情況下，這條路是多麼難走，多麼的遙遠和不可能。不過他並沒有氣餒，反攻邊荒集的成功爲他帶來新的啓示，就是智慧、謀略和決心，在絕對劣勢下能起的有效作用。更重要的是，他也已成爲荒人和北府兵心中毋庸置疑的英雄，具備了一切成爲謝玄繼承者的條件。沉聲道：「我不會令各位兄弟失望的。」

卓狂生豎起拇指讚道：「好漢子！劉帥回廣陵後，必須萬事小心，包括在街上閒逛又或一飲一食。因爲我的章題『劉裕一箭沉隱龍，正是火石天降時』，已在南方傳得街知巷聞、家喻戶曉，不信可隨便找個剛從南方趕來做生意的人問個清楚。這種情況是當權者不能容許的，所以他們定會千方百計、不擇手段的在你尚未成氣候前鏟除你。」

屠奉三接口道：「卓館主句句金玉良言，鋒芒太露必會惹來災劫，劉兄必須比平常更謙虛自守，韜光養晦，靜候時機，慢慢在北府兵內培養勢力。你那匹來自謝玄的寶馬就留在邊荒集吧！否則足可成爲罪柄。」

江文清、程蒼古、費二撇、席敬和陰奇五人亦相偕到賀，坐滿了整張大圓桌，龐義忙指使夥計去多張羅幾張椅子，以應付知情趕來送行的其他兄弟。

江文清一對妙目先落在劉裕身上，帶點她罕有流露女性化的羞澀味道，道：「宋大哥已抵淮水，三天後到達建康。」

宋悲風於光復邊荒集後翌日清晨離開，由江文清派雙頭艦送他一程到淮水南岸，然後讓他登岸從陸路趕赴建康。她此刻向眾人作出報告，該是雙頭艦剛回來。眾人中只有劉裕和燕飛清楚，宋悲風是因謝道韞而火速趕到建康去看情況。

不知如何，江文清瞄劉裕的那一眼，竟令劉裕有心跳加速的感覺。這美女仍是一貫的男兒扮相，可是落在他的眼中，卻是充滿花朵盛放的女兒家風采，艷光逼人，充滿挑戰和誘惑的味道。

江文清隨後向燕飛道：「祝我們的邊荒第一高手，再接再厲揚威北域，大破慕容寶的遠征軍。」眾人聞言轟然起鬨，敬第三輪酒。

紅子春、呼雷方、拓跋儀、丁宣、姚猛和姬別此時到來，氣氛更趨熱烈。得來不易的勝利分外令人感到珍貴，眾人仍浸沉在邊荒集二度失而復得的狂喜裏。

程蒼古道：「高彥那小子滾到哪裏去了？」

姬別笑道：「怕是又開始發瘋了！」

卓狂生捋鬚微笑道：「小子來了！」

眾人循他目光瞧去，高彥正從東大街飛奔而至，神情興奮得自己搬椅子，硬擠入燕飛和龐義中間去，嚷道：「難得各位邊荒集的大哥大姊全體在場，我有一個一石三鳥的絕世好計，說出來讓各位大哥大姊參考參考，看看是否行得通，以報答各位一直以來對我爭取終身幸福的鼎力支持。」

紅子春怪笑道：「高小子你究竟是來送行還是談生意？」

高彥熱情不減，手舞足蹈道：「甚麼都好，老子這條絕世好計，一可以發大財賺大錢，二可以在南方擴展影響力，三可以為劉爺造勢。如此不但我們邊荒勁旅的軍費有著落，更可以穩定南方，使劉爺大增與人鬥爭的本錢，當時機成熟，我們北伐營救千千和小詩姐時，便不用擔心南方有人敢扯我們後腿了！」眾人哄然大笑，包括燕飛和劉裕在內，都當他是語不驚人死不休的信口開河，沒有人相信他可以想出有建設性的東西。

程蒼古道：「我敢和任何人賭一把，高小子說出來的話，一定峰迴路轉，最後還是與他的小白雁有關係。」

姬別大笑道：「程賭仙當莊家如何？我賭你說對了。」

高彥絲毫不以為忤，欣然道：「你們肯定輸大錢，我迎娶小白雁的大計早有著落，不須勞煩你們。」轉向卓狂生道：「對嗎？我的婚禮籌辦人？」眾人目光投向卓狂生。

卓狂生捋鬚笑道：「高小子的確沒有胡說八道，我已決定陪他往兩湖勇闖情關，務要抱得美人歸。哈！眞爽！」

屠奉三皺眉道：「你們想試探出名心狠手辣的聶天還，對你們容忍到怎樣的地步嗎？」

卓狂生道：「老聶當然不是善類，但也不至於這麼小家子，我們該有一番作為。何況夫妻情分是宿世冤孽，注定是鴛鴦終可成眷屬，不是喊打喊殺便可以拆散我們高少和小白雁。哈！」

眾人還有甚麼好說的，大瘋子加上癡情種，兩湖不給他們鬧得天翻地覆才怪。高彥興奮道：「不要以爲老子我爲了愛情會荒廢正事，我們這次到兩湖去，是順便辦我現在報上的絕世好計，保證你們叫絕。」

一直含笑不語的燕飛嘆道：「快說吧！我沒有太多時間陪你發瘋。」

高彥神秘兮兮的道：「由我腦袋想出來的東西，會差到哪裏去呢？坐穩了，此計有個風光的好名字，叫……嘿！就叫『天穴觀賞探奇之旅』如何？」

江文清「噗哧」嬌笑起來，瞅著高彥道：「你在胡謅甚麼？」

高彥微一錯愕，定神狠狠盯了江文清幾眼，訝道：「是不是我看錯了？大小姐今天特別迷人，春風滿面，與平日不同。」

江文清俏臉紅起來，啐道：「我警告你，不要對我亂嚼舌頭，留給你的小白雁去忍受吧！」眾人起鬨大笑，暗裏都覺得高彥說的話有根據。

劉裕接觸了屠奉三帶著提醒他小心意味的眼神，道：「說吧！我們正洗耳恭聽。」

高彥道：「邊荒一向是南人禁足的地方，而邊荒集更是天下最神秘有趣的地方。只是礙於道路危險，怕隨時會賠上老命，所以愛惜生命的人都沒膽量作邊荒之遊，只有愛冒險和不怕死的人才敢來。」

卓狂生首先贊同道：「有道理！人就是這樣子，愈是行人禁足之地，愈有吸引力。且邊荒集在外人眼中一向是天下最墮落之地，吃喝嫖賭，各類玩意兒應有盡有，連不該有的也有，樣樣俱備。哈！有機會誰不想享受墮落的滋味。」

高彥欣然道：「我這提議在以前是沒法辦得到的，因爲集內幫會隨時發生火併，自身難保下，誰敢保證來湊熱鬧者的安全，現在這問題當然不存在。」

慕容戰皺眉道：「你究竟想說甚麼呢？可以直話直說嗎？」

高彥道：「慕容老大你有點耐性行嗎？如果我不解釋清楚整個構思的來龍去脈，怕不夠說服力嘛！」

龐義道：「我們已經非常有耐性了。」

高彥瞪他一眼道：「不要瘋言瘋語的影響老子的思路。他奶奶的，長話短說，我這絕世好計就是最佳振興邊荒集的速成方法。我們雖得回邊荒集，但以前賺下的都來不及帶走，人人變成窮光蛋，大家要從頭開始，沒有點鼓吹經濟的手段，如何回復以前的財力？憑甚麼去南征北討？他娘的！你們明白我是爲大家著想嗎？」

費二撇點頭道：「開始有點道理了！不過仍未引入正題。」

高彥神氣的道：「我的振興大計，就是舉辦名之爲『天穴探奇』的觀光團，由我們邊荒集提供絕對安全的保證，安排有興趣的人到邊荒集來觀光，勝地就是到白雲山區去參觀現在最炙手可熱的天下奇景，我敢保證當參加者站在天降火石撞擊出來的大坑穴旁，會看得目瞪口呆，大感不虛此行。」聽者無不動容。

卓狂生拍桌道：「每個收多少？」

高彥道：「大小老少同價，一個人頭黃金二兩，鐵不二價。不過開始的前三個月有優惠，減半收費。」

費二撇最精於計數，皺眉道：「是否便宜了點呢？我們還要管接管送、包吃包住，賺不了多少。」

高彥道：「精采處正在這裏，對南方的豪門富族，二兩黃金不算甚麼。可是來到邊荒集後，面對各種誘惑，誰能按著錢袋不花銀兩呢？保證百業興旺，各位大老闆人人日進斗金。」

屠奉三道：「這個說來容易做時難，我們如何在南方招徠生意？又如何應付朝政的干涉。如果整船人給拿了去坐牢，我們還有面子繼續辦下去嗎？」

高彥道：「所以我和老卓要親自出馬，去說服沿江各河的大幫會，大家合作賺大錢。各地的黑幫便是我們的代理人，由他們各自去招攬顧客，打通各地貪官污吏的關節。如此我們便可不費力氣的在南方擴展勢力。大家有利可圖下，自然稱兄道弟，從此緊密合作，至少有甚麼風吹草動，可以立即通報，誰來侵犯邊荒集，就等於打破大家的飯碗，肯定成為公敵。」

紅子春道：「這小子不無幾分歪理。」

高彥更興奮了，哂道：「甚麼歪理？你奶奶的，大家想想看吧！甚麼『一箭沉隱龍，正是火石天降時』只限於道聽塗說，可是如果每天有十多個觀光團，穿花蝴蝶般天天去看這個老天爺弄出來的奇蹟，還有人敢懷疑我們劉爺不是眞命天子嗎？他娘的！當日我站在坑穴旁，便看得頭皮發麻，整個人動彈不得。如此奇景，人生難得一見。不信可問我們的天下第一高手小飛，當時我便見他在坑穴旁發呆。」燕飛和劉裕對視苦笑，卻沒有人明白他們的心事。

卓狂生再拍桌道：「通過！高小子一生最有建樹就是這一次。如此振興經濟的偉大方案，只有我們荒人想得出來，只有我們荒人敢去做。最妙是如擺明車馬邀人來吃喝嫖賭，那些平日道貌岸然之士怎肯撕下偽裝，可是以觀天穴之名而到邊荒集來，便可以振振有詞。他奶奶的！我就加送一台『一箭沉隱龍』的說書，包管人人樂而忘返，花光袋內的銀兩方肯罷休。」

屠奉三道：「這樣太露骨了，最好完全不提劉爺和天穴的關係，大家心中有數算了。」

龐義失聲道：「連屠爺你也同意這小子的異想天開。」

江文清正容道：「高小子的提議確實是針對我們目前處境的良方重藥，且是切實可行。一直以來，邊荒集對外人都有龐大的吸引力，守法的人都愛嘗試一下無法無天的荒人生活方式，何況現在我們更提供了一個欣賞奇景的機會。」

姚猛道：「劉爺有甚麼意見呢？」

劉裕攤手道：「我這個統帥已於三天前解甲歸田，此事該由議會決定。」

陰奇道：「有人反對嗎？」大家互相看來看去，接著哄然大笑。

高彥喝道：「燕小子快表態，我的提議你敢不支持嗎？我是在為千千和小詩姐的歸來動腦筋啊。」

燕飛起身，把蝶戀花掛到背上去，另一手抓著放在地上的小包袱，目光落在一直沒有發言的拓跋儀身上，道：「小儀認為高小子的想法行得通嗎？」

拓跋儀欣然道：「我看不到有甚麼風險，值得一試。」

燕飛向高彥笑道：「聽到嗎？這次給你搶盡鋒頭了！」又向劉裕道：「劉兄送我一程如何？」眾人都知道他有話要和劉裕私下說，知情識趣地起立恭送兩人動身離去。

〈卷八〉

第九章◆免死金牌

第九章 免死金牌

燕飛和劉裕並肩坐在一座小丘面北的斜坡處，穎水在右方流過。不論水道或陸路，均不見舟車行人的影蹤，恐怕要好一段日子後，才會回復商旅絡繹於途的情況。所以高彥想出來的振興大計，正是對症下藥的好提議。

劉裕笑道：「這次收復邊荒集，出現了一個全新的局面，如我所料不差，邊荒集將會在未來幾年攀上最顛峰的盛世年月，尤其是當我們把千千和小詩迎回來的時候。」

燕飛嘆道：「那就要看你老哥能否登上北府兵大統領的寶座。」

劉裕訝道：「你似乎對我沒有甚麼信心。唉！我明白了，因爲你曉得甚麼娘的天穴根本與我無關，而我更非甚麼眞命天子，所以擔心我。不像其他人眞以爲我是眞命天子，以爲我是打不死的怪物。」

燕飛聳肩道：「人是不能永遠單靠運氣的，你是否眞命天子並不重要，刀劈過來便要擋。而『劉裕一箭沉隱龍，正是火石天降時』這句歌謠，已未見其利先見其害，爲你帶來極大的危險，你如想不出應付的辦法，我可保證你回廣陵後活不到三個月。」

劉裕沒有立即答他，沉默片刻，忽然岔開話題道：「爲何你堅持不肯讓拓跋儀隨你一道去盛樂？」

燕飛苦笑道：「這是個我不想回答的問題，明白嗎？」

劉裕道：「明白了！」

燕飛沉聲道：「我們所處的時代，是史無先例的大亂之世，處處充滿鬥爭仇殺，我和你不幸被捲入了這大亂的漩渦裏去，必須想盡一切辦法求存，否則便有沒頂之禍。所以我爲你想到一個辦法。」

劉裕大奇道：「這也有辦法可想的嗎？」

燕飛回復從容，微笑道：「這招叫『免死金牌』。」

劉裕一頭霧水道：「免死金牌？你是否在說笑？」

燕飛道：「我是說得有趣點又誇大了些，好讓你印象特別深刻。唉！我何來說笑的心情，事實上是我連累了你，因爲三珮合一是由我一手促成，再加上卓瘋子的渲染、荒人的推波助瀾，令你陷於非常不利的處境，變成眾矢之的。我們又是愛莫能助，回到廣陵後，你將要孤軍作戰。」

劉裕道：「處境不是那麼惡劣吧？北府兵裏支持我的不在少數。」

燕飛道：「有多少人支持你並沒有分別，因爲你仍要聽劉牢之的命令，而他更是第一個想殺你的人，因爲你不但令他丟臉，還直接威脅他在北府兵的威權。他表面上對你愈和顏悅色，愈表示他暗裏有對付你的手段。現在劉牢之更和司馬道子一鼻孔出氣，他根本不用動手對付你，只須爲司馬道子製造一個有利的情況，再由司馬道子的人對付你。由於敵人深悉你的實力，所以不來則已，來則肯定必取你命，你絕無活路可逃。」

劉裕倒抽一口氣，點頭道：「你是旁觀者清，我反沒像你般想得那麼透徹。我有個主意，只要胡彬或朱序那樣有分量的中間人，向謝琰說項，他或許肯向劉牢之提出把我遷調到他旗下，劉牢之是沒法拒絕的。」

燕飛道：「這不失爲一個辦法，卻是下下之策，首先會被胡彬和朱序看不起你。現在人人視你爲眞命天子，你只要能證明自己確實是打不死的眞命天子，當時機來臨時，你便有機會脫穎而出。」

劉裕苦笑道：「天知地知，你知我知，我劉裕實非別人口中臆說的眞命天子，更非打不死的。」

燕飛笑道：「所以我想出了這招『免死金牌』，讓你變成打不死的人。」

劉裕嘆道：「你愈說我愈糊塗，世上焉有打不死的人呢？」

燕飛道：「我當然是誇大了點，如果敵人可以明槍明刀來對付你，例如出動百多二百人來圍攻你，換了是我也必死無疑。幸好敵人並不敢明目張膽，只能使陰謀手段，這樣你才有機會憑才智武功，度過難關。」

劉裕道：「你還未說出『免死金牌』是甚麼呢。」

燕飛沒有直接答他，道：「假如你變成孫恩，敵人有辦法刺殺你嗎？」

劉裕皺眉道：「假設孫恩只求保命逃走，恐怕不論你派出多少人去對付他，仍是白忙一場。唉！但我並非孫恩，只怕也永遠不會成爲像他那般的高手。」

燕飛道：「不要輕視自己，論武功刀法，天下間單打獨鬥可穩贏你的人屈指可數。而你更有非凡的體質，加上你臨機應變的急智，只要再有一道『免死金牌』，說不定反可因禍得福，大增你『眞命天子』的威望。」

劉裕道：「聽得我心都癢起來，看來你是認眞的，不是哄我開心。」

燕飛道：「你有沒有發覺高小子的輕功大有長進呢？」

劉裕道：「這小子確實是進步了不少。上次你以眞氣爲我通經活絡，我也得益不淺，頗有點脫胎換骨的感覺。最大的不同處是內氣能生生不息，天然流轉，韌勁比以前好多了。」

燕飛道：「由當年我爲宋大哥和玄帥療傷開始，我發覺我來自丹劫的眞氣有改變別人體質，摧發人體內潛藏力量的功效。到我從安世清身上知曉水毒之秘，把丹劫水毒兩股力量合而爲一，在這方面更有把握。但這種功法並非人人承受得起，一不小心就變成揠苗助長，不但無益，反有大害。像對高彥我只能適可而止，不敢全力助他，否則他說不定會忽然倒斃。」

劉裕終於明白他說的免死金牌指的是甚麼，劇震道：「你竟是想以速成的方法，助長我的功力？」

燕飛道：「世上並沒有一蹴可幾的神功妙法，一切還須看你自己的努力。這兩晚我把安公贈我的《參同契》秘本翻看了兩遍，終於找出竅門，可以把你體內的眞氣從後天轉爲先天。我說了這麼多話，是要你不敢掉以輕心。我會令你的眞氣完全逆轉過來，行功方式亦會異於從前，以往一些似不重要的經脈竅穴，會變成主要脈穴。這過程會有一個適應期，像我在建康重傷初癒時，便不知如何和人動手。不過這只是小問題，憑你的體質才智，該可以應付。」

劉裕聽得疑信參半，吁出一口氣，道：「你是否高估了我呢？這種事一個不好，我固是小命不保，對你的損害也會很大。」

燕飛輕鬆的道：「那就要看安公是否看錯了人。這個險我們是不得不冒的，這是唯一能令你突破自己的方法，往後還須靠你的努力。」稍頓續道：「事實上我一直有這個想法，就因你有異於常人的體質。你有沒有發覺自己學東西比別人容易上手，這不關聰明或愚蠢的問題，而是一種天賦。我不敢用這手段，是因爲以前我沒有把握，可是天地心三珮合一給我很大的啓發，現在我等於爲你開啓你武道上的仙門，讓你踏足進入存在於你身上的洞天福地，至於你會有何所得，要看老哥你自己的努力和造化了。」

劉裕緊張地道：「給你說得我心中發毛。照你估計，整個改造眞氣過程，需時多久，我要如何配合？」

燕飛道：「我估計至少要兩、三個時辰，你必須完全信任我，依照我的指示配合，拋棄以前所有行功的習慣。準備好了嗎？」

劉裕盤膝坐好，眼觀鼻、鼻觀心，道：「我有受刑的感覺。動手吧！」

燕飛移到他身後，一掌重拍他背心要穴。劉裕全身一震，露出痛苦難當的表情，辛苦得說不出話來。

燕飛笑道：「感覺如何？」

劉裕苦笑道：「虧你還笑得出來，我的五臟六腑像翻了過來似的，難受得要命。」

燕飛啞然笑道：「這就叫『天將降大任於斯人也，必先苦其心志，勞其筋骨，餓其體膚，空乏其身，行拂亂其所爲』了。我這道眞氣是試金石，進入你體內後，太陽眞火和太陰眞水兩股極端相反又相成的眞氣分流而走，逆你本身的眞氣而行，所以令你難受。到改造成功，你的眞氣會依這種相反的方式天然流轉。假設你受不了這道眞氣，又或你的身體排斥這注眞氣，我只好放棄計畫，現在你過關了！」

劉裕欣然道：「我當然想有道免死金牌。改造後，我的眞氣可否像你般分陰分陽呢？」

燕飛道：「我還沒這本領。不過你的眞氣會變成眞火眞水同流，大幅加強眞氣的威力，逃走起來更是得心應手，因爲眞氣可以循環不休，生生不息。縱然耗盡眞元，也該比以前快點復元，好處數之不盡。」

劉裕笑道：「只要變成半個燕飛，我已經非常滿足了。」

燕飛道：「劉裕永遠是劉裕，你會發展出你的一套獨家武功心法，你的個性會決定你將來發展的路向。好了！現在請把眞氣全聚集在丹田氣海處，我先要把你的眞氣打散。」

劉裕駭然道：「那豈不是廢了我的武功。」

燕飛道：「恰好相反。我只是驅動你體內的眞氣，以打通和啓動以前你沒有採用的經脈和竅穴，這叫置之死地而後生。我就像代替了你主帥的位置，發號施令指示你體內的眞氣大軍，如何在你體內的戰場贏得全面的勝利。你不會也不可能吸收我截然不同的眞氣，但卻可借助我的力量重組以訓練體內的眞氣大軍。就等於以前你體內的眞氣只是烏合之眾，經重組和訓練後便成爲銳不可當的勁旅雄師。這種改變非常霸道，如不是你體質過人，我絕不敢嘗試。」

劉裕道：「想想都教人嚮往。他奶奶的！我豁出去了，動手吧！我們就賭他娘的一把吧！看看究竟是免死金牌還是催命符咒。」

巴陵城東區。一座在外觀上看來與其他民居沒有甚麼特別不同的宅院內，聶天還坐在書齋的地蓆上沉思。他本出身自北方望族，在胡騎的鐵蹄蹂躪下，家破人亡，十多歲起便流落江湖，就是在這時候認識了任遙。當時他並不知道任遙的底細，只因意氣相投，各懷大志，所以頗爲相投。聶天還沒有多少個朋友，任遙可勉強算是其中之一。到十九歲時他知道漢人除依附胡人外，很難在北方有甚麼作爲，所以孤身南來闖天下。原本是想憑出身和才智武功，在南晉朝廷求取一官半職，豈知不但遭盡白眼，還受到南遷僑族的排斥。聶天還豈是甘心平凡之輩，看準僑寓世族和本地大族豪強的矛盾，趁晉室忙於應付北方胡騎的當兒，選取官府勢力難及的兩湖之地，憑天地明環和謀略打出兩湖幫的天下來。他的目標並不是只當個雄霸一方的幫會大龍頭，而是要問鼎天下。所以當任遙親到兩湖來見他，兩人一拍即合。對聶天還來說，南方是愈亂愈好，所以他不介意和孫恩合作。但孫恩並不清楚他和任遙的交情，還以爲他們只是因利益結合的搭檔。孫恩殺任遙，令他生出很大的反感，故立即退出。

敲門聲響。手下在門外報上道：「任小姐到！」

聶天還緩緩站起來，道：「請任小姐進來。」

門開。任青媞走進來，施禮道：「青媞向聶大哥問好請安。」

聶天還微笑道：「大家是自己人，不用客氣，坐下喝杯熱茶再談。」

任青媞神情冷漠的坐下來，接過侍女奉上的香茗，淺啜一口，嘆道：「我可能下錯了籌碼。」

聶天還道：「你是否指劉裕？」

任青媞微微點頭，道：「劉裕竟在一夜間成爲南方最炙手可熱的人。唉！『劉裕一箭沉隱龍』，此事究竟是否屬實？」

聶天還不悅道：「你老遠跑來就是爲了問這件事？」

任青媞淡淡道：「我不是想冒犯聶大哥，只是想掌握目前的情況，然後作出正確的決定。値此南方即將陷入自晉室南渡後最紛亂的時局裏，我們是負擔不起任何差誤的，否則必死無葬身之地。」

聶天還嘆道：「對不起！這幾天我的心情被清雅那丫頭弄得很壞，所以有點……唉！我仍是不明白你的意思，知道又如何呢？這擺明是荒人玩的把戲，只有無知民眾才會相信。」

任青媞低頭淺笑，兩邊臉蛋乍現兩個可愛的小酒窩，登時把沉凝的氣氛徹底改變過來，變得一室皆春。有點像施了法術的感覺。聶天還心中暗叫厲害，此女媚術之高，已到了宗師級的境界，只是一個笑容，就完全吸引自己的心神。以自己的修爲仍幾乎抵受不住，天下間怕沒多少個男人能抗拒她的誘惑。

任青媞的一對美目同時亮起來，柔聲道：「我正是這樣的一個無知婦孺，要對證事實才敢判斷眞僞，這兩句歌謠，第一句只要聶大哥回答便能知眞假，另一句則要到邊荒去親眼看那天石坑了！」

聶天還眼睛不眨的盯著她，沉聲道：「假如兩句都屬實又如何呢？是否我們該改而支持劉裕？」

任青媞輕嘆一口氣，道：「聶大哥動氣了。事實上這兩句傳言的眞相，是永遠沒法印證的。這兩件事分別在相隔過百里的兩地發生，有誰可以確知是在同一時間？在我們的立場，當然認爲純屬荒人造謠，以蠱惑人心。但也有很多人會就此而相信劉裕是眞命天子。我們必須對這情況作出準確的評估，才能擬定萬全的策略。」

聶天還道：「你有甚麼好提議？」

任青媞道：「聶大哥尚未說出『劉裕一箭沉隱龍』究竟是眞是假？」

聶天還凝望著她，雙目神色變得銳利凌厲，任青媞卻是眼中充滿期待地回看他。半晌後聶天還點頭笑道：「青媞的逍遙功每天都在進步中，眞讓人難以相信，難道仇恨的動力眞的可以創造奇蹟嗎？以一般低下層的武功來說，或許確是如此。可是於上乘武道修行來說，心有所爲反成窒礙，動輒有走火入魔之險。且練功最忌操之過急，最要緊是忙裏偷閒的『調候』法訣，故我念在與任兄一場交往，不忍見你因練功過急而出事，忍不住多嘴說了幾句。」

任青媞露出一個甜甜的笑容，歡喜的道：「多謝聶大哥關心，青媞絕不會忘記聶大哥的提點。」

聶天還忽然感到完全拿她沒辦法。他身爲一方霸主，不願欺她孤立無依，更關鍵的是明知她在向自己施展媚術，仍有點把持不住，且對她的諸般表情大感賞心悅目。以他的修爲，當然不會輕易被她所誘，更曉得此女是絕碰不得的危險人物，但她天生尤物的形象，已在他心中植了根，縱然感到不高興，仍然容忍她，不願唐突佳人。嘆了一口氣道：「你既然堅持，我便告訴你眞相。隱龍確是被劉裕以一支特製的超級火箭命中主桅，然後起火焚毀。現在你知道歌謠至少有一半是眞的，又有甚麼打算？」接著冷哼道：「荒人這次是弄巧成拙，反害死劉裕。一直以來，劉裕都在劉牢之和司馬道子兩大勢力的夾縫間求存，更受到謝玄的餘蔭保護，以致沒有人敢明刀明槍的對付他。可是從荒人傳出來的兩句歌謠，卻把他推進萬劫不復的處境。除非他永遠躲在邊荒集，否則會死得很慘。」

任青媞訝道：「荒人竟然反攻成功？」

聶天還道：「我今早接到的第一個訊息，就是荒人已於三天前大破鮮卑和羌人聯軍，將他們強逐回北方去。邊荒集與北方的水陸交通仍然斷絕，但南方已有人趕往邊荒集做生意。」

任青媞表情複雜的道：「劉裕鋒芒畢露，雖是大出鋒頭，對他卻是有害無益。」

聶天還神色冷靜的從容道：「你也不用到白雲山區去了，我早派人去看過，確有一個被天降火石撞擊而成的大坑穴，原本在該處的臥佛寺則化作飛灰，不留半點痕跡。好！現在輪到你來回答我的問題，你究竟有甚麼打算？是否要捨桓玄而取劉裕呢？」

任青媞走到窗旁，不經意地往窗外一瞥，目光閃動著落寞孤寂，這個驕橫美女，忽然只像個惹人憐愛、孤苦無依、隨風飄泊的薄命女子。好一會後，任青媞目光回到聶天還身上，輕輕道：「我替你殺了劉裕好嗎？以證實傳言只是荒人好事者的無稽之談。沒有了劉裕，大江幫只能永遠躲在邊荒集。我也有賬要和劉裕算呢！這件事就當是青媞報答聶大哥，感謝你在青媞最失意時的照顧之情如何？」

以聶天還的才智，仍沒法判斷任青媞這番話是眞情還是假意，只好道：「我在這裏等待你的好消息吧！」任青媞施禮離開。

「咯！咯！咯！」盤膝坐在矮榻上的孫恩道：「道覆進來。」

徐道覆推開艙門，下跪敬禮。孫恩道：「起來！」

徐道覆垂手恭立，稟告道：「尚有個許時辰到岸，最後的消息是王凝之仍在誦咒請天兵天將來營救他，手下將士人心渙散，我們只要在會稽城外擺個樣子，守軍恐怕已嚇得開城逃亡。」

孫恩道：「謝玄的大姊是否正身在會稽？」

徐道覆心中不解，孫恩對王凝之夫人謝道韞的關心，似乎尤在會稽城之上，不過縱有疑問，孫恩如不說出因由，他怎敢詢問。答道：「有人見到王夫人在前天入城，入住謝家在會稽的別院。」

孫恩滿意道：「你的消息很靈通。」

徐道覆道：「知己知彼是勝敗的關鍵，雖然王凝之根本沒有資格作我的對手，我仍不會掉以輕心。」

孫恩沉吟片刻，唇角逸出一絲笑意，漫不經意的問道：「荒人反攻邊荒成敗如何呢？」

徐道覆搖頭道：「最後一個消息是荒人已向邊荒集進軍，未知成敗，看來也不是幾天內可以有結果的事。」

孫恩淡淡道：「荒人根本沒資格打一場持久的圍城戰，只有速戰速決一法，所以荒人是成是敗，短期內可見分明。」

徐道覆嘆道：「如果這次荒人成功再次奪回邊荒集，最大的得益者將是劉裕。」

孫恩訝道：「為何不是其他荒人而是劉裕呢？」

徐道覆道：「因為天師在我們起程往會稽才出關，所以道覆一直沒有機會向天師報告，近日南方有兩句傳得如火如荼的歌謠，說甚麼『劉裕一箭沉隱龍，正是火石天降時』，令劉裕成為民眾心中改朝換代天命所歸的人物，這兩句歌謠的影響深遠，是現在難以估計的，對我們天師道也非常不利。」

孫恩莫名奇妙的道：「這兩句歌謠說的究竟是怎麼回事？」

徐道覆道：「據傳，荊州和兩湖聯軍遠道偷襲集結在淮水之南新娘河的荒人部隊，不知如何竟被荒人識破，還巧布陷阱，令劉裕射出特製大火彈箭，燒得兩湖幫的無敵超級戰船隱龍舟沉江底。而謠言最煽動愚民之心的地方，是指劉裕命中隱龍的一刻，剛巧一塊巨型火石從天降下，墜入白雲山區內，撞開一個廣闊數十丈的大坑穴。」

孫恩呆了一呆，接著啞然失笑道：「我可以保證劉裕並非甚麼老天爺挑中的人選。」

徐道覆道：「我們當然清楚這是荒人編出來的謠言，硬把兩件風馬牛不相及的事扯在一起。可是兩件事都確有其事，晉室新帝更為天降災異罪己下詔，令好事者更是言之鑿鑿，謠言傳得人心惶惶。」

孫恩沒有進一步解釋他為何可作保證，露出思索的神色，一會後道：「我明白道覆的憂慮了，如給劉裕重奪邊荒集，會使人更相信他是真命天子而不疑。」

徐道覆道：「我有個更大的憂慮，將來我們若在戰場對上劉裕，如我們不能速勝，又或稍有失利，他這個特殊的身分，會動搖我們的軍心。」

孫恩皺眉道：「劉牢之和司馬道子肯給劉裕領軍的機會嗎？」

徐道覆道：「我是不得不考慮每種在將來會遇上的情況。」

孫恩道：「劉裕絕非甚麼眞命天子，而只是殺之即死的凡軀。不過你的憂慮很有道理，當人人深信不疑的時候，最荒誕的蜚短流長也可以變成眞實。這樣吧！如果劉牢之和司馬道子也失手，便由我代勞。唉！區區一個北府兵的小將，若竟要勞煩我出手，他足可以自豪了。」

劉裕於黃昏時分回集，被屠奉三在北門外截著。屠奉三道：「今晚我們可能再沒有機會說話，人人情緒高漲，紅子春更在他的洛陽樓席開數十桌來爲你送行，材料全是從壽陽買回來的，你肯定會被灌醉。」

劉裕低聲道：「我不能喝酒。」

屠奉三點頭道：「你的臉色確實有點難看，不是遇著敵人吧？按時間推算你至少陪燕飛走了四、五十里路。」

劉裕搭上他肩頭，與他並肩朝潁水的方向走去，直抵岸旁坐下，道：「有一件事我一直想和你說，不過總是說不出口，趁現在這機會，我決定讓你知道。」

屠奉三皺眉道：「甚麼事這麼嚴重？」

劉裕苦笑道：「我眞不知算不算嚴重。唉！我並非甚麼眞命天子，這完全是一場誤會。」

屠奉三糊塗起來，道：「你是否相信自己是眞命天子，並不是關鍵所在，只要別人相信便成。」

劉裕道：「我不是指這個，而是根本沒有從天降下的火石災異。」

屠奉三一頭霧水道：「我昨天才和慕容戰到白雲山區看過，就算窮我們全體荒人之力，一夜間也難掘出這麼大的一個坑穴來。更假冒不了的是坑穴的泥土和周圍數里的樹木都呈現被天火摧毀燃燒的痕跡，人力根本沒法辦到。」

劉裕道：「眞希望燕飛在這裏，由他親自解釋給你聽。」

屠奉三動容道：「竟與燕飛有關嗎？」

劉裕轉述燕飛的解釋，聽得屠奉三眼都不眨一下。劉裕道：「事實就是如此，既沒有火石從天降下，也不存在甚麼災異或祥瑞，與老天爺的意向扯不上半點關係，只可勉強當是超級火器的大爆炸罷了！」

屠奉三沉聲問道：「那仙門是否出現了呢？」

劉裕道：「燕飛在這方面有點語焉不詳，看來當時他就像作噩夢般糊裡糊塗，弄不清楚確切的情況。」

屠奉三眉頭深鎖的道：「不論燕飛和孫恩武功如何高強，終是血肉凡軀，如何抵受得住如此威力驚人的大爆炸？」

劉裕道：「他們兩人都受重創，尼惠暉更因此玉殞香消。」

屠奉三嘆道：「天下間竟有此異事，眞教人難以相信。」接著淡淡道：「爲甚麼要告訴我這個秘密？」

劉裕聳肩微笑道：「就爲了現在這種如釋重負的輕鬆感覺。當日我與任妖女結盟，是瞞著玄帥和燕飛的，那種睜眼說瞎話的感覺令我感到很痛苦，尤其對著可算是我半個恩師的人和出生入死的好兄弟，所以我不想再犯同一錯誤。」稍頓又道：「我更不想你因此認定我是甚麼眞命天子，致作出錯誤的判斷和決定。」

屠奉三問道：「你指的是那一種錯誤的判斷和決定呢？」

劉裕道：「例如因爲盲目相信我是老天爺頒贈了免死金牌的人，致陪我一起送命。」

屠奉三啞然笑道：「你是否準備把此事告訴身邊所有的人呢？」

劉裕苦笑道：「我倒沒想過這個問題，解釋這種事是很吃力的，照我看燕飛是希望愈少人知道愈好，但我眞的不想瞞著你。」

屠奉三欣然道：「你終於再次表現出當眞命天子的素質。成大事者豈能拘於小節，又有所謂兵不厭詐，更何況這並不是你自己揑造出來的，受之何愧？」

劉裕愕然道：「你似乎仍認爲我是眞命天子？」

屠奉三笑道：「有分別嗎？告訴我，你射出老姬製作的超級神箭，有把握可以命中隱龍的主桅嗎？如果不是如此精準，可以對隱龍產生如此致命的傷害嗎？」

劉裕道：「只是巧合吧！」

屠奉三道：「該說是天緣巧合。再告訴我，天地心三珮是來自遠古的異寶，歷代無人能令三珮合一，偏是在箭沉隱龍的時刻，三合爲一，發生自古以來未曾有過的大奇事，這之間如沒有命中注定的天數存在，打死我也不會相信。」

劉裕苦笑道：「兩件事恐怕不是在同一刻發生那麼巧吧！」

屠奉三反問道：「你怎曉得不是那麼巧呢？」劉裕張口欲辯，卻是啞口無言，說不出能反駁的話來。

屠奉三微笑道：「我很感激你向我說明此事，可見你當我是像燕飛般的戰友和兄弟。不過並沒有動搖我對你是眞命天子的信心，一個接一個的事實，正不住證明你是得天愛寵的人，反攻邊荒集的那場及時雷暴亦是明證。你還未告訴我，爲何你臉色會變得這般蒼白難看，像受了內傷似的。」

劉裕還有甚麼好說的，嘆道：「正因爲燕飛清楚甚麼火石天降是子虛烏有的事，而我更不是打不死的眞命天子，怕我返回北府兵後被人害死，所以用他的獨特方式賜我一道免死金牌，這是他的用辭。」

屠奉三大感興趣的道：「燕飛可以有甚麼辦法呢？」

劉裕道：「他以自己的絕世神功改造了我體內的眞氣，由後天改爲先天。」

屠奉三難以置信的道：「這是不可能的，你們不同時走火入魔才怪。」

劉裕伸手過來讓他握著，道：「其中的過程，確是險死還生，若燕飛少一點堅持，而我少點對他的信心，我們也過不了此關。眼前事實卻是我們眞的辦到了。」

屠奉三正運功試探他體內經脈的狀況，忽然放手道：「現在你體內的眞氣虛渺難測，卻又是浩瀚無邊，眞是教人難以相信。你現在有甚麼感覺？」

劉裕苦笑道：「難受得要命，眞氣天然流轉著，所到之處像被利針狂刺般疼痛，那是經脈的痛楚，教我苦不堪言，卻只有默默忍受。就像有人在你體內亂擲火器般的感覺。」

屠奉三道：「難怪你說不能飲酒。你的痛楚有沒有逐漸減輕呢？」

劉裕道：「現在好多了。剛完成時，燕飛因過度損耗眞元而差點虛脫，我則痛不欲生，大家休息了整個時辰，故弄得這麼晚才回來。」

屠奉三大喜道：「眞的要恭喜劉爺你，情況逐漸轉好，代表你漸入佳境，習慣過來。燕飛用辭精準，這確是一道不折不扣的免死金牌。試想想看，只要你能在回歸北府兵後，任敵人使盡手段，仍沒法置你於死，誰還敢懷疑你不是眞命天子呢？話又說回來，如果燕飛不是感到你的處境是他一手造成，怕也不會冒這個險要改造你。」

劉裕道：「給你說得我有點糊塗了。」

屠奉三道：「有些事是我們永遠不會明白的，只能作出自己認爲正確的判斷，待將來的事實證明。不要胡思亂想了，成事在天，謀事卻在人，千算萬算，仍不及天算。我和你都只有一條路走，就是拋開生死成敗，盡力而爲，就不枉來到這人間世一場。我眞的懷疑燕飛看到了仙門，只是不敢說出來。」

劉裕道：「可是燕飛和孫恩仍留在人世，卻是不爭的事實。」

屠奉三道：「這麼玄之又玄的事，我不想費神去想。看你現在的情況，實不宜回到邊荒集去，否則就要對自己的兄弟不停地說謊，對嗎？哈……」

劉裕苦笑道：「你還要耍我。」

屠奉三笑道：「我只是因爲心情太好了，所以忍不住和你開玩笑。你也不宜長途跋涉的回廣陵去，我去請大小姐派船送你如何？其他人由我知會便成，沒有你他們也一樣可以盡興，順道你可親自向大小姐道別。」

劉裕道：「你說過會安排我和殷仲堪、楊佺期兩人碰頭，此事又如何呢？」

屠奉三道：「時機仍未到，這方面暫時由我處理。你回到廣陵後，千萬不要輕舉妄動，不論劉牢之對你如何狠心不仁，也要逆來順受。到邊荒集回復興旺，再次成爲南北貿易的轉運中心，你才有本錢和敵人硬撼。否則就算你立即成爲大統領，缺乏強大的經濟實力作後盾，仍鬥不過司馬道子及桓玄。」

劉裕點頭道：「我明白了。你可以通知大小姐，好讓我們碰個頭說幾句話，但卻不用她派船送我到廣陵去。由這裏回廣陵，是我武功上一次重要的修行，使我可以在最短時間內，掌握燕飛給我的免死金牌，看看能否在刀法上有新的突破。」

屠奉三同意道：「我預祝你成功。你就留在這裏，我去找大小姐來見你。記著，暫時千萬不要改變和大小姐的夥伴關係，否則會出現難測的變數。」

屠奉三去後，劉裕心中苦笑，江文清對自己的好感，已是路人皆見的事，自己對她也愈來愈有男女間的微妙感覺。分離在即，他能硬起心腸，不說幾句可以哄她開心的親密話兒嗎？

燕飛站在泗水南岸，遙觀對岸的平野。渡過泗水這道分隔邊荒和外面天地的天然界線，對他具有無比深刻的意義。在五十多天前他才渡河回到邊荒，經歷了翻天覆地的變化，失去了邊荒集，陷身於人生最失意的低潮。也就是在這一刻，他創造出武林的神話，於絕境劣勢裏斬殺竺法慶，完成了對謝安的應允，更把整個局勢扭轉過來，鋪開了邁向第二次重奪邊荒集的勝利之路。現在一切已重新在他的掌握中，箇中的痛苦與快樂，實難以描述。每一個荒人，都有同樣深刻的感受，分外珍惜眼前的成果。燕飛也再不是上次那個從對岸返回邊荒的人，仙門之秘令他對生命甚至愛情有完全不同的體會。面對滔滔河水，他豈無感慨。燕飛一聲長嘯，盡洩心中豪情壯氣，接著往河面投出拿在手上的一截樹幹，然後斜掠而下，落到河面時以腳尖借力，點中在水中浮沉的樹幹，騰身而起，躍向對岸，毫不停留地沒進荒野暗黑的深處。

劉裕睜開眼睛，江文清優美的倩影出現眼前，朝他迅速奔至，肩上掛著個小包袱。他感覺出潁水河畔夜會佳人的甜蜜，又不得不壓制這種情緒，矛盾得要命。屠奉三的忠告是否有道理呢？他眞的弄不清楚。可是他本身亦有一種感覺，他眞的不宜在這返回北府兵的時刻，有任何感情上的沉重負擔。王淡眞充滿屈辱的悲慘下場，仍是他心底一道不能磨滅的深刻傷痕。

劉裕跳將起來，喚道：「文清！」

江文清來到他身前立定，只差踏前小半步便可投入他懷裏。不知是因爲趕路還是她大小姐心情有點緊張，她的酥胸輕輕起伏，以帶點嬌嗔不依的口氣仰臉瞧他，道：「怎麼忽然又要走了，一晚時間都騰不出來嗎？噢！」劉裕發覺自己的右手抓著她的香肩，指尖下的女性身軀柔若無骨，肌膚充盈活力和青春的彈性，陣陣健康的氣息由她傳來。

劉裕俯到她圓潤的小耳旁，低聲道：「我們到河邊坐下才說好嗎？」江文清垂下螓首，露出女兒家的嬌羞，微一點頭，表示同意。她此刻的模樣，實在令人聯想不到她是一幫之主。

劉裕放開手，偕她到岸邊坐下，肩並肩的看著腳下流過的潁水。春風從對岸吹來，兩人衣袂飄揚。

劉裕道：「我這次回廣陵去，吉凶難料，文清要小心保重，防範敵人的卑鄙手段。」

江文清往他望來，欣然道：「你福大命大嘛！沒有人能奈何你的，何況北府兵中有大批追隨你的兄弟。」

劉裕心忖江文清也對自己是眞命天子的流言深信不疑，只爲這個原因，便不可以讓她曉得「眞相」，害她擔心。道：「希望如此吧！我離去後，文清好好的和屠奉三合作，他是絕對可以信任的。」

江文清笑道：「劉爺吩咐下來的事，文清豈敢不遵從執行。我們會透過孔老大的關係，與你保持緊密的聯繫。如眞的在北府兵待不下去，就回邊荒集來吧！路並不是只有一條的。」

劉裕沉聲道：「我不是被人害死，就是成爲北府兵的最高領袖，根本沒有第二條路。否則只有在邊荒集坐以待斃，完全失去了自主的活力。」江文清垂首無言。

劉裕道：「我們雖然遠隔兩地，萬一有事遠水難救近火，但你還是可以助我一臂之力，增添我的聲勢。」

江文清喜孜孜的道：「文清可以爲劉爺你做甚麼呢？」

劉裕道：「就是和孔老大結成緊密的貿易夥伴關係。邊荒集仍需要一段時間才可以回復過來，幸好我們從敵人手上得到大批上等的戰馬，而南方一向最缺乏的正是戰馬。我們索性賣個人情給孔老大，用以前正價的一半向孔老大供應戰馬，讓他獲利，自然會覺得我們是言而有信、講交情重義氣的人。孔老大是一方豪強，與北府兵又關係密切，他肯不肯站在我這一方，對我的成敗有直接的影響力。」

江文清道：「現在邊荒集情況不同了，必須得議會同意，方可以把部分戰馬以優惠價賣給孔老大。」

劉裕道：「你和程公、老費已佔去三個議席，只要告訴屠奉三這是我的意思，他會負責遊說其他成員。大家都是明理的人，更會爲大局著想，此事當可輕易通過。」

江文清俏皮的道：「對！劉爺的意思，誰敢違背呢？」

劉裕苦笑道：「不要再喚我作劉爺了，叫得我渾身不自在。」

江文清「噗哧」嬌笑，白他一眼道：「人家該喚劉爺你甚麼呢？難道像初相識時劉兄長劉兄短嗎？」

劉裕感到心兒急促跳動著，當江文清顯露她女兒家的媚態，確實對他有高度的誘惑力。只要是男人，看到她現在的俏模樣，誰能坐懷不亂？旋又想起當年在謝府初遇王淡眞的動人情景，那時的王淡眞對他來說是高不可攀的，只可以遠遠觀賞，還不可以透露心底絲毫的仰慕之意，以免她看不起自己，笑他劉裕想吃天鵝肉。那時怎想得到，竟可和這位建康高門大族的天之驕女，發展出一段結局悽慘的苦戀。想到這裏，心中劇痛。

江文清催他道：「快說啊！喚你作甚麼好呢？」

劉裕壓下心中的悲愴，道：「喚我作劉大哥如何呢？」

江文清有點嬌羞的垂下頭去，輕輕的喚道：「劉大哥！」一陣熱血往劉裕腦門直沖上去，他的一顆心幾乎融化了，突然說不出話來。若還不知江文清對自己的情意，他以後都不用在情場混了。

江文清朝他瞧來，溫柔的道：「爲何變成啞巴？我叫得很難聽嗎？」

劉裕說了句「當然好聽」，然後居然有點難爲情的，道：「還記得當日我們雙雙落難，逃往壽陽，乍聞燕飛斬殺竺法慶的好消息時的情景嗎？」

江文清深深懷念道：「我對過去發生過的事有點混淆了！好像是昨天才被人奪走邊荒集，今天又把邊荒集搶回手上，感覺挺古怪的。」

劉裕沉聲道：「人的記憶就是這麼神奇，有些事你會記得深刻清楚，一些卻逐漸淡忘。不過以前發生過的事已成過去，最重要是如何掌握我們的未來。這條路並不好走，但我們會攜手一步一步的走下去，再沒有人可阻止我們。」說罷站了起來。

江文清隨他站起來，一對美目在夜色裏閃閃生輝，珍而重之的把小包袱掛到他左肩去，輕輕道：「活著回來見我，沒有了你，我會失去信心和鬥志。」

劉裕伸手抓著她兩邊香肩，深深望進她眼裏，道：「終有一天大江幫會重振聲威。」說罷揚長去了。

拓跋珪和一眾將領親兵，在朝陽的柔和光線裏，策馬直抵盛樂東南面一處山頭高地，放眼四顧。親兵們在山腳四方把守，隨他登上丘頂的全是他最信任的大將和謀臣，包括長孫嵩、叔孫普洛、張袞、許謙和長孫道生。

拓跋珪問道：「一切準備妥當了嗎？」

長孫嵩道：「一切準備就緒，隨時可以起程，請族主賜示何處是這次大遷徙的目的地？」

拓跋珪沒有答他，微笑道：「若換了是漢人，明知非用這招不行，卻會死也不肯放棄，因爲他們的土地就是他們的財富，人可以走，土地卻沒法搬遷。所以我們拓跋族直至今天，仍不脫逐水草而居的生活方式，說走便走，就當是另一次遷移好了。」眾人點頭稱許。

拓跋珪顯然心情極佳，言笑晏晏的道：「我一直沒有說出這次要遷移到哪裏，是因爲我們拓跋部仍處於部落聯盟的狀態，其他族酋表面上雖視我爲拓跋族之主，可是在慕容垂的淫威下，難保其中沒有出賣我們的人，所以在進入北面的大草原前，行蹤必須保密，初段行程更要分多路推進，令人沒法摸清楚我們的目的地。當進入遼闊無邊的大草原後，我們將不怕被追蹤或伏擊。哼！在塞北現在誰敢來挑戰我拓跋珪？」眾人轟然應是。

拓跋珪哈哈一笑，一派睥睨天下的氣魄，斷然道：「午時過後，我們立即起程，目的地是盛樂北面牛川東北的敕勒草原。」

長孫道生愕然道：「敕勒草原離盛樂足有千多里之遙，不嫌太遠嗎？」

拓跋珪從容道：「只有這樣，慕容寶才會空有八萬精騎，卻完全沒法尋到我們的主力大軍，那時他既不能進，退又不甘心，這種進退兩難的情況，正是由我拓跋珪一手營造出來送他的見面大禮。」

張袞不解道：「族主不是多次說過，這是我們動搖大燕國根基的唯一機會嗎？如果慕容寶知難而退，順道收復平城和雁門，我們不是平白失去此千載一時的良機？」

拓跋珪胸有成竹的道：「我們二萬五千戰士，只留下兩千人在這裏，不過這兩千人將是我們最精銳的戰士，全是一等一的騎射高手，身經百戰，人人能以一當十。」

這次連叔孫普洛也聽得眉頭大皺，不解道：「不論這兩千人如何驍勇善戰，但敵方兵精將良，人數更是兩千的數十倍，我們頂多只能對敵人造成少許騷擾，一個不好，便要全軍覆沒。請族主三思。」

拓跋珪微笑道：「這只是我整個作戰策略的小部分，這兩千戰士並不是要挑戰慕容寶的八萬大軍，而是要捉弄慕容寶這自大好勝的蠢混蛋，同時監視敵人，這支部隊由我親自指揮，道生為輔，我會讓慕容寶一嘗深陷敵境的滋味。」稍頓續道：「這次往北暫避的族人達十萬之眾，牲畜更以百萬計，必須足夠軍力保護，以免為有異心者所乘，更特別要防範柔然人的偷襲和搶掠。此事交由長孫嵩指揮，率領二萬三千戰士，負起沿途安全的重任。」長孫嵩無奈答應，但只看他神色，便知他心內不以為然。

拓跋珪輕鬆的道：「一切只是惑敵之計，令慕容寶誤以為我們避而不戰，事實上這支主力部隊，雖遠在千里之外，但只要沿途換馬三次，可於三天之內趕回來，仍不失作戰的能力。當慕容寶再撐不下去，顯露出絲毫的退兵之意，正是你們晝夜不停趕回來的好時機。哈！你們以為我肯放過慕容寶嗎？」

眾將聽得精神大振，始知拓跋珪已定好整個作戰策略。

拓跋珪又吩咐張袞道：「你負責以烽火傳遞千里信息的任務，當烽煙冒起，便是我們反擊的時候來臨了。」眾將轟然答應，士氣大振。

拓跋珪此計確實無懈可擊，慕容寶勞師遠征，偏又找不到敵人的主力，總不能永遠在這裏待下去，徒耗時間糧草，當他退兵之時，由於認爲拓跋部的主力大軍仍在千里之外，疏於防範，且退兵時軍心渙散，人人急於歸去，正是偷襲截擊的最佳時機。事實上拓跋部的軍隊已立於不敗之地，最壞的情況也只是讓慕容寶和他的人安然撤走，取回平城和雁門兩大重鎮。

許謙道：「我們如何處置盛樂？」

拓跋珪若無其事的道：「燒掉它吧！」人人愕然。

拓跋珪道：「在這樣的情況下，盛樂還可以保存嗎？就算我們不把它燒爲焦土，慕容寶在退兵時也會毀之以洩憤。現在當慕容寶遠道而來，見到盛樂只是座廢墟，肯定氣得暴跳如雷，手下將兵則大感洩氣。爲達到以上的目的，付出盛樂作代價，正是物盡其用，是絕對值得的。」各人均感動心駭然，拓跋珪的手段總是出人意表，詭奇難測。

拓跋珪雙眼神采閃動，目光投往遠處西南方流經的大河，沉聲道：「擊垮慕容寶後便遷往平城，兵脅中山，慕容垂在別無選擇下，只好親自出征來對付我們。」接著露出一個冷酷的笑容，道：「此一時也彼一時也，慕容垂將發覺已痛失擊敗我的時機。哼！只要慕容垂也飲恨於我手上，北方還有能與我拓跋珪對抗的人嗎？」又問道：「有邊荒集的消息嗎？」

張袞答道：「最後的消息是荒人大軍兵分多路朝邊荒集推進，戰事應仍在火熱進行中。」

拓跋珪緩緩搖頭道：「勝負該已分明，荒人根本沒有能力打一場拖延多天、夜以繼日的戰爭。我清楚劉裕是怎樣的一個人，加上有我好兄弟燕飛助他，既能以閃電戰大破荊州和兩湖聯軍，也就有本領以迅雷不及掩耳的手法收復邊荒集，狠狠教訓姚興和慕容麟兩個靠父蔭的無知小兒。」

眾人默然無語。邊荒集與他們的存亡成敗變得息息相關，如果邊荒集長期淪陷於慕容垂之手，他們縱可擊敗慕容寶，但因失去邊荒集在各方面的支援，甚至前後夾擊，他們的贏面會大幅減少。

拓跋珪吁出一口氣，欣然笑道：「假如我沒有猜錯，燕飛應已在來此的途中，很快我便可以和我的好兄弟並肩作戰了。」

眾人都不知該如何回應他，因為燕飛能否及時趕來，須看荒人能否如拓跋珪所形容的，在短短一天半夜的時間內重奪邊荒集，創造奇蹟。拓跋珪仰望晴空，心頭一陣激動。這次的戰爭，正標誌著鮮卑各部族間最關鍵的一場硬仗。在東漢後期，鮮卑人遷於漠南草原匈奴人的故址，逐漸形成一個龐大的部落聯盟。這些不同部落分合無常，各自的發展亦有差異。慕容部因地近遼東和幽州，受漢文化影響較早，首先脫穎而出，於東晉初期建立燕國，最後雖為苻堅所滅，但勢力仍在。苻秦帝國崩潰，慕容部的兩支勢力立即乘時崛興。慕容垂和慕容永現在的鬥爭，正是要解決慕容鮮卑誰能主事的問題。他拓跋部的祖先，是慕容部之外，鮮卑族最大的另一股勢力，到他祖父什翼犍即位，建立代國，更是威懾塞外。不過直至今天，拓跋部與鄰近的各個鮮卑部落，仍是處於鬆散結盟狀態，友好的部落隨時會忽然倒戈相向。可是如果能擊敗慕容寶，整個情況會改變過來，那時他將沒有後顧之憂，可以越過長城，以平城和雁門為基地，展開爭霸中原的大業，全力與慕容垂決一死戰，以定誰才是北方之主。

邊荒集光復後第五天的早上。在第一樓對面重開的「老王饅頭」小店內，卓狂生和高彥一邊吃著老王精製的饅頭，一邊商量勇闖兩湖的大計。老王做饅頭的材料是分派下來的。在議會成員的一致同意下，荒人把敵人留在小建康的糧食全部平均分配，人人皆大歡喜，因爲至少有三、四個月不用擔憂生計。議會亦決定依劉裕的提議，把約七千頭戰馬全部以半價售予孔老大，讓他趁南方亟需戰馬的當兒，狠賺一大筆。由於戰馬來自姚興和慕容驎的部隊，是荒人拚著老命贏來的，所以賣馬得來的銀兩，也平均分配，以犒賞三軍，更顯示出新邊荒集無私的作風，讓人人有本錢重振舊業。高彥、龐義等分得的糧貨油鹽，全儲放到老王的鋪子去，由忠厚的老王供應一日三餐，只須付少許煮食費。

兩人言談尚未進入正題，製燈高手查重信匆匆來到，道：「終於找到卓老和高爺兩位大爺，我還以爲你們會到今天重新開業的回回樓湊熱鬧，白走了一趟。」

高彥笑道：「坐吧！吃過東西沒有？不過他並不是卓老，而是卓瘋子或卓名士，而無論是瘋子或名士，都不值得敬之爲老。我更不是甚麼他娘的高爺，而是高小子或小白雁的未來夫婿。哈……」查重信給高彥一輪搶白，爲之啞口無言，靦腆地坐下。

卓狂生兩眼一翻道：「別忘記你這回能否得償所願，又或情場敗陣，全看老子我的心情，竟敢不尊敬我嗎？」

高彥嚇了一跳，趕緊陪笑臉道：「我只是開玩笑搞氣氛，卓老名士大人你老人家息怒。」轉向查重信，立即又神氣起來，道：「有甚麼事快快稟上，我們還有要事商量。」

查重信話未說臉孔早紅起來，一副難以啓齒的尷尬神情，囁嚅道：「事情是這樣的，我想在夜窩子找個鋪位，開間專門賣燈的燈店。」

高彥皺眉道：「夜窩子的樓房分別由各大幫會和豪強擁有，租金一點也不便宜，怎及你到古鐘樓廣場擺地攤划算呢？你有資金嗎？」

查重信苦笑道：「我袋中沒有半個子兒，所以要找恩公你幫忙。唉！我該怎麼說呢？嘿！我是看中觀光團會爲我帶來生意，只要卓館主肯爲我稍作宣傳，我深信這盤生意是可以做下去的。」

卓狂生拍桌道：「好小子！有生意頭腦，你的老查燈店肯定當行出色。」

高彥把另一個饅頭塞進嘴裏去，一邊含糊不清的嚷道：「邊荒集還缺少賣燈的雜貨鋪嗎？依我看專賣燈油還差不多，現在邊荒集最缺的反而是燈油。哈……」

卓狂生斜眼兜著他罵道：「眞不知你這個蠢蛋是如何混的。他奶奶的！我們小查的燈豈是一般凡燈，他製作的走馬燈可是小飛和我們千千小姐的定情之物。我們這次反攻邊荒集，他研製出來的彩色大霧燈更立下奇功，只要我在說書裏把這兩段燈的傳奇加進去，保證小查的燈熱賣，不拿個回去作紀念，怎算來過邊荒集？材料要用最好的，價錢更不能含糊，愈貴愈好，否則怎顯身價。他奶奶的，記得燈上必須有『邊荒集燈王查重信敬製』的字樣，如此才有紀念價値。」

查重信狂喜道：「難得卓館主欣賞，我……」

高彥也興奮起來，打斷他道：「對！對！是我因整天想著小白雁，想得神魂顚倒，腦筋一時轉不過來。你老子的！燈上的圖案也不可以盡是些甚麼鴛鴦戲水、龍鳳呈祥之類，而該是邊荒之戰、白雲天坑、邊荒第一高手燕飛、天下第一美女紀千千這種當紅人物、有紀念價値的熱門題材。只要與領隊交代一聲，給他個回扣，肯定來邊荒集的觀光者，人人都買幾盞燈回去，送人或甚麼都好，掃貨掃得你老娘的供不應求。」

查重信興奮的抓著頭道：「我那間鋪子，嘿！我的鋪子……」

卓狂生笑道：「你的鋪子就開在我的說書館旁，聽完燈的傳奇便到隔壁買燈，這才有不虛此行之感。不如小查你也負責說一台書吧！現身說法最令人感動，說本當然由我提供。現在老子我的說書館雲集天下的說書高手，絕對台台精采、章章動人。」

高彥道：「你隔鄰的鋪子該是屬於老紅的呢！這傢伙做生意最精明，千萬不可以讓他知道是必賺的買賣，否則他肯定會漫天開價，令小查賺回來的都不夠交租金。」

卓狂生道：「今時不同往日，有物業又如何？哪有那麼容易租出去，一場浩劫仍是元氣未復的當兒，另一場浩劫便來，個個顧著保命逃走，家當都留在集內，早被敵人順手牽羊，搶掠一空，人人變成窮光蛋，你當老紅不需要白花花的銀子嗎？」

查重信大吃一驚道：「你們也是窮光蛋？」

卓狂生道：「所謂爛船拆了也還剩有三斤釘，更何況我們的彥少，是邊荒集最有辦法的。哈！做生意是錢銀分明，我和彥少下本錢給你去開燈店，出力做燈的是你，讓你佔七成利潤，出口宣傳的是我，理該佔兩成，餘下的一成給彥少，只須勞煩他一次那麼多，去向目前邊荒集唯一的財主大小姐，借十兩黃金來作開業之用。」

高彥本不明白卓狂生為何忽然把他捧上了天，現在終於恍然大悟，咕噥道：「你這傢伙比我更會佔便宜，還多分我一成，眞是豈有此理。」卓狂生擠眉弄眼的吐出「小白雁」三字眞言。高彥立即屈服。

卓狂生目光投往街上，欣然道：「此叫一說曹操，曹操便到。最妙是老曹還是我祖先的主子。哈！看是誰來了？」

查、高兩人往入門處瞧去，江文清和程蒼古正陪著一個一臉精明，一看便知是江湖人物的中年男子走進來。查重信稱謝不已地先離開了。卓狂生和高彥雖不曉得對方是何方神聖，不過見能勞動江文清和程蒼古兩人出面招呼，肯定不是等閒之輩，忙起立歡迎。

江文清先引見兩人，然後介紹道：「這位是先父的生死之交，潁口幫的大龍頭鳳翔幫主。我們這次反攻邊荒集，全賴他鼎力支持，為我們四處搜羅所需的諸般物資。」

潁口幫是壽陽的第一大幫，在淮水兩岸城鎮頗有影響力，最難得的是鳳翔在江湖上聲譽極佳，即使有敵意的幫會也對他相當敬重。他的年紀比江海流少了一截，應當是後一輩的幫會領袖，江文清說他是江海流的生死之交，擺明是給足他面子。不過無論如何，這次反攻邊荒集之戰，鳳翔選擇站在荒人的一邊，肯定是選對了，這當然有壽陽太守胡彬在暗中出力，否則鳳翔膽大於天也不敢忤逆當權者的意向。卓狂生和高彥明白過來，知道鳳翔是江文清要籠絡的幫會老大，忙道「久仰」，坐下後敬過熱茶，更是氣氛融洽。

程蒼古笑道：「鳳老大眞夠朋友，隨船帶了百罈美酒和大批上等香茗，正是我們現在最缺乏的東西。」

鳳翔欣然道：「一點見面禮，不成敬意，就當是我鳳翔恭賀各位光復邊荒集的心意。」卓狂生和高彥見他說話得體，好感大增，眾人談笑甚歡。

鳳翔又道：「我不是曲意奉承，只是道出事實，現在南方武林，說起邊荒的英雄好漢，誰不說個『服』字。照我看，假以時日，文清小姐必可重振江大哥的聲威，南方的大小河道，又可隨處見到大江幫的旗幟飄舞揚威了！」

江文清兩眼一紅，低聲道：「還須翔叔扶持。」

鳳翔拍胸道：「這個我鳳翔是義無反顧的。我來之前見過胡大人，他吩咐我一切放手去做，萬事有他在後面撐腰。現在北府兵的好漢子除了胡大人之外，眞是愈來愈少。」言罷頗有點欷歔。壽陽人最清楚謝玄在淝水之戰的功業，所以對謝玄去後北府兵的人事特別關心。

程蒼古引入正題，道：「老鳳今天遠道而來，是和我們商量觀光團的大計。」

卓狂生和高彥兩人聽後都摸不著頭緒，不太明白江文清爲何領鳳翔來見他們兩人。鳳翔道：「高兄弟想出來的這盤生意，我認爲是行得通的，且肯定一開始就能財源滾滾。我曾經在壽陽問過一些花得起錢的人的意見，竟超過一半人數要我立即爲他們安排，其中兩個還下了定。所以我立即趕來和高兄弟商量，看第一個觀光團可否在十日內到邊荒集來。」

高彥色變道：「我……」

江文清忍著笑道：「你是發起人，當然由你全權負責。」

高彥哭喪著臉孔道：「可是我要到兩湖去啊！」

程蒼古道：「沒有人阻止你到兩湖去，但至少要等十個八個團完成觀光，一切上了軌道，你才可抽身離開。明白嗎？」

卓狂生點頭同意道：「有道理！我們兩個現在身無分文，到兩湖後難道行乞過日子嗎？況且如果觀光團的生意愈搞愈大，每天來個三、四團，可以立即壯大我們邊荒集的聲勢，你到兩湖時也可以風風光光的去見小白雁，不用她掏出私房錢來救濟我們。」

高彥這才知道自己作繭自縛，苦笑道：「每天來三、四團人，唉！我們招呼得來嗎？」

鳳翔欣然道：「我有把握觀光人數，能達到文清小姐說的每天十團的目標。」

卓狂生立時雙目放光，失聲叫道：「每天十團？我的天，每團只有十人也不得了，只要有一半光顧我的說書館，不用幾年我就可以成爲邊荒集首富。」

江文清道：「鳳老大會聯絡南方各地的大小幫會，由他們私下去找顧客，再把客人送到壽陽去，然後由我們派船接他們到邊荒集來，如此官府亦奈何不了我們。至於分賬方面，我們佔五成，餘下五成由鳳老大依路途遠近與各地幫會瓜分。」

鳳翔道：「我有個疑問想弄清楚，假如報團觀光者是你們的敵人，例如是聶天還或孫恩，我該如何處理呢？」

江文清雙目殺機乍閃，沉聲道：「他們夠膽子來，我們便夠膽子接待他們，只要他們不違反團規，我們便會以禮相待。」

程蒼古拍拍鳳翔肩頭道：「老鳳和我十多年老朋友了！我敢以性命擔保他是最夠朋友的人，所以我們這次找他來作觀光團大計的集外總代理人，有他作中間人，以前一切想不通的難題都可以迎刃而解。」

江文清接口道：「邊荒集是你的後盾，一切人力物力任你調動，高彥你要用心辦好此事，不要辜負鳳老大對我們的厚愛。」

高彥聽得頭都大起來，無奈道：「可否給我一個早上的時間，好好的想想呢？」

江文清道：「當然得給你多點時間。正午時分我們在西大街回回樓碰頭，讓鳳老大一嘗正宗烤羊肉的滋味！到時你要有一個簡單可行的計畫。」說罷領鳳翔去了。

剩下高彥和卓狂生兩人對望。高彥嘆道：「這次是騎虎難下，看來短期內休想脫身到兩湖去，你來教我該怎麼辦吧？」接著拍桌道：「大小姐是故意的，她是借此事阻止我到兩湖去。」

卓狂生好整以暇的道：「大小姐何故要耽誤你的好事呢？難道她也愛上了你嗎？」

高彥道：「不要胡言亂語，她怎會看我入眼。只要眼睛不是瞎的，都看出她心中只有劉裕。」

卓狂生道：「好！告訴我吧！她為甚麼要把你硬留在這裏？」

高彥恨道：「我怎曉得？怎知她發甚麼瘋！」

卓狂生哂道：「你心中是明白的。有些事是不能操之過急，她是為你著想，想你這愛得發燒的痴情種先冷靜清醒下來。哈！想想看吧！你的觀光團生意愈辦愈大，轟動整個南方，掀起邊荒遊的熱潮。然後我們設法把小白雁弄進這麼的一個邊荒觀光團裏去，讓她名正言順借機到邊荒集來探親，是多麼美妙的一件事呢？」

高彥喜眉笑眼道：「對！她可以來探親，我是她的夫君，她當然是來探親了！」旋又頹然道：「怎麼可能呢？聶天還肯定不准她參加我們辦的團。」

卓狂生瞇著眼道：「如果聶天還阻止她，就是插手你和小白雁的事，違背了賭約。」

高彥興奮了片晌，又搖頭道：「小白雁仍是不會來的。」

卓狂生訝道：「你不是說過她愛你愛得要死要活的嗎？」

高彥尷尬的乾咳一聲，道：「你不明白娘兒的心。像小白雁那種嬌嬌女，臉皮最薄，怎會主動來找我？」

卓狂生道：「她不來，我們就採取主動。我們可以告訴她，她已獲選為我們第一千個或第一萬個觀光幸運兒，可免費到邊荒觀光旅遊，還有一份珍貴獎品。」

高彥搖頭道：「你的腦袋是用甚麼做的？竟想出這麼不切實際的蠢計來。他奶奶的！你當我的小白雁是用串冰糖葫蘆便可以收買的無知小女孩嗎？用你提議的笨方法去引誘她來，徒令她看不起我。」

卓狂生沉吟道：「照你猜小白雁知不知道她師傅輸了賭約的事呢？」

高彥茫然道：「這個……嘿！這個很難說。」

卓狂生笑道：「我敢擔保老聶在此事上瞞著你的可愛雁兒。我的提議或許仍須斟酌，卻非絕不可行，只要讓小白雁有個更好的借口重返邊荒，表面上又與高少你扯不上關係，她便可以拋開驕傲，歡天喜地的來。」

高彥頹然道：「怎可能有這種借口呢？你最清楚我和她的情況了！哼！你是不是想打退堂鼓，不願陪我勇闖兩湖？」

卓狂生笑道：「你可以放心，對你們的戀史，我比你還緊張。不過大小姐是對的，有些事是欲速則不達。不如我們先搞好我們邊荒集的觀光大業，振興邊荒集的經濟，增強實力和影響力後，水漲船高下，辦起甚麼事來也格外順利，明白嗎？」又眨眼道：「你更可借此向小白雁顯示本領，讓她知道，你並非一個終日無所事事只會泡妞的小混蛋。」

高彥道：「這算甚麼本領？」

卓狂生道：「形象是可以塑造出來的，沒本領也可以變成大有本領，這方面由我負責。」

高彥仍是愁眉不展。卓狂生雙目奇光閃動，流露出期待憧憬的神色，道：「讓我清楚肯定的告訴你，邊荒集的觀光遊將會是史無先例的盛事，你用腦袋想想看吧！人們從各地借觀奇異天象之名，湧到我們這天下間最墮落、最無法無天的城集來，享受幾天醉生夢死的生活，是多麼誘惑動人的旅程。世家大族的公子小姐，人人都悶得發慌，忽然有這麼刺激有趣的玩意，肯錯過才怪。再想想看平時深居簡出的高門美女，花枝招展地到邊荒集來湊熱鬧，而我們的敵人則派出刺客參團，來此圖謀不軌。哈！多麼有趣。」

高彥咕噥道：「來的是天王老子又如何？我只要小白雁。」

卓狂生道：「你這小子振作點行嗎？眞想揍你一頓。咦！我想到辦法了。」

高彥全無信心的道：「你可以有甚麼辦法呢？」

卓狂生道：「利誘不成便施激將的奇招。設法激怒她如何？令她控制不住心中的怒火來找你算賬，不是也可以達到目的嗎？」

高彥愕然道：「不怕弄巧反拙嗎？氣得她眞要宰掉我時怎麼辦呢？」

卓狂生道：「只是給她一個借口罷了！她打定主意要來殺你，便沒有甚麼臉皮厚或薄的問題。最重要是讓她可名正言順的到邊荒集來，她可向老聶說是要來找你晦氣，而非到邊荒集會情郎。明白嗎？」

高彥精神稍振，道：「最怕她看穿了我們是故意惹她。」

卓狂生道：「我想出來的，她怎會不上當？哈！凡到說書館來聽說書的，都加贈一台免費的『小白雁之戀』如何？當她曉得自己的戀情傳得街知巷聞，不氣得立即來找你拚命才怪。」

高彥大吃一驚道：「你在說笑嗎？這樣一傳，她豈肯和我罷休？」

卓狂生道：「還有更好的辦法嗎？對待小白雁這個被聶天還寵壞的刁蠻女，一般溫和手法是起不了作用的，必須用非常手段。明不明白？你奶奶的！做非常事當然有非常的手段。愈令她對你又愛又恨，直到愛恨難分，你就愈有機會贏得她的芳心。」

高彥忙道：「先讓我仔細想想，給你這瘋子說得我心都亂起來。」

卓狂生哂道：「多想無益，就這麼辦。好啦！此事暫擱一旁。我要問你，剛才爲何不順便向大小姐借銀兩來開展我們的綵燈鋪。」

高彥道：「何須去借貸呢？辦觀光團當然需要經費，所謂三軍未動，糧草先行。我就代邊荒集的旅遊公署請大小姐撥款百兩黃金，以作營運資金，其中十兩拿出來開我們的邊荒旅遊紀念品店。」

卓狂生皺眉道：「這豈非是中飽私囊？給人發覺時不太好吧！」

高彥笑道：「有借有還上等人，將來賺到錢便塡回這數目。他娘的！這叫權宜之計，明白嗎？來！快給我想想，如何可以辦好我們的觀光大業？如何辦得有聲有色？」

卓狂生伸個懶腰，道：「你問對人了。整個邊荒集，只有我卓狂生一個人有資格說這句話，由我的腦袋想出來的，保證不斷推陳出新、刺激感人，沒有人可以抗拒。」

高彥跳起來道：「如此最好！你把想到的全給老子寫下來，待會我便可以把計畫書拿去給老鳳看，不必浪費唇舌。」

卓狂生罵道：「你這懶惰的奸狡小子，要到哪裏去？」

高彥笑道：「我哪像你這般遊手好閒、無所事事。失陪啦！」語畢一溜煙地走了。

劉裕足尖點在一棵大樹的支幹末端，借力斜掠而下，同時拔出厚背刀，登時刀光閃起，當他落到密林地面，回頭瞧去，被斬斷的枝幹先後掉往地上，發出墜地的聲音。他連續劈出九刀，砍斷了九根枝幹，當得起刀無虛發的讚譽。最難得他是在迅疾飛翔的情況下辦到，每刀劈出的角度和時間拿捏各有不同，憑的只是一口眞氣。劉裕有點不敢相信自己的眼睛。在過去的三天三夜裏，體內逆轉了的眞氣，令他的心神，完全集中在如何調適的艱苦過程裏，他只能選密林荒野的路走。最初的一天一夜最難捱，眞氣每運轉一周天，都令他難受得要命，脈穴像要爆裂開來似的，然後情況逐漸改善。他已渡過淮水，離廣陵還有五天路程。他深信抵達廣陵的時候，他將不再是以前的劉裕，而是有把握面對任何勁敵的人。縱然力不能勝，也足以逃之夭夭。他有信心如是在山林之地，憑他的索鉤奇技，強如孫恩也追不上他。

劉裕挨著一棵大樹的粗幹坐下，厚背刀擱在腿上，想起王淡眞。這三天他遏抑著不去想她，此刻卻忽然失守。他害怕獨處的時候，因爲沒有事物可分散他的心神，而想起王淡眞不但令他痛苦，還有心力交瘁的勞累感覺。值此強敵環伺的時刻，他必須振作。不知是不是把對王淡眞的記憶，藏得太深了，此刻懷念她時，腦海中只浮現淡淡的一道倩影，她的花容模糊而不清晰。自己是否開始淡忘她了呢？還是因不勝負荷，下意識地抗拒對她的思憶？又想起江文清，想起分離時的情況。如果當時擁吻她，她會如何反應？這個想法令他感到刺激。

燕飛說得對，人總不能活在永無休止的自我折磨裏，生命中還有很多其他美好的事物。江文清能否代替他心中王淡眞佔據的位置呢？他不知道。這個想法更令他有內疚的感覺，感到對不起王淡眞。心中旋又響起屠奉三的忠告。儘管他不願認同屠奉三的看法，卻清楚屠奉三說得有道理，男女間的愛戀變幻難測，與公事混在一起，會產生預想不到的後果。至少在目前錯綜複雜的形勢裏，他不宜有任何感情的包袱，令他像以前般心有掛慮。逢場作戲該沒有問題吧！唉！怎麼辦得到呢？怎麼可以在失去王淡眞的悲傷仍橫亙心裏的當兒，又背著江文清，去和陌生的女人歡好？

就在此時，他看到前方密林外五里許處的山頭，冒起一股濃煙。劉裕跳了起來。這並不是尋常人家的炊煙，而是故意引人注目的烽火。烽火當然不該是衝著自己而來，除非有人掌握到他這幾天內會到廣陵去，計算出他從邊荒集往廣陵的路線。咦！也不是沒有可能的。想到這裏，劉裕心中一動，隱隱感到施放烽煙者的目標大有可能是自己。如果換作以前，他寧願多一事不如少一事，必定繞道而行。可是現在不論內功刀法，都有大突破，他不但不懼對方，還希望有試刀的機會。遂把心一橫，朝烽火冒起處疾掠而去。

高彥在艷陽移到中天的時刻，手拿著卓狂生的計畫書，帶著輕鬆的心情，來到西大街兩層高的回回樓大門外。這家以烤羊肉馳名邊荒集的著名食府外擠滿了人，像是不用付賬似的。高彥正奇怪為何不名一文的荒人們忽然富有起來，看清楚點，方發覺回回樓大門處，掛了一個以各種漢胡文字寫上「准許賒賬」的木牌子。高彥心忖回回樓的老闆客木沙心眞懂得做生意，知道賣馬之後人人有錢分，所以不怕賒欠。啞然失笑時，給人大力拍了一下肩膀。轉身一看，原來是姚猛。

姚猛哈哈笑道：「看你春風滿面的樣子，是收到了小白雁千里送來的情書，還是說服了大小姐，肯放你到兩湖去會佳人呢？」

高彥並不愚蠢，登時省悟過來，恍然道：「原來你們是有陰謀的，硬派我負責觀光團的業務，就是不讓我到兩湖去。」

姚猛道：「我們是爲你的小命著想，不要怪我們。現在人人都爲你動腦筋想辦法，你和小白雁的事再非你個人的事，而是與邊荒集的榮辱有關。嘿！我對你這麼好，你該如何報答我呢？」

高彥愕然道：「不是施恩莫望報嗎？哪有人像你這般厚顏無恥的。現在我是不折不扣的窮光蛋，如何報答你？你奶奶的，你除了會說空話，實質上為我幹過甚麼呢？」

姚猛笑嘻嘻道：「高少息怒。所謂養兵千日，用在一時。我姚猛好歹都是邊荒集有頭有臉的人。你奶奶的，你的旅遊公署可否賞我們兄弟十來份差事肥缺，我們的手頭都很緊呢！」

高彥立即神氣起來，露出原來如此的神情。道：「我現在沒空和你談這些小事，放心吧！誰肯聽話，自然是有福同享。待我有空時再坐下乾杯談個痛快。」說完撇下姚猛，進入回回居去。

燕飛立在山崗上，看著遠處西面揚起的塵沙，雖然因距離達十多里，看不到對方確切的情況，但憑經驗便曉得來騎有數百之眾。會不會是某方的兵馬呢？這區域該屬慕容永的勢力範圍，對方雖不是自己的敵人，不過看在慕容戰分上，慕容永又正窮於應付慕容垂的大軍，他也不願落井下石。想到這裏，燕飛奔下山崗，朝北前進。走不到十多里，前方炊煙四起，原來是個有規模的小鎮。燕飛心中一震，終曉得剛才看到的馬隊不是任何一方的兵馬，而是一群聚眾四處殺人放火、姦淫擄掠的馬賊。縱使有要事在身，燕飛哪能袖手不理。拍拍背上的蝶戀花，燕飛全速朝前方的鎮集掠去。

邊荒傳說〈卷八〉終

新人間叢書 151

邊荒傳說〈卷八〉

作　者—黃　易
副總編輯—葉美瑤
編　輯—邱淑鈴
美術設計—翁翁・不倒翁視覺創意
執行企畫—黃千芳
校　對—余淑宜、陳錦生、黃易
董事長
發行人—孫思照
總經理—趙政岷
出版者—時報文化出版企業股份有限公司
10803台北市和平西路三段二四〇號三樓
發行專線—（〇二）二三〇六—六八四二
讀者服務專線—〇八〇〇—二三一—七〇五・（〇二）二三〇四—七一〇三
讀者服務傳真—（〇二）二三〇四—六八五八
郵撥—一九三四四七二四時報文化出版公司
信箱—台北郵政七九～九九信箱
時報悅讀網—http://www.readingtimes.com.tw
電子郵件信箱—liter@readingtimes.com.tw
法律顧問—理律法律事務所　陳長文律師、李念祖律師
印　刷—盈昌印刷有限公司
初版一刷—二〇〇七年三月五日
初版四刷—二〇一三年五月二十一日
定　價—新台幣三〇〇元
⊙行政院新聞局局版北市業字第八〇號

ISBN 978-957-13-4606-9
Printed in Taiwan

國家圖書館出版品預行編目資料

邊荒傳說〈卷八〉／黃易著. --初版. --臺北
市：時報文化, 2007〔民96〕
冊； 公分. --（新人間叢書；151）

ISBN 978-957-13-4606-9（卷8；平裝）

857.9 95025861

入會訂購證

我決定加入時報悅讀俱樂部				以下是我選擇的卡別，選書書目於下列選書單中
勾選	入會卡別	定價	入會費	額度
	悅讀樂活卡	$1,000	$300	任選5本時報出版好書(定價600元以下本版書籍)
	悅讀輕鬆卡	$2,000	$300	任選10本時報出版好書(定價600元以下本版書籍)
	悅讀尊榮卡	$6,000	$300	任選30本時報出版好書(定價600元以下本版書籍)

特別說明：

1、外版書不列入選書範圍。2、單筆訂單須選書兩本額度以上。3、一次會員資格內，相同書籍限選兩冊。

以下是我的選書單

書碼	書名	額度	數量

◎ 我的資料

姓名：______________________ E-mail ：______________________(必填)

身分證字號：______________________(必填) 生日：西元________年____月____日 (必填)

寄書地址：□□□______________________________________

____

連絡電話：(O)______________________ (H)______________________

手機：______________________ 統一編號：______________________

付款方式：

□劃撥付款　劃撥帳號19344724 戶名：時報文化出版公司

(請親至郵局劃撥，無須傳真或寄回，劃撥單註明卡別、身分證字號、生日、e-mail、書名、數量)

□信用卡付款　信用卡別 □VISA □MASTER □JCB □聯合信用卡

信用卡卡號：______________________有效期限西元 ____________年__________月

持卡人簽名：______________________________（須與信用卡簽名同字樣）

◎ 歡迎網路下單 Readingtimes Club 時報悅讀俱樂部 http://www.readingtimes.com.tw/club/

24小時傳真專線：02-2304-6858 為確保您的權益，傳真後請來電確認

時報客服專線：02-2304-7103 週一至週五(AM9：00~12：00，PM1：30~5：00)

時報出版 台北市和平西路三段240號2樓

編號：AK0151	書名：邊荒傳說 卷八
姓名：	性別：________ 1.男 2.女
出生日期：　年　月　日	e-mail：

________ 學歷：1.小學 2.國中 3.高中 4.大專 5.研究所（含以上）

________ 職業：1.學生 2.公務（含軍警） 3.家管 4.服務 5.金融 6.製造 7.資訊 8.大眾傳播 9.自由業 10.農漁牧 11.退休 12.其他

地址：__________縣（市）__________鄉鎮區__________村__________里

______鄰__________路（街）______段______巷______弄______號______樓

郵遞區號 ______________

（下列資料請以數字填在每題前之空格處）

________ **您從哪裡得知本書／**

1.書店 2.報紙廣告 3.報紙專欄 4.雜誌廣告 5.親友介紹
6.DM廣告傳單 7.其他 ______

________ **您希望我們爲您出版哪一類的作品／**

1.長篇小說 2.中、短篇小說 3.詩 4.戲劇 5.其他 ______

您對本書的意見／

________ 內　容／1.滿意 2.尚可 3.應改進
________ 編　輯／1.滿意 2.尚可 3.應改進
________ 封面設計／1.滿意 2.尚可 3.應改進
________ 校　對／1.滿意 2.尚可 3.應改進
________ 翻　譯／1.滿意 2.尚可 3.應改進
________ 定　價／1.偏低 2.適中 3.偏高

您的建議／

____

____

____

請沿虛線摺下裝訂，謝謝！

廣告回信
台北郵局登記證
台北廣字第2218號

時報出版
CHINA TIMES PUBLISHING COMPANY
尊重智慧與創意的文化事業

地址：10803台北市和平西路三段240號3樓
讀者服務專線：0800-231-705・(02)2304-7103
讀者服務傳真：(02)2304-6858
郵撥：19344724 時報文化出版公司

請寄回這張服務卡（免貼郵票），您可以──

●隨時收到最新消息。

●參加專為您設計的各項回饋優惠活動。

寄回本卡，掌握新人間系列的最新訊息

新人間

新感覺・新人間・文學的新版圖